OBRAS DE MÁRIO DE ANDRADE
Edição Comemorativa dos 80 anos
da Semana de Arte Moderna
(1922-2002)

1. OBRA IMATURA
2. POESIAS COMPLETAS
3. AMAR, VERBO INTRANSITIVO (Romance)
4. MACUNAÍMA (rapsódia)
5. OS CONTOS DE BELAZARTE
6. ENSAIO SOBRE A MÚSICA BRASILEIRA
7. MÚSICA, DOCE MÚSICA
8. PEQUENA HISTÓRIA DA MÚSICA
9. NAMOROS COM A MEDICINA
10. ASPECTOS DA LITERATURA BRASILEIRA (ensaios literários)
11. ASPECTOS DA MÚSICA BRASILEIRA (ensaios musicais)
12. ASPECTOS DAS ARTES PLÁSTICAS NO BRASIL
13. MÚSICA DE FEITIÇARIA NO BRASIL (Folclore)
14. O BAILE DAS QUATRO ARTES (ensaios)
15. OS FILHOS DA CANDINHA (crônicas)
16. PADRE JESUÍNO DO MONTE CARMELO
17. CONTOS NOVOS
18. DANÇAS DRAMÁTICAS DO BRASIL (folclore)
19. MODINHAS IMPERIAIS
20. O TURISTA APRENDIZ
21. O EMPALHADOR DE PASSARINHO (crítica literária)
22. OS COCOS (Folclore)
23. AS MELODIAS DO BOI E OUTRAS PEÇAS (Folclore)
24. TÁXI E CRÔNICAS NO DIÁRIO NACIONAL
25. O BANQUETE

Aspectos da
Literatura Brasileira

OBRAS DE MÁRIO DE ANDRADE

Vol. 10

Capa
CLÁUDIO MARTINS

EDITORA ITATIAIA
BELO HORIZONTE
Rua São Geraldo, 53 — Floresta — Cep. 30150-070
Tel.: 3212-4600 — Fax: 3224-5151

Mário de Andrade

Aspectos da
Literatura Brasileira

6.ª edição

EDITORA ITATIAIA
Belo Horizonte

FICHA CATALOGRÁFICA
(Preparada pelo Centro de Catalogação-na-Fonte,
Câmara Brasileira do Livro, SP)

A568a   Andrade, Mário de, 1893-1945.
         Aspectos da literatura brasileira. 6. ed. Editora Itatiaia, 2002.
         X, 288 p.

         1. Literatura brasileira — História e crítica I. Brasil.
         II. Título.

                                           CDD: 869.909
CCF/CBL/SP-72-0338   CDU: 869.0(81)-95

Índices para catálogo sistemático (CDD):

1. Literatura brasileira : Crítica e história 869.909
2. Literatura brasileira : Crítica e crítica 869.909

2002

Direitos de Propriedade Literária adquiridos pela
EDITORA ITATIAIA
Belo Horizonte

Impresso no Brasil
Printed in Brazil

SUMÁRIO

Nota do Editor	9
Advertência	11
Tristão de Ataíde (1931)	13
A Poesia em 1930	37
Luís Aranha ou a Poesia Preparatoriana (1932)	59
Poema Giratório	93
Machado de Assis (1939)	107
Castro Alves	129
Memórias de um Sargento de Milícias (1940)	145
A Volta do Condor (1940-41)	161
O Ateneu	193
A Elegia de Abril	207
Amor e Medo	221
O Movimento Modernista	253
Segundo Momento Pernambucano	281

NOTA DO EDITOR

O presente volume foi organizado para publicação pelo próprio autor, tendo ele feito inclusive a correção de erros tipográficos das edições originais, que são as seguintes:

1) — "Aspectos da Literatura Brasileira", coleção Joaquim Nabuco, Americ-Edit, Rio de Janeiro, 1943;

2) — "Amor e Medo", em "O Aleijadinho" e "Alvares de Azevedo", R. A. Editora, Rio de Janeiro, 1935;

3) — "O Movimento Modernista", conferência lida no Salão de Conferências da Biblioteca do Ministério das Relações Exteriores do Brasil, no dia 30 de abril de 1942, Casa do Estudante do Brasil, Rio de Janeiro, 1942.

4) — "Novo Momento Pernambucano", Prefácio a Octavio de Freitas Júnior, "Ensaios do nosso Tempo" — Casa do Estudante do Brasil; Rio de Janeiro, 1943.

A única alteração feita pelo autor nestes escritos foi a mudança de nome do último estudo que se torna aqui "Segundo Momento Pernambucano", como vem prevista no plano das Obras Completas.

ADVERTÊNCIA

Reuni neste volume alguns dos ensaios de crítica literária, escritos mais ou menos ao léu das circunstâncias e do meu prazer. Espero que se reconheça neles, não o propósito de distribuir justiça, que considero mesquinho na arte da crítica, mas o esforço apaixonado de amar e compreender. É mesmo certo que se por vezes sou um bocado áspero em minhas censuras aos artistas isso provém de uma desilusão. A desilusão de não terem eles me proporcionado, de arte, o quanto eu sinto poderiam me dar.

Os estudos sobre Manuel Bandeira, Castro Alves e O Ateneu foram publicados na Revista do Brasil, na atual fase carioca da revista. Os ensaios sobre A Poesia em 1930, Luís Aranha e Tristão de Ataíde, foram publicados pela Revista Nova, e A Elegia de Abril na recente revista Clima, ambas de São Paulo. O estudo sobre As Memórias de um Sargento de Milícias se publicou como introdução à edição de luxo desse livro, feita pela Livraria Martins, de São Paulo. Quanto às notas sobre Machado de Assis e A Volta do Condor, foram crônicas publicadas no Diário de Notícias do Rio de Janeiro, mas de pretensão mais vaidosa no tamanho, a que, na última, se ajuntou, como abertura, um artigo publicado na Revista Acadêmica do Rio.

As modificações não são substanciais. As feitas em trabalhos mais antigos derivam em especial de uma atitude e linguagem de combate que já não têm mais razão de ser. As modificações em escritos recentes derivam de jornais e revistas ainda continuarem naquela subserviente covardia de, agradar a magra dieta espiritual de seus leitores, corrigirem os "erros" de gramática dos artistas. Deixo aqui o meu protesto.

M. de A.

TRISTÃO DE ATAÍDE

(1931)

Bem definido pela religião que professa com uma firmeza moral raríssima num país que apesar de suas cores tão vivas só produz indivíduos de meias tintas, Tristão de Ataíde continua na quarta série dos Estudos a obra sectária que o caracteriza. Tristão de Ataíde é talvez o exemplar mais útil que se possa apresentar à mocidade brasileira, covarde e indecisa. Não apenas aos católicos, mas a todos em geral, que, na ordem das suas crenças e destinos desejados, têm a copiar dele o desassombro, a cultura coordenada, a nobreza de intenção, o incorruptível do caráter.

Está claro que sob o ponto de vista literário, toda crítica dotada de doutrina religiosa ou política é falsa, ou pelo menos imperfeita. Pragmaticamente exata mas tendenciosa. Há um contraste insolúvel entre os detalhes duma religião ou sistema político, e a criação artística. Os estetas católicos se esforçarão em falar que não há. Há. Há desde início, por ser impossível estabelecer a medida justa em que a criação passe a pecado. A não ser que se acredite em critérios tais ver o daquela censura fradesca, referida por Gonçalves Dias, a qual num soneto mudou pra "ósculo" a palavra "beijo", considerada imoral.

Por essa impossibilidade de limite, a Igreja condescendente com Camões, com Dante, Miguel Anjo ou Bernini. Só se condena as obras decididamente contra, deixando as outras prá essa espécie de intriga de comadres: campanhas de jornais, surdina de confessionários, etc. É dolorosamente mesquinho.

Quem quer tenha seguido a evolução de Tristão de Ataíde através dos cinco volumes dos Estudos, notará desde logo que, de crítico literário, ele vai gradativamente passando a comentador de idéias gerais. Essa mudança lhe veio em função do próprio catolicismo que aceitou em meio caminho. E é também uma prova da contradição que existe entre a Arte e a crítica sectária. Não estou longe de crer que dentro de Tristão de Ataíde se processou todo um drama penoso de remorso, que o tornou cada vez mais desgostado da crítica literária, cada vez mais consciente, não digo das injustiças, mas das indecisões, das irregularidades que praticava como crítico de arte. Daí a precisão de se evadir dessa crítica dos artistas pra crítica das idéias gerais, em que todo sectarismo, todo pragmatismo pode se mostrar com mais lealdade e justiça.

Como crítico literário, Tristão de Ataíde sofria dos defeitos por assim dizer já tradicionais na crítica literária brasileira desde Sílvio Romero. Nesta barafunda, que é o Brasil, os nossos críticos são impelidos a ajuntar as personalidades e as obras, pela precisão ilusória de enxergar o que não existe ainda, a nação. Daí uma crítica prematuramente sintética, se contentando de generalizações muitas vezes apressadas, outras inteiramente falsas. Apregoando o nosso individualismo, *eles socializam tudo*. Quando a atitude tinha de ser de análise das personalidades e às vezes mesmo de cada obra em particular, eles sintetizavam as correntes, imaginando que o conhecimento de Brasil viria da síntese. Ora tal síntese era, especialmente em relação aos fenômenos culturais, impossíveis: porque, como sucede com todos os outros povos americanos, a nossa formação nacional não é natural, não é espontânea, não, é, por assim dizer, lógica. Daí a imundície de contrastes que somos. Não é tempo ainda de compreender a alma-brasil por síntese. Porque nesta ou a gente cai em afirmações precárias, e inda por cima confusionistas, como Tristão de Ataíde quando declara que o sentimento religioso "é a própria alma brasileira, o que temos de mais diferente (sic), o que temos de mais nosso" (pág. 288); ou então naquela inefável compilação do fichário de Medeiros e Albuquerque que censurava um poeta nacionalista por cantar o amendoim "frutinha estrangeira, talvez originária da Síria".

Outros defeitos da crítica literária de Tristão de Ataíde são a quase dolorosa incompreensão poética; a conversão sistemática de todos os nossos valores individuais e movimentos a fenômenos de mera importação; e, o que é pior, a sujeição das opiniões artísticas dele à *cour d'amour européia*. Por todos estes defeitos tradicionais, a crítica literária de Tristão de Ataíde já se ressentia duma tosquidão esboçadora muito grave, duma falta de subtileza de análise, que a entrada no Catolicismo só veio aumentar. E com efeito, o pensador católico se via em grande parte despejado daquele liberalismo que inda faz pouco Thibaudet achava imprescindível a toda crítica literária. O que ganhava em combatividade perdeu em poder de contemplação. A mudança de personalidade foi pra melhor, é minha opinião; mas a crítica já indecisa dos *Estudos* adquiria mais uma indecisão nova. Sem praticar injustiças conscientes, de que é incapaz, Tristão de Ataíde oscilava agora quanto ao ponto de vista em que devia encarar as obras. Daí injustiças que, por involuntárias, não deixam de ser flagrantes. Tal é o caso, p. ex., das atitudes diversas tomadas ante *O Gaúcho* de Paulo de Freitas (pág. 96), e *A Bagaceira*, de José Américo de Almeida (3ª série, vol. I, pág. 137). Ao primeiro que romanceia sobre a vida particular de todas as pessoas, que podiam perfeitamente não ter espírito religioso, censura a ausência do sobrenaturalismo; ao passo que nem toca no assunto diante da Bagaceira, que romanceia uma região, uma psicologia coletiva, a que o problema religioso não apenas se prende necessariamente, mas é imprescindível como realidade. A injustiça é flagrante. Podia citar mais exemplos.

Mas não apenas em casos particulares se especifica a perplexidade em que se via o pensador católico pra continuar como crítico literário. Uma nova anomalia grande surgia vingarenta:

A prova mais íntima de que talvez formemos hoje uma literatura nacional realmente expressiva da nossa entidade (no que ela possa ser considerada como entidade...), não está em se parolar Brasil e mais Brasil, em se fazer regionalismo, em exaltar o ameríndio; não está na gente escrever a fala brasileira; não está na gente fazer folclore e ser dogmaticamente brasileiro: está, mas no instintivismo que a fase atual da literatura indígena manifesta, e é ruim sintoma.

Se é certo que esse instintivismo coincide em grande parte com o movimento universal das artes (Tristão de Ataíde a horas tantas equipara e confunde o nosso primarismo atual e o do universo...), essa coincidência me parece meramente exterior. Num Proust, num Joyce, num Picasso, num Strawinsky (estes dois sintomaticamente perdulários e viracasacas...), em Carlito, no *Surréalisme,* em Mussolini[1], esse instintivismo universal representa ainda uma continuidade culta, reacionária (instintivismo por assim dizer organizado...), da exasperação racionalista do Oitocentos. Entre nós o instintivismo é outro, é ignaro e contraditório: não representa nenhuma cultura nem nenhuma *incultura* propriamente dita: é apenas uma coisa informe, hedionda, dessocializante, ignara, ignara. É o instintivismo bêbado e contraditório dum povo que já se lembra só fracamente do importante Diabo e inda poetiza popularmente sobre as sereias e Cupido; é o instintivismo que se deixa abater por 30 anos de miséria política; cria de sopetão o entusiasmo revolucionário de 1930, sem razão objetiva pro povo; e depois dessa unanimidade que se acreditara nacional, rompe num *rush* de cavação, de novo empregadismo-público mamífero da espécie mais parasitária, pedindo paga pessoal do sacrifício coletivo; e cria mais essa macaqueação indecente do "batismo de sangue" pela qual agora *mandaram*, espadas de ouro, só porque *mandaram* a soldadesca... ensangüentar-se nas avexadas Itararés. E isso enquanto, como jamais, deslustra as consciências, não a necessidade econômica, não a realidade geográfica do separatismo, porém a queixa, o despeito, a irritação, o *sentimento* de separatismo. Tudo isso é que as nossas artes desmandibuladamente instintivistas de agora representam. Frutos azedos, embora muitas vezes admiravelmente líricos, duma contradição nem mesmo sistemática, duma desorganização nem mesmo bárbara. Frutos do nada que somos como entidade. Frutos do mais amargo nada humano. Se compreende pois, a anomalia que eu indicava en-

---

1. Lembro Mussolini porque a tirania ditatorial é o processo mais instintivo de governo, diretamente provindo dos primitivos reis-deuses, e dos reis representantes de divindades.

tre a literatura nossa e a crítica sectária e incontestavelmente pragmática de Tristão de Ataíde. É que quanto mais as artes estão *verdadeiras*, mais o crítico tem que as censurar, porque representativas daquilo que é a expressão mais nítida da realidade nacional! Por tudo isso se compreenderá o drama interior do crítico, drama que o leva cada vez mais a abandonar o estudo das obras literárias em favor da discussão das idéias gerais. Perdemos um excelente crítico literário, apesar dos defeitos, excelente; ganhamos um pensador católico. Que estamos de parabéns é a minha opinião.

A principal preocupação que a gente constata nestes *Estudos* novos é verificar afirmativamente a catolicidade da gente brasileira. Inda numa crônica de 29 de março passado, d'*O Jornal*, Tristão de Ataíde voltava à afirmativa. Esse assunto se desenvolve especialmente no capítulo V e no importante capítulo XXI. A todo momento no volume o pensador católico volta à idéia utilitária que o preocupa. Se reconhece "o agnosticismo radical (...) de quase todas as nossas inteligências " (pág. 321); se pra ele a situação em que nos encontramos é laicismo do Estado, barbarismo dos diletantes e santismo das classes mais espiritualmente abandonadas, "para dar força ao tremendo indiferentismo integral *(sic)* que corrói todas as nossas forças vitais, tanto econômicas como religiosas" (pág. 278): por outro lado afirma que "um dos fatores primordiais da nossa unidade foi justamente a Fé" (pág. 248); entende que "foi ele (o fator religioso) que nos deu uma alma comum, uma tradição comum e a possibilidade de sempre *(sic)* fundir os elementos disparatados que nos formaram" (pág. 248); indica que "o laicismo absoluto das camadas superiores (...) não conseguiu ainda arrancar as virtudes e a Fé que formou esse povo (brasileiro), que abriu a sua alma, que alimentou o seu ideal e até hoje o penetra em toda a sua vida. Sob todas as formas *(sic)*, das mais puras às mais degeneradas" (pág. 250).

Reconheço que há certa perversidade em ajuntar assim textos jornalísticos que tantas vezes, embora refletidos, dependem dum bom jantar ou dum quase desastre de automóvel agüentado na esquina. Seria perversidade, se tivesse da minha parte a intenção de provar que o crítico se contradiz. Ora não vejo propriamente contradição nessas afirmativas apaixonadas, quero apenas provar o quanto o problema da nossa catolicidade *persegue* Tristão de Ataíde. Essa preocupação o leva no entanto a algumas afirmações inválidas, e principalmente a um tal ou qual confusionismo entre religiosidade e catolicidade.

Afirmação inválida me parece, p. ex., aquela aludindo aos versos pra Nossa Senhora, dum poeta sem fé, Augusto Meyer (e poderia ter lembrado com muito mais razão, Manuel Bandeira...) comenta: "como que a mostrar quanto um sentimento religioso espontâneo lutava contra o seu cepticismo precoce", do poeta (pág. 272). Ora isso me parece um carinho exageradamente sectário. O problema religioso não apenas foi posto em moda na literatura de depois da Guerra (e era pois aqui um caso de Tristão de Ataíde reverter o fenômeno individualista do poeta a uma importação européia, como costuma fazer...), como se tornou moda toda especial do modernismo brasileiro. Até pintores, como Tarsila do Amaral, e escultores como Brecheret (mas o caso deste não é nacionalista, não escaparam dessa temática em voga. Preocupados especialmente em dar analiticamente as tendências que regiam com mais efusão a brasileira, os nossos artistas modernos logo salientaram, especificaram e desenvolveram a religiosidade nacional. Porém não apenas essa religiosidade quando orientada pela tradição cristã, como ainda pelo feiticismo africano e pela superstição, que tanto irritam o pensador católico. Se o jeito de expressar o assunto mudou pela maneira derramada e mais exteriormente brasileira com que atualmente somos artistas, nem por isso a *Nossa Senhora* de Augusto Meyer, a *Macumba* de Graça Aranha, a *Santa Teresinha* de Manuel Bandeira, a *Cabra Cabriola* de Ascenso Ferreira, a *Cuca* ou o *Coração de Jesus* de Tarsila do Amaral, deixam de ser tão temáticos como faunos e Pan pros parnasianos, Cupido e Vênus pros árcades.

Outra vez em que a afirmação do crítico me parece inválida é quando afirma que a religião católica "foi *sempre*, em nossa história, um princípio de ação e de reação" (pág. 275) e, depois de enumerar algumas provas reais disso, insuficientes pra justificar o "sempre" entusiasmado, conclui: "E se (os deturpadores da nossa História) não olham para o exterior, que fará com o que não está visível aos olhos do corpo! Com o que se sente mas não se vê. Com o que se sente mas não se define *(sic)*. Com o que se sente e não se pode provar por estatísticas, pois transcende a toda estatística, e é mais leve que todo peso, mais sutil que todo número, maior que toda medida" (pág. 278). Ora não é possível o pensador católico encontrar maneira mais rápida de invalidar o que vinha provando, do que citar em abono próprio essa coisa que *ele é* que sente e considera indefinível. E portanto não pode servir de prova. Porque o contraditor dirá que é justamente esse indefinível, essa coisa que *ele* (contraditor) também sente mas não vê, que prova a falta de catolicidade da nossa gente. Argumento de mil gumes.

O problema da catolicidade brasileira é dos mais delicados da entidade nacional e, por mim, jamais cheguei a uma verdade nítida. Confesso que não consigo verificar bem na gente brasileira um catolicismo essencial, digno do nome de religião. Principalmente como fenômeno social. Digo isso com tristeza porque me parece mais outra miséria nossa. Porém o que tenho percebido em nós é uma tradição ou costume católico, vindo de fora pra dentro; na infinita maioria dos eruditos e semi-eruditos, muito deturpado pelo carinho sentimental às memórias de infância e tradição. Nada ou quase nada essencial. Por meio desse costume que tem quatro séculos de raízes, era natural que existisse em nós uma espontaneidade católica. Ela existe. Mas reage a infinita maioria das vezes como fenômeno individualista[2]: não funde mais a gente em movimentos de ataque ou de defesa coletiva.

No entanto nós sabemos como são furiosos aqui os movimentos criados pelo "santismo" popular, pelos Antônio Conselheiros, pelos João Antônio dos Santos, o criador da religião (?) da Pedra Bonita. E o nosso padrinho padre Cícero...

---

2. É engraçadíssimo a gente reparar como, nas proximidades da Semana Santa, em principal depois dela passar, aumenta o número de pessoas tirando chapéu, diante das igrejas. Depois a cumprimentação vai diminuindo, diminuindo, fica reduzidíssima por novembro e dezembro.

Mas a própria superstição católica persevera em nós com bastante precariedade. É precária em nosso povo a conversão das crendices confortadoras das indecisões quotidianas a uma ordem católica de abusos. Essa conversão existe porém abundante, na idolatria de santos inventados. Ficou célebre, não apenas aqui no Estado, aquela briga de família que deu pra Araraquara um apelido triste. Não importa saber do caso todo, basta aqui lembrar que os dois Britos sergipanos, sacrificados à sede dos seus inimigos mineiros, tiveram sepultura no novo cemitério regular da cidade, bem afastado, da cidade. Apesar da lonjura e de tudo isso, faz 34 anos, a sepultura dos Britos continua visitadíssima por todos, e na certa que por enorme maioria que nem conheceu os dois desinfelizes. Esse cemitério até os de Araraquara conhecem por "cemitério dos Britos". A religiosidade trabalhou. Se conta que os dois corpos esfaqueados continuam intactos no cemitério.

Outros falam que os ossos foram roubados. O certo é que visitando o cemitério dos Britos, a gente encontra a sepultura deles sempre cheia de velas e um rio morto de cera no chão. Mas não são ofertas a Deus pra que outorgue piedade às duas almas; são velas, crenças e ânsias ofertas aos Britos, sabei-me lá em que embrulhadas de jerarquias celestiais, pra se conseguir, ou pagar, tal desejo, tal recuperação de saúde, etc. São promessas feitas aos Britos, que agem numa zona vasta como santos. Pra não dizer como deuses. Também contam que no Paraná tem um túmulo que chora água curativa. E entre santos vivos do Brasil, além da famosa Santa mineira de Coqueiros, tem mais dois em Pernambuco, um padre Serra e uma Santa Isabel do Alto do Céu. E a estigmatizada de Campinas. Mas se esse abuso de superstição é hereditariamente de ordem católica, por outro lado é sintomático que as bruxas, superstição católica, não tivessem vitalidade nenhuma na tradição nacional. Em Portugal, que nos deu a parte máxima do nosso folclore, a tradição da bruxa permanece viva. Luís Pina, em 1929, inda publicava um livro lá sobre *Bruxas e Medicina*. No último número da *Revista Lusitana* (v. XXVIII, pág. 252) se prova a sobrevivência dos sabás em Portugal. No Brasil, onde se generalizaram as cruzes de estrada celebrando assassinados, não medraram nada as cruzes de encruzilhadas de que em Portugal "encontram-se por toda a parte (...) a santificar o lugar que é ponto de reunião das bruxas e do demônio". Aliás o próprio costume de rezar nas cruzes de estrada, se inda persiste no Nordeste, já vai fraco e irregular. Em certas regiões de São Paulo quase não existe mais.

No extremo sul não é menos patente, ou talvez seja ainda mais que no centro e no Norte, essa religiosidade superficial. Saint-Hilaire afirma serem os gaúchos "mais ou menos estranhos a sentimentos religiosos", observação que João Pinto da Silva comenta e confirma desta maneira: "Não é lícito deixar de reconhecer, por exemplo, a exatidão do seu conceito (de Saint-Hilaire) relativo à fragilidade do espírito religioso, entre nós. Não há, pelo menos, na história rio-grandense ato ou episódio que autorize outra conclusão. Se não existem provas de completa indiferença, não se encontram tão pouco, ardentes afirmações de fé, demonstrações enérgicas de crença. Em matéria religiosa, o que sempre se observou, aqui, foi um belo e sólido equilíbrio, distante, por certo, da indiferença e mais distante ainda do fanatismo".

O Diabo que é duma necessidade popular primordial, a não ser na frase-feita das exclamações, tem vida pouca no país. Nas Macumbas o identificaram com Exu, em que ele perdeu finalidade e função. Porém mesmo essa identificação parece tão falsa como a dos primeiros jesuítas e viajantes quando descobriram Jeová em Tupã e o Diabo nos demônios da mitologia ameríndia. De Pernambuco, me interpretam Exu como "espírito escravo dos outros" espíritos. Nos Catimbós nordestinos não achei o Diabo, pois não tem Mestre catimboseiro que se identifique com ele. Também nas Pajelanças da Amazônia, que após o hiato catimboseiro do Nordeste, renovam a tradição africana das Macumbas de Rio-Baía e talvez do Vodu antilhano, não sei que tenha Mestre, espírito mau ou coisa que o valha, identificável com o Diabo. Por Norte e Nordeste, porém, mais do Centro Sul, permanece a Oração da Cabra Preta, em que se percebe, se não o enxofre pelo menos o pé do Pé de Cabra. E na tradição dos cantadores de lá continua vivíssima a universal tradição da luta musical com o Cão. Por todo o resto do país o Diabo se tornou, quanto a crendice quotidiana, uma abusão desnecessária, ao passo que muito menos étnica e tradicionalmente justificáveis, inda vivem de vida saborosa os sacis, os curupiras, os Negrinhos do pastoreio, os tutus, as cucas — estas últimas, resto pobre da bruxaria européia. Sem me dar ao trabalho de pesquisa grande, embora reconhecendo que no Brasil, também tem muito jeito de nomear o Diabo, muito provérbio em que ele entra, pegando num só artigo desse mesmo vol. da *Rev Lusitana,* eis o que encontro em Portugal, só na regiãozinha de Turquel: Disfarces vocabulares do Diabo: Diaço, Diago, Dialho, Diango, *Dianho* (grifo o que sei permanecer no Brasil), Diatras, *Diogo,* Nabo, o das unhas grandes. Faísca-velha (mãe do Diabo). Exclamações: *C'os diabos!;* C'os diabos de Castela!; Com 10 (30, um cento de, 300, 600, 1.000, 1.000.000) de diabos! (e lembrar que nos *Volcoens de Lama* o Roberto Rodrigues jura "com dez milheiros de diabos!..."); Os diabos se queimem!; Os diabos se percam!; *Diabos o levem!;* Cara do Diabo!; Cara de Barzabú!; o raio do Diabo!; o *alma do Diabo!;* Raça do Diabo!; *Vai para o inferno!;* Vai para o meio do inferno!; *Vai para os quintos do inferno!;* Vai para a casa do Diabo!; *Vai para o Diabo que te leve!; Vai para o Diabo que te carregue!;* Oh homem de Deus ou do Diabo! (falamos só "oh homem de *Deus");* Viram o Diabo em guedelha!; Viram o Diabo azul; *Houve o Diabo a quatro!; Diz, o que o Diabo não lembrou!;* Deu volta no inferno! Ditos sentenciosos: Abóbora e nabo enganou o Diabo; Quem com o Diabo cava a vinha, com o Diabo a vindima; Para um coxo, um calvo e para um calvo o Diabo; O diabo nunca foge para a igreja; O Diabo tem uma manta e um chocalho; *Mais tem Deus para dar que o Diabo para levar;O Diabo não é tão feio como o pintam;* Por que sabe o Diabo tanto? Porque é velho; Quem o seu não vê, o Diabo lho leva; Na vinha do diabo não fica rabisco; Melhor é um com Deus que dois com o Diabo; Os demônios são muitos e a água-benta é pouca. Está claro que podia compendiar também o que sei sobre o Diabo no Brasil, principalmente os eufemismos pra nomeá-lo que são muitos, mas além de quase tudo nos vir de além-mar, este exemplo duma só região pequena de Portugal pequenino aturde pelo número, mostrando uma preocupação do diabo de que positivamente o brasileiro está livre. Displicentemente pego nos *Proverbs and Maxims,* de Rayner, e conto sem cismar 59 provérbios sobre o Diabo! Se vê como estamos longe do Diabo por toda esta documentação ajuntada... enquanto o Diabo esfrega um olho.

Mas é ainda na própria aplicação supersticiosa dos santos, das datas religiosas e das lendas sagradas que a catolicidade brasileira se mostra precária. Os nossos santuários são valhacoutos de desabusados e de abusos quando chega o tempo da festança. A simpática invocação de N. S. do Brasil não pegou, que era de religiosidade bem nacionalizadora, era de cultura própria e nenhuma importação. Pelo contrário, Santa Teresinha, importada em grande parte pelos padres estranhos que vivem aqui, se tornou dum abuso sentimental excessivamente urbano e assanhado. O que prova a exterioridade da importação. Sem querer ferir o sentimento de ninguém, é incontestável que importações sacras assim, ou como o São Cristóvão dos automóveis, são enormemente similares às mascotes importadas do bricabraque europeu.

Nas classes incultas, em que não existe a vaidade, ou o orgulho, ou se quiserem o preconceito das tradições cultas, que faz a burguesia se dizer católica por "família e história" o Protestantismo e o Espiritismo, apesar do combate dos padres, encontraram uma complacência extraordinária e disseminação facílima. Este escrito não saiu no 2º número da *Revista Nova* como devia, o que me permite lembrar ao leitor o estudo dos Drs. Leonídio Ribeiro e Murilo de Campos, lá publicado, sobre a violência com que o Espiritismo grassa em nosso povo. Também o Dr. Osório César, médico e escritor paulista, possui estudos a esse respeito. Numa viagem recente que fiz pelo interior paulista, apalpei o verdadeiro foco espiritista de Matão, cidadinha próspera. Se falava então de horrores de moças convertidas em *médiuns*, urrando na escureza das fazendas de-noite. E o padre tem luta brava pra conseguir um bocado de catolicismo na zona. Quanto ao Protestantismo creio que não careço lembrar opinião de ninguém. Ms lembro ainda um caso de viagem: Quando estive em Porto Velho pra conhecer a Madeira-Mamoré, notei na cidade importante e nova umas verdadeiras ruínas, paredões descobertos e imponentes. Falaram-me que era a única igreja católica da cidade. Não foi possível acabar, estava abandonada porque a religião local era protestante. Só mais tarde a recomeçaram. Se a Fé católica ajudou muito os movimentos da Colônia contra os calvinistas de Holanda e França, são raríssimos dum século pra cá os, não digo movimentos, mas apenas casos, casos pançudos de revolta contra os nova-seitas, que nem o engraçado da cidade pernambucana de Palmares[3]. Casos, aliás, sem a mínima perseverança, sem a mínima essencialidade de fé, facilmente explicáveis pelo provérbio do boi novo que posto em malhada velha até das vacas apanha. Uma recordação de infância me conta que de-noite vários colegas do Ginásio de N. S. do Carmo nos reuníamos pra fumar de escondido, beber cerveja e outros então crimes dos 14 anos. Entre estes primava o de atirar pedra nas vidraças dum colégio diz-que protestante que havia numa esquina do então inculto largo da República. Hoje que posso me analisar melhor, sei que não era o zelo religioso de que nos imaginávamos possuídos que nos levava a atirar pedra, e sim o zelo das pedradas que nos tornava católicos e cruzados.

E, é incontestável que o primeiro do ano e o tríduo carnavalesco têm significação brasileira pelo menos tão importante pro povo como a Noite de Festa (Natal), ou a Semana Santa. Não é bom falar do São João em que, quando a festa não é exclusivamente profana, o santo aparece enormemente paganizado à contaminação de mitos vegetais, como nos veio da Europa.

3. No Nordeste chamam ao protestante de "nova-seita". O primeiro nova-seita que apareceu em Palmares, foi um norte-americano chamado Anderlight. Realizou com a família um batismo público no rio Una. A população toda foi ver, vaiou e jogou lama nos tais.

O Carnaval, como costumes, é uma das criações mais livres, mais nossas, mais originais do Brasil, apesar de importado. Nele nasceu e evolui a dança nacional urbana por excelência. O espaço de Natal a Reis que inda tem uma verdadeira significação popular no Nordeste se caracteriza pelos espetáculos das danças dramáticas, em que o naco de catolicidade, subsistente dos autos jesuíticos talvez, é pura superfectação antiquada, sem significação nenhuma. E quanto às rezas tradicionais de oratórios particulares ou improvisados, de famílias reunindo a redondeza com o chamariz do samba que as termina: pelo chamariz se identificam com os mutirões, sem ter a significação social nem mesmo ritual destes.

E desleixadamente desabusado pra não dizer incrédulo, o nosso povo tradicionaliza coisas que jamais uma catolicidade intrínseca não permitiria existissem. No meu *Ensaio sobre Música Brasileira*, registrei uma roda infantil nossa, incrível pela falta de ingenuidade, rindo do padre e seus namoros[4].

---

4. Falo da roda do Padre Francisco, colhida em Cananéia. O texto não passa duma deformação, sem a significação primitiva, adquirida outra mais bandalha, daquele passo de certas versões do Conde Claros em que o conde, enganado em frade, vai confessar a infant a prestes a caminhar prá forca.
  No meio da confissão ele pede beijos e abraços, ao que a infanta se enquisila toda e responde que boca beijada pelo conde Claros só por ele será beijada. Então o conde se dá a conhecer e salva a moça. Numa versão ribatejana diz o frade-conde:

  — Venha cá, minha menina,
  Que a quero confessar;
  No primeiro Mandamento
  Um beijinho me há de dar.

  A origem do nosso texto é essa. Parece ainda que teve contaminação com outras fontes portuguesas, como a oração "Meu Padre S. Francisco" (Firmino Marques: *Folclore do Conselho de Vinhais*, 11928, pág. 65), em que se fala de confessar os pecados e "dar graça" nesta vida, oração à que está ligada (1° cap. Cit.) a anedota sacra duma moça velha (é o caso da nossa roda), que aos 30 anos vai se confessar pela primeira vez. E ainda com a significação de namoro padresco é imprescindível lembrar, como justificativa tradicional da nossa roda, aquela peça, musicalmente americana, textualmente bem portuga, impressa por João do Rio nos *Fados e Canções de Portugal* sob o título *Frei Paulino*. A contaminação me parece provável. Mas o significado é a conversão dum romance puro português, e possivelmente de peças brejeiras para adultos, numa roda infantil nossa...

No romanceiro nacional, especialmente no dessa zona prodigiosa de lirismo literário-musical que do Nordeste litorâneo entra sertões a dentro pelo caminho do São Francisco, especialmente no romanceiro nordestino, o padre é sistematicamente ridicularizado, embora freqüentes as manifestações de catolicidade[5]. Nos *Violeiros do norte* (pág. 151), Leonardo Mota afirma que o povo é sinceramente religioso, que o padre é respeitado e que "faria um rol reduzidíssimo quem se propusesse a catalogar as irreverências religiosas contidas na poesia do povo". Outro observador do nosso nortista, José de Carvalho, em *O Matuto Cearense e o Caboclo do Pará*, afirma que as cantigas paraenses em louvor de certos santos "nada têm de religiosas ou litúrgicas". E se maldar do padre, caçoar dele, é irreverência religiosa, não posso concordar com Leonardo Mota. O povo respeita no geral o padre, como respeita qualquer "seu dotô", mas se desforra na poesia do respeito místico que tem pelos que lidam com incenso, com papelada ou drogas, que são formas de feitiçaria. Quem quer tenha freqüentado o romanceiro nordestino de cordel, há de concordar comigo.

Mas essa caçoada ao padre também já é portuguesa... Em Portugal como na Espanha, Leite de Vasconcelos (*Ensaios Etnográficos*, Lisboa, 1906, v. III, págs. 41 e 60) afirma que "o bom senso (*sic*), popular não é nada favorável à igreja" e que "sendo o nosso povo (português) nimiamente católico, fanático por vezes até, satiriza sempre que pode, nas suas poesias, o padre, os santos e a igreja". Sinto um certo exagero nisso. O padre, sim, esse é satirizado 80% das vezes. E é curioso lembrar que Casemiro de Abreu nas estâncias a Faustino Xavier de Novais não deixa de citar os "frades dos conventos" entre os "bons tipos" que o satírico português deverá zurzir. O versejador do *Evangelho das Selvas*, pouco menos que sacristã, só fala de padre e frade pra caçoar: *Arquétipo, Velha Canção, Harmonicórdio*. Acha, descrevendo *A Cidade,* que "canta na catedral a hipocrisia".

---

5. Note-se que no romanceiro paulistano o padre é completamente ignorado.

Mas a maneira depreciativa de tratar o padre brilha na "história brasileira". *Antonico e Corá*, nosso melhor conto libertino em verso. Só que eu não devia entrar na documentação dos intelectuais, cujo agnosticismo o próprio Tristão de Ataíde reconhece... Bem curioso, aliás, o conceito que o povo tem do padre. Este não é propriamente ministro de Deus. Perde a função de intermediário, em vez, age diretamente sobre os poderes invisíveis benéficos ou malignos, por meio dos gestos, das palavras rituais e da preparação mística anterior ao ofício de padre. É o caraíba, o piaga, o pagé, o *medicine-man* — é exatissimamente o feiticeiro das religiões chamadas "naturais". Inda prova disso é a intriga do padre milagreiro, mais eficaz que os seus êmulos, e ao qual o povo todo recorre. Não tem comunidade que não possua o seu frade, a sua freira especialista nessa coisa tão fácil do povo interpretar como milagre, pela aplicação do princípio determinista da magia. Porém não creio que esta seja tendência específica nossa, pois que contra ela já Dão Francisco Manuel punha em guarda o seu noivo, na *Carta de Guia de Casados*. Mas é bem especialmente nossa, por causa dos ritos brasis e africanos de feitiçaria mágica, permanecidos com tanta vitalidade em nossos meios mais civilizados.

Nos Fandangos, o capelão de bordo do "anau" Catarineta faz o mesmo papel cômico dos diabos e personagens ruins dos Milagres, Farsas, e *Diableries* medievais. Ouvi num Bumba meu Boi cantarem um bendito de esmolar, pedindo dinheiro aos assistentes pra dizer missa. Noutro Bumba rural da zona potiguar dos engenhos, o Mateus, macaqueando o padre, fez com aplauso e enorme riso de todos um sermão blasfemo que levaria qualquer fé essencial à revolta. Na Amazônia, pleno mato, na dança dramática da "Ciranda", como eles chamavam, vi macaquear confissão e comunhão, em que o padre figurado, entre muitas graças da mesma qualidade, falava fornecer por hóstia aos comungantes um pedaço de pirarucu.

Enfim, muito embora ache pueril tirar destes exemplos extraídos dos nossos costumes sociais populares, qualquer afirmação definitiva de falta de fé, mesmo católica, o que me parece é que o Catolicismo se existe generalizado no país como consolação individualista (não me atrevo a dizer como apoio de consciência...), não parece assumir entre nós os valores sociais duma religião.

Num trabalho recentemente publicado, de Carlos Estevão de Oliveira (*Boletim do Museu Nacional* vol IV, fasc. 2), se conta que os Apinagé do norte de Goiás, apesar de vivendo há mais de cem anos sob a não sei se diga gestões religiosas católica, também conservam o seu culto e ritos tapuios. Vivem com duas religiões, o que não é pouca ambição. Ao mesmo tempo em que o padre os batiza e casa, também o Vaiangá, pajé deles, faz o mesmo. Cultuam a Deus como a Mebapáme, que é o sol. Isso é curioso de aproximar daquela observação de Ambrosetti (*supersticiones y Leyendas*, Buenos Aires, 1917, pág. 145) que *el elemento indio de la población del Valle Calchaquí puede decirse que no tiene fé religiosa, en el sentido verdadero de la palabra. Es puntual en la observación de las fiestas y cerimonias religiosas, como también lo es cuando se trata de hacer ofrendas, de invocar a la Pacha Mama; de modo que en el la religión cristiana no ha hecho más que aumentar el número de sus supersticiones, sin diminurle las muchas que ya tenia cuando los españoles entraron en esa región.* Aproximo tais passos do meu assunto porque me parece quase esse o estado religioso atual do povo, disso que "constitui propriamente o corpo da nacionalidade" pra me servir das próprias palavras de Tristão de Ataíde: uma superstição desbragada. Schlichthorst (*Rio de Janeiro wie es ist*, pág. 65), se referindo ao femeeiro amante da Marquesa de Santos, diz que era voz geral que dona Domitila tinha enfeitiçado o imperador. E que se uma superstição desta podia parecer ridícula a europeu, não o era aqui onde os processos sobrenaturais e simpatias estavam universalmente espalhados. A enormidade de nossa superstição, o uso e abuso quotidiano dos seus processos, a violência incontestável da magia branca e negra de proveniência ameríndia e africana, o uso das sibilas de todas as vestimentas, provam a falta de catolicismo verdadeiro tanto na burguesia, como na massa popular. É contrapor a isso as opiniões de Paul Foerster e Menendez y Pelayo sobre a Espanha eminentemente católica (Ver Ludwig Pfandl: *Spanische Kultur und Sitte,* Munique, 1924, pág. 101), ambos afirmando que o Catolicismo impediu na Espanha um desenvolvimento da superstição e da feitiçaria (mesmo de ordem cristã), tão grande como a de outras terras européias.

Desde que o país se fez politicamente livre, jamais que o Catolicismo ligou os seres a ponto de constituir verdadeiramente um movimento de opinião, igual pelo menos ao de Antônio Conselheiro ou do padre Cícero. Haja vista o caso dos bispos. Tristão de Ataíde, num artigo pro *Jornal* de 3 de maio passado, afirmava que *no dizer dum dos nossos historiadores* a questão D.Vital fora a causa principal da dissolução da monarquia (cito de memória). Há um exagero tamanho nisso que desejava saber se Tristão de Ataíde perfilha esse "dizer dum dos nossos historiadores". E se é certo que o caso tomou grande vulto, antes: fez grande bulha, não é menos certo que não provocou "no corpo da nacionalidade" nenhuma reação forte.

Aliás pra falar dum assunto que toca diretamente a psicologia popular, prefiro menos a História que as histórias. Estas, quando refletidoras de qualquer movimento coletivo, são mais expressivas. Principalmente porque as datas de História se fabricam por meio de representantes do povo que entre nós o que menos têm sido é representativos da gente. A não ser na desorganização moral. O próprio Tristão de Ataíde concordará com isso, pois reconhece (pág. 249) que "cada dia é maior a cisão entre as classes governantes e as classes governadas".

Assim o trágico é que a nossa catolicidade não... deturpa em nada a maneira de ser do brasileiro. Não diminui em nada o egotismo, não coíbe a descaracterização moral, não socializa, não nacionaliza, não funde, não cria uma unanimidade. Tristão de Ataíde não se esquece de salientar aquela verificação feita por Alcântara Machado, de que os bandeirantes paulistas eram intimamente católicos. Mas a gente não percebe no que essa catolicidade de boca lhes conformasse de alguma forma o caráter e os gestos. E os fracassos das tentativas de formação de partidos políticos católicos é outra prova inda mais forte do que afirmo. E não se pode esquecer aquele reparo fino de Lima Barreto nos *Bruzundangas* (pág. 147) de ser admirável que um país dito católico não produza seus padres e tenha nos seus conventos quase exclusivamente freires e freiras da estranja. Atualmente é quase heróico o esforço dos bispos pra desenvolver entre nós a vocação sacerdotal...

O indivíduo brasileiro é católico?... Ainda isso me parece duvidoso. E lembro agora o confusionismo em que paira Tristão de Ataíde que, pra afirmar essa catolicidade, tanto fala em Catolicismo, como mais genericamente em religião. Que como generalidade marcante se reconheça na psicologia do brasileiro a tendência religiosa, estou perfeitamente de acordo. É ainda esse um lado em que, como psicologia, coincidimos com os russos e com os indianos. O próprio Tristão de Ataíde fala na "religiosidade vagamente teosófica" que irmana brasileiros e indianos (pág. 189), coincidência que também preocupava a Jackson de Figueiredo. E é ainda importante notar que essa religiosidade nos vem não apenas da fonte luso-católica, como talvez até mais dos sangues negro e ameríndio. Pelo menos parecem provar isso certos ritos festivos permanecidos espantosamente até agora, sem justificativa quase que se pode dizer nem de raça, como p. ex. as danças dos Cabocolinhos nordestinos, impressionantemente conservando as coreografias rituais de caça e guerra dos brasis, faz tanto inexistentes na região; os Maracatus que pelo Carnaval vão ainda dançar na frente das igrejas; os Congados da zona caipira, que inda conservam contato vivo com as festas católicas. E os movimentos numerosos das religiões, das caraimonhagas e dos santões rurais.

Mesmo sem aceitar a excessiva generalização de Freud e seus discípulos, todos estes fenômenos expressivos ao mesmo tempo da religiosidade e da sensualidade brasileiras, fenômenos quando não diretamente provindos sempre parentes dos tão eróticos ritos religiosos criados pela mentalidade primitiva: todos estes fenômenos da nossa religiosidade são eminentemente contraditórios não só da elevação filosófica católica como do Catolicismo *tout court*. Nos ritos criados pelos santões, especialmente no caso medonho da Pedra Bonita; nos horrores denunciados pelos profetões, como o do caso mineiro de Cubas; nas defesas expiatórias como a dos guerreiros de Canudos; e ainda nas superstições mais ou menos escatológicas como a do boiato zebu do padre Cícero ou da estuprada menina Julieta, hoje adorada por santa e mártir nas vizinhanças de Sorocaba, é impossível não discernir um erotismo exasperado. Erotismo tão típico e mais característico que o dos negros que vão às festas religiosas de agosto, em Pirapora, munidos de capotes enormes dentro dos quais abotoam *também* as negras com que sambam. Aqueles fenômenos são a religiosidade criadora do pavor, da angústia, do sofrimento, em que, mesmo desprezado o elemento importantíssimo de derivativo sexual das cantorias e especialmente das coreografias solistas de ginástica exaustiva, subsiste nítido o desejo de autopunição, que tenho por uma das observações mais finas da psicanálise. Nosso clima nossa alimentação, nossa preguiça, nosso sistema de vida e trabalho rural, nossas dificuldades de comunicação, predispõem a uma atividade sexual evidentemente em contradição com o depauperamento físico do nosso homem, corroído de doenças, desprovido de higiene, defraudado por uma alimentação enganadora. Essa atividade, de que são prova as escadinhas de "famílias" de cada par rural, provocava naturalmente uma nevrose e exigia um derivativo. A nossa religiosidade macumbeira, catimboseira, os santões e seus ritos, os profetões e seus clamores, certas danças dramáticas como os Cabocolinhos, os Maracatus, os Pastoris; as coreografias propriamente ditas que nem a dança de São Gonçalo e os Congados afrocaipiras eram isso: excitantes uns, derivativos outros. E principalmente manifestações ciliciais, o masoquismo disfarçado das autopunições. E, por grosseiros, mais acessíveis ao nosso povo tão primário que a elevadíssima religião católica. A religiosidade se desenvolveu. A catolicidade se corroeu por dentro, ficou apenas uma casquinha epidérmica. Enfim: é fácil perceber na grande religiosidade do povo brasileiro, mesmo quando ela se manifesta pelo credo e ritual católico, os processos, os caracteres, as leis psicológicas e sociais que formam as religiões naturais. Porém, leis, processos, caracteres não tendo, como o Cristianismo, "recebido de Deus a orientação e finalidade que por si, eles seriam incapazes de atingir", pra me expressar conforme a concepção católica (Habert, em *La Religion des Peuples non civilisés* do padre A. Bros, p. XI, ed. Lethielleux). Deísmo e sexualismo serão talvez as fontes matrizes da religiosidade brasileira. Aliás Wetherell também, nas *Stray Notes from Bahia*, do meio do século passado, verificando várias vezes a exterioridade do catolicismo nosso (v. pág. 18 e pág. 24) concluía (pág. 99) que os baianos eram apenas deístas...

Todos estes fenômenos e provas indicam religiosidade muita em nosso povo, mas também a superficialidade em que nele permanece a Fé católica. Seja por má orientação dos padres; seja pelos nossos acidentes climáticos, fisiológicos, étnicos; seja ainda pelo nosso hinduismo místico que nos seus êxtases deliciosos nos seqüestra das preocupações e necessidades sociais da terra: o mais visível é que a catolicidade brasileira se conserva em nós que nem um desses abrigos que o urbanismo ergue no meio das ruas de circulação vasta. Não faz parte da rua nem da vida. Só presta episodicamente pra quem sofre de fobias, ou nos momentos de grande atrapalhação. Tristão de Ataíde lembra liricamente a horas tantas as capelinhas que consagram a Nossa Senhora a morraria do Brasil... É verdade. Melancolicamente, é possível responder a essa poesia com outra poesia, e falar que as capelinhas estão nos morros pra que fiquem bem visíveis, porque ninguém não iria buscá-las se escondidas nas noruegas do vale. A nossa catolicidade me parece exterior, inatingível, inativa e absurda, sem nenhuma ou quase nenhuma relação mais com a nossa vida terrestre, sem nenhuma influência em nossa atitude individual e social diante da vida. Catolicidade duma gente de que Jackson de Figueiredo denunciava o conformismo, a tendência pros compromissos fáceis, o individualismo vagamente espiritualista; catolicidade dum povo que tem por sexo a paciência; catolicidade dum povo de que Tristão de Ataíde indigita o primarismo (pág. 30), o instintivismo (pág. 44), e uma mocidade "que se deixa levar pela vida" (pág. 43). O nosso católico é idêntico aquele néscio de que fala Gregório de Matos:

> *Que não elege o bom, nem mau reprova*
> *Por tudo passa deslumbrado e incerto*

E o nosso catolicismo é um Catolicismo balão de oxigênio e covarde, pra uso da hora da morte, como aquele que tanto temia Jean Barois. *Some are atheists only in fair weather* já observa povo inglês... se somos uma terra cheia de católicos, será difícil afirmar que somos uma nação católica. Inda não teremos de certo atingido nem mesmo esse grau primário de civilização em que os *clãs* se organizam por meio da religião!...

Os *Estudos* de Tristão de Ataíde são um drama enorme. Apaixonantes, irritantes, sectários, cultíssimos, nobilíssimos, se não representam porventura o mais característico da personalidade do grande pensador católico, representam melhormente o seu martírio. E se é certo que já agora ele é das mais fortes figuras de críticos que o país produziu, desconfio que os futuros não sei o quê vivendo nestas terras do Brasil terão ao lê-lo o espetáculo dum homem querendo desviar uma enchente, apagar o incêndio dum mato, ou parar um raio com a mão.

A POESIA EM 1930

(1931)

O ano de 1930 fica certamente assinalado na poesia brasileira pelo aparecimento de quatro livros: *Alguma Poesia*, de Carlos Drummond de Andrade; *Libertinagem*, de Manuel Bandeira; *Pássaro Cego*, de Augusto Frederico Schmidt e *Poemas*, de Murilo Mendes. Todos são poetas peritos, e embora dois deles só apareçam agora com seus primeiros volumes, desde muito que podiam ser poetas de livro. Mas quiseram escapar dos desastres quase sempre fatais da juventude. Se fizeram e fazem versos não é mais porque sejam moços, mas porque são poetas.

Essa me parece uma das lições literárias do ano. Quatro livros de poetas na força do homem. Acabaram as inconveniências da aurora. A poesia brasileira muito que tem sofrido destas inconveniências, principalmente a contemporânea, em que a licença de não metrificar botou muita gente imaginando que ninguém carece de ter ritmo mais e basta ajuntar frases fantasiosamente enfileiradas pra fazer verso-livre. Os moços se aproveitaram dessa facilidade aparente, que de fato era uma dificuldade a mais, pois, desprovido o poema dos encantos exteriores de metro e rima, ficava apenas... o talento. E já espanta, um bocado dolorosamente, esse monturinho sapeca de livros de moços, coisa inútil, rostos mais ou menos corados, excessiva promessa, resumindo: bambochata que não resiste à primeira varredura do tempo.

Devia ser proibido por lei indivíduo menor de idade, quero dizer, sem pelo menos 25 anos, publicar livro de versos. A poesia é um grande mal humano. Ela só tem direito de existir como fatalidade que é, mas esta fatalidade apenas se prova a si mesma depois de passadas as inconveniências da aurora. Os moços têm muitos caminhos por onde tornar eficazes as suas falsas atividades: conversem com o povo e o relatem, descrevam festas de região bem detalhadamente, ou se inundem de artigos de louvor aos poetas adorados. Poesia não. Escrevam se quiserem, mas não se envolumem. O resultado dessa envolumação precipitada das inconveniências da aurora, refletindo bem, foi desastrosa no movimento contemporâneo da nossa poesia. Uma desritmação boba, uma falta pavorosa de contribuição pessoal, e sobretudo a conversão contumaz a pó détraqué, da temática que os mais idosos estavam trabalhando com fadiga, hesitações e muitos erros.

Falei na desritmação dos versos dos moços... O que logo salta aos olhos, nestes poetas de 1930, é a questão do ritmo livre. Verso livre é justamente aquisição de ritmos pessoais. Está claro que se saímos da impersonalização das métricas tradicionais, não é pra substituir um encanto socializador por um vácuo individual. O verso livre é uma vitória do individualismo... Beneficiemos ao menos dessa vitória. E é nisso que sobressaem as contribuições de Manuel Bandeira e Augusto Frederico Schmidt.

Libertinagem é um livro de cristalização. Não da poesia de Manuel Bandeira, pois que este livro confirma a grandeza dum dos nossos maiores poetas, mas da psicologia dele. É o livro mais indivíduo Manuel Bandeira de quantos o poeta já publicou. Aliás também nunca ele atingiu com tanta nitidez os seus ideais estéticos, como na confissão (*Poética*, pág. 23) de agora:

> *Estou farto de lirismo comedido*
> *Do lirismo bem comportado...*
> *(......................)*
> *Não quero mais saber do lirismo que não é libertação.*

Entendamo-nos: libertação pessoal.

Essa cristalização de Manuel Bandeira se nota muito particularmente pela rítmica e escolha dos detalhes ocasionadores do estado lírico. Manuel Bandeira lembra esses amantes bem casados que, depois de tanta convivência, acabam se parecendo fisicamente um com o outro. Assim a rítmica dele acabou se parecendo com o físico de Manuel Bandeira. Raro uma doçura franca de movimento. Ritmo todo de ângulos, incisivo, em versos espetados, entradas bruscas, sentimento em lascas, gestos quebrados, nenhuma ondulação. A famosa cadência oratória da frase desapareceu. Nesse sentido, Manuel Bandeira é o poeta mais *civilizado do Brasil*: não só pelo abandono total do enfeite gostoso, como por ser o mais... tipográfico de quantos, bons, possuímos. Quero dizer: se a gente contar na Poesia a maneira dela se realizar, desde o grito inicial à poesia cantada, à manuscrita que se decora, à recitada com acompanhamento, à declamada, à poesia, enfim concebida exclusivamente pra leitura de olhos mudos: Manuel Bandeira é dentre os poetas vivos nossos o que prescinde mais do som. A poesia dele, na infinita maioria atual, é poesia pra leitura. Se observe a aspereza rítmica dum dos poemas mais suaves do livro, como os versos são "intratáveis", incapazes de se encaixar uns nos outros pra criar a entrosagem dum qualquer embalanço:

> *Quando eu tinha seis anos*
> Ganhei um porquinho da Índia
> Que dor de coração eu tinha
> Porque o bichinho só queria estar debaixo do fogão.
> (..................................)
> *o meu porquinho da Índia foi a minha primeira namorada*

A inutilidade do som organizado em movimento é evidente. E citei o verso longo final pra mostrar toda a áspera rítmica do poeta. Aspereza tanto mais característica que, se estudarmos esse verso pelas suas pausas cadenciais, a gente se acha diante dos versos mais suaves da língua: a redondilha e o decassílabo:

> *O meu porquinho da Índia* (7 sílabas)
> *Foi a minha primeira namorada* (10 sílabas)

Numa poesia emocionante pela simplicidade de expressão, acolhendo mil símbolos fiéis, *O Cacto*, o último verso diz bem ritmo atual de Manuel Bandeira: *Era belo, áspero, intratável.*

Aliás se dá mesmo uma luta permanente entre essa essência "intratável" do indivíduo Manuel Bandeira e o lírico que tem nele. Vem disso o dualismo curioso que a gente percebe nas obras dele, passando de jogos com valor absolutamente pessoal, duma detalhação por vezes pueril (no sentido etimológico da palavra), difícil de compreender ou de sentir com intensidade pra quem não privou com o homem, a concepções profundas, duma beleza extremada e interesse geral. Interesse em que não entra mais o conhecimento pessoal do poeta, ou coincidência psicológica com ele. As melhores obras do poeta, *Andorinha, O Anjo da Guarda, A Virgem Maria, Evocação do Recife, Teresa, Noturno da Rua da Lapa,* pra citar apenas o *Libertinagem,* são as poesias em que por mais pessoais que sejam assuntos e detalhes, mais o poeta se despersonaliza, mais é toda a gente e menos é caracteristicamente ritmado. A própria *Evocação do Recife* que atinge o recesso da família chamada nominalmente (Totônio Rodrigues, dona Aninha Viegas), é bem a maneira por que toda a gente ama o lugarinho natal. Em duas poesias, que agora cito: *Poema de Finados* e *Vou-me embora pra Pasárgada,* o poeta se generaliza tanto, que volta aos ritmos menos individualistas da metrificação, como já fizera nas cantigas dos *Sinos* e do *Berimbau,* no *Ritmo dissoluto.*[1]

Muito curioso de observar é o *Vou-me embora pra Pasárgada,* com que Manuel Bandeira deu afinal a obra-prima

---

1. Esse poder socializante do ritmo medido tem uma prova crítica bem evidente dele e de Manuel Bandeira, quando este na *Evocação do Recife,* ao constatar, caçoísta, a nossa escravização ao português gramaticado em Lisboa, principia dançando de repente e organiza, no meio dos versos livres, um verdadeiro refrão coreográfico e *coral:*

> ... *Porque ele é que fala gostoso o português* do Brasil
> Ao passo que nós
> O que fazemos
> É *macaquear*
> A sintaxe lusíada
> *A vida com uma porção de coisas que eu não entendia bem...* (etc.).

Sobre a força socializadora da métrica, ainda se notará a preferência pelos ritmos ímpares de marcha, em Augusto Frederico Schmidt, que é um católico de feição francamente proselitista.

poética dum estado de espírito bastante comum nos poetas brasileiros de hoje. Já o início desse título-refrão que percorre a poesia, é duma unanimidade brasileira muito grande. Nos poetas românticos o tema do exílio e do desejo de voltar é freqüente. Com o neo-romantismo dos nossos parnasianos, o tema das barcas, das velas que partem e "não voltam mais" foi substituindo a ave que voltava ou queria voltar ao ninho antigo. No... neo-neo-romantismo dos contemporâneos, o desprendimento voluptuosamente machucador, a libertação da vida presente, que se resume na noção de partir, agarrou freqüentando com insistência significativa a poesia nova. Isso se nota não tanto nas poesias de viagem, comuníssimas em qualquer dos nossos versolivristas, como pela declinação clara do desejo de partir. Em Augusto Frederico Schmidt esse desejo de partir (ou antes: o de abandonar aquilo em que se está) é uma obsessão constante. Ora, em Manuel Bandeira, o fenômeno se particulariza mais pelo emprego da própria frase "vou-me embora". Se pelo menos em mais dois poetas contemporâneos, de que me lembro no momento, a frase foi empregada com sistematização consciente e não como valor episódico, o "vou-me embora" é ainda uma obssessão da quadra popular nacional. Me retrucarão que será mais certo dizer da quadra portuguesa. Posso aceitar que, como lugar-comum poético, a frase nos tenha vindo de Portugal. Aparece, aliás, em todo o folclore de origem ibérica. Porém o "vou-me embora" freqüenta muito mais a quadra brasileira que a portuguesa, onde, como pretendo demonstrar num estudo futuro, o tema da partida, às mais das vezes, é traduzido por "adeus" — o que parece indicar que a noção de partir é muito mais saudosista em Portugal, onde mais freqüentemente se converte num sentimento de despedida, ao passo que entre nós será mais egoística e desamorosa (o que concorda com o já tão reconhecido individualismo nosso), convertida no sentimento de abandonar aquilo em que se está. Se servindo pois dessa constância nacional, Manuel Bandeira fez ela coincidir com um estado de espírito bem dos nossos poetas contemporâneos, incontestavelmente menos filosofantes que os das duas gerações espirituais anteriores (Bilac, Raimundo Corrêia, Amadeu Amaral, Rosalina Coelho Lisboa, Ronald de Carvalho, Hermes Fontes), porém mais em contato com a vida quotidiana e mais desejosos de resolvê-la numa prática de felicidade. Incapazes de achar a solução, surgiu neles essa vontade amarga de dar de ombros, de não se amolar, de *partir* pra uma farra de libertações morais e físicas de toda espécie. Vontade transitória, episódica, não tem dúvida, mas importante, porque esse não me-amolismo meio gozado deu alguns momentos significativos da poesia ou da evolução espiritual de certos poetas contemporâneos brasileiros. Em última análise, o tema do "vou-me embora pra Pasárgada", é o mesmo que está cantado nas *Danças,* de Mário de Andrade, e em especial é o que dita o diapasão básico dos *Poemas de Bilú,* de Augusto Meyer. Se percebe o eco dele em alguns poemas de Sérgio Milliet e de Carlos Drummond de Andrade, pra enfim se transformar de estado de espírito em constância psicológica, já independente da consciência, em toda a obra de Murilo Mendes. Fiz esta digressão, pra mostrar quanto Manuel Bandeira perdeu de si mesmo, pra dar a um tema useiro dos nossos poetas de agora a sua cristalização mais perfeita. Será, talvez, a ironia da sorte contra esse grande lírico tão intratavelmente individualista, isso dele ser tanto maior poeta quanto menos Manuel Bandeira...

Carlos Drummond de Andrade, dum individualismo também exacerbado, nos deu um livro que revela o indivíduo excessivamente tímido. Já isso transparece pela rítmica dele, inaferravel, disfarçadora. Daí uma riqueza de ritmos muito grande, mas, psicologicamente, quase desnorteante, porém. É o mais rico em ritmos destes quatro poetas. As suas subtilezas atingem às vezes a arte filigranada de Guilherme de Almeida. Assim por exemplo naquele caso curioso de *Fuga* em que, além da primeira quadra da pág. 94 parecer toda em versos de nove sílabas, embora contendo um de oito e outro de dez, a estrofe seguinte, toda em octossílabos, termina com o decassílabo:

> *E todo mundo anda — como eu — de luto.*

Verso habilíssimo, que apesar das suas dez sílabas e possível acentuação de decassílabo romântico, é bem ainda um octossílabo, pois que o parêntese reflexivo "como eu" funciona também como um, por assim dizer, parêntese rítmico — preservando a unidade métrica da quadra.

Tem mesmo em Carlos Drummond de Andrade um compromisso claro entre o verso-livre e a metrificação. Os seus versos curtos assumem, na infinita maioria, função de versos medidos, contendo noções geralmente completas e acentuações tradicionais. Mas não me parece que neste poeta a utilização do verso medido, sistematizada em tantos poemas, seja uma tendência pra socializar-se, como em Augusto Frederico Schimidt, ou pra se generalizar mais, como em Manuel Bandeira. Salvo, talvez, o caso de *Cantiga do Viúvo*, o emprego da metrificação provém, nele, de uma vontade íntima de se aniquilar, de se esconder, de reagir por meio de movimentos ostensivamente cancioneiros e aparentemente alegres e cômicos (sempre ainda o "vou-me embora pra Pasárgada"...) contra a sua inenarrável incapacidade pra viver. É o que ele mesmo resume aliás naquele dar de ombros com que termina a *Toada do Amor:*

> Mariquita, dá cá o pito,
> No teu pito está o infinito (pág. 24)

A análise de *Alguma Poesia* dá bem a medida psicológica do poeta. Desejaria não conhecer intimamente Carlos Drummond de Andrade pra melhor achar pelo livro o tímido que ele é. Pra ele se acomodar, carecia que não tivesse nem a sensibilidade nem a inteligência que possui. Então dava um desses tímidos só tímidos, tão comuns na vida, vencidos sem saber o que são, cuja mediocridade absoluta acaba fazendo-os felizes! Mas Carlos Drummond de Andrade, timidíssimo, é ao mesmo tempo, inteligentíssimo e sensibilíssimo. Coisas que se contrariam com ferocidade. E desse combate toda a poesia dele é feita. Poesia sem água corrente, sem desfiar e concatenar de idéias e estados de sensibilidade, apesar de toda construída sob a gestão da inteligência. Poesia feita de explosões sucessivas. Dentro de cada poema as estrofes, às vezes os versos, são explosões isoladas. A sensibilidade, o golpe de inteligência, as quedas de timidez se enterseccionam aos pinchos. Reparem o final do *Poema das Sete Faces:*

> *Meu Deus, porque me abandonastes*
> *Se sabias que eu não era Deus*
> *Se sabias que eu era fraco.*
>
> *Mundo, mundo, vasto mundo,*
> *Se eu me chamasse Raimundo*
> *Seria uma rima, não seria uma solução.*
> *Mundo, mundo, vasto mundo*
> *Mais vasto é meu coração.*
>
> *Eu não te devia dizer*
> *Mas essa lua*
> *Mas esse conhaque*
> *Põe a gente comovido como o diabo.*

Toda a timidez do poeta ressumbra do primeiro terceto. Vem depois a explosão da sensibilidade na quintilha seguinte com uma fadiga provocando assonâncias, associações de imagens, e o verso sublime (mas intelectualmente tolo) "seria uma rima, não seria uma solução". E o diabo da inteligência explode na quadra final: o poeta pretende disfarçar o estado de sensibilidade em que está, faz uma gracinha bancando a corajosa, bem de tímido mesmo, e observa *com verdade* (pura inteligência, pois), as reações do ser ante o mundo exterior. Essa poesia de arranco, que não se deverá confundir com a superposição de dados objetivos que de Whitman nos veio, é sistemática em todo o livro.

Seria preferível, talvez, que Carlos Drummond de Andrade não fosse tão inteligente... A reação intelectual contra a timidez já está mais que observado: provoca amargor, provoca *humour,* provoca o fazer graça sem franqueza, nem alegria, nem saúde. Em Carlos Drummond de Andrade provocou tudo isso. A amargura não fez mal e foi um valor a mais. Nem o *humour,* provoca o fazer graça sem franqueza, nem alegria, nem saúde. Em Carlos Drummond de Andrade provocou tudo isso. A amargura não fez mal e foi um valor a mais. Nem o *humour*, pois que poesias como *Fuga, Toada de Amor, Quadrilha, Família*, são da melhor poesia de *humour*. E a todo instante se topa com notações humorísticas excelentes, como o final do *São João D'El Rei*:

*E todo me envolve
Uma sensação fina e grossa.* (pág. 42);

ou quase todas as estrofes de *Fantasia*, principalmente as notações sobre o Diabo que me lembraram Schelley. Mas onde a inteligência prejudicou o poeta e o deformou enormemente, foi em fazer ele aderir aos poemas curtos feitos pra gente dar risada, o poema-cocteil, o "poema-piada", na expressão feliz de Sérgio Milliet. O poema-piada é um dos maiores defeitos a que levaram a poesia brasileira contemporânea. Antes de mais nada, isso é facílimo: há centena de criadores de anedotas por aí tudo. Acho mesmo que os poemas-piadas (Manuel Bandeira também caiu, às vezes, nessa precariedade) são a única restrição de valor permanente que se possa fazer a *Alguma Poesia*. Culpa integral da inteligência. De inteligência incapaz e fatigada ("vou-me embora pra Pasárgada!..."). Não é mais *humour*. Não é ainda a sátira. Não creio que esses poemas possam adiantar qualquer coisa ao poeta. E por eles será aplaudido nas rodas dos semiliterarizados das academias e cafés. O que positivamente é uma desgraça.

Assim incapaz e frágil diante da vida (V. o admirável *No meio do Caminho)*, era natural que a poesia de Carlos Drummond de Andrade se alargasse em maior detalhamento individual. De fato: a caracterização psicológica de *Alguma Poesia* não assume apenas verdades totais do indivíduo, como a de *Libertinagem* senão que desce a particularizações interessantíssimas. Dois seqüestros tem no livro, pelo menos dois, que me parecem muito curiosos: o sexual e o que chamarei "da vida besta". Ao seqüestro da vida besta, Carlos Drummond de Andrade conseguiu *sublimar* melhor. Ao sexual não; não o transformou liricamente: preferiu romper adestro contra a preocupação e lutas interiores, mentindo e se escondendo. O suave cantor do *Rei de Sião,* o anjo de *Purificação,* o humorista de tantas ironias, o paciente de sua própria casa, do recesso familiar, da vida besta, virou grosseiro, um ostensivo debochado. O livro está rico de notações sensuais, ora sutis como a da pele picada por mosquitos, ou do dente de ouro da bailarina, ora mal educados como o das tetas. Mas onde o seqüestro explode com abundância provante é no livro estar cheio de coxas e especialmente de pernas (págs. 10,36, 62, 141, 144, 146, 117, 113, 110).

Ainda não encontrei referência, entre as civilizações antigas e primárias, a esse desvio do olhar masculino, universal na civilização Cristã, com que os homens julgam as qualidades boas duma... peça, olhando-lhe as pernas. A explicação do uso das saias me parece insuficiente. Deve haver nesse costume um acondicionamento do ser sexual com as proibições dos Mandamentos, uma espécie de *bluff:* o cristão blefa a lei, com uma inocência deliciosa. Carlos Drummond de Andrade também foi vítima desse desvio do olhar cristão, mas, porém, com uma deformação subconsciente curiosa. Não creio que ele seja na vida esse grosseiro, que tantas pernas evocadas indicam. O que ele quis foi violentar a delicadeza inata, maltratar tudo o que tinha de mais susceptível na sensibilidade dele, dar largas às tendências sexuais, inebriar-se nelas, clangorar pernas e mais pernas, pra se vencer interiormente. Ser grosseiro, ser realista, já que não achava (por causa da própria timidez), saída delicada ou humorística pro caso. E isso culmina, pág. 110 ("pernas" 3 vezes!), na grosseria bem comovente com que o que estava bancando o violento sensual, não conseguiu vencer as delicadezas íntimas, e em vez de falar que a mulher não passa dum sexo (que é o que ele queria gritar malvadamente), exclama: "Todas são pernas!".

O sequestro da vida besta é mais artisticamente valioso. Ele representa a luta entre o poeta, que é um ser de ação pouca, muito empregado público, com família, caipirismo e paz, enfim o "bocejo de felicidade", como ele mesmo o descreveu, e as exigências da vida social contemporânea que já vai atingindo o Brasil da capitais, o ser socializado, de ação muita, eficaz pra sociedade, mais público que íntimo, com maior raio de ação que o cumprimento do dever na família e no empreguinho. O poeta adquiriu uma consciência penosa de sua inutilidade pessoal e da inutilidade social e humana da "vida besta". Mas a tragédia era menos individualista. O poeta pode não atribuir a ela a importância pessoal que dava pro caso sexual, e conseguiu poetificar melhor, fazer disso mais lirismo e mais poesia. Criou poemas de pura sensibilidade saudosa *(Infância)*, complacente *(Sweet Home)*, irônica *(Cidadezinha Qualquer)*, ou humorísticos *(Família, e Sesta)*. Ainda o *Chopin* e a eterna *Cantiga do Viúvo* se enquadram bem no ciclo. Outro poema, este curiosíssimo, também do ciclo, é o *Sinal de Apito*, duma pureza impressionante, em que a "vida besta" aparece convertida em valor social mas vingativamente reduzida, enfim a um simples maquinismo material de gestos e sinais. E finalmente, como clímax do seqüestro, vem a *Balada do Amor através das Idades*. Agora o caso é admiravelmente expressivo. O poeta se vinga da vida besta, botando miríficos suicídios e martírios estrondosos em casos de amor de diferentes épocas passadas. Menos na contemporânea, em que faz o amor dar em casamento, em burguesice, em ..... vida besta: é ele. O poeta não faz mais do que se retratar "através das idades". As dificuldades com que teve que lutar (não sou indiscreto, pois que como as dele, pequenas, todos têm), ele exagerou liricamente e transportou pra épocas *já passadas*, ao passo que na contemporânea, desenhou a coisa fácil, liquidada pronto, *como desejava pra si*. Um documento precioso de psicologia.

Augusto Frederico Schmidt, nos dando em 1930 o *Pássaro Cego*, levou dois anos pra publicar o mesmo número de obras que Manuel Bandeira em 13. Isso determina o poeta. É terra de pau-d'alho: numeroso, abastoso e voluptuariamente desperdiçado. E assim a rítmica dele. O poeta, que vem de judeus e soube tirar dessa origem temas e caracterizações de poesia, é mais propriamente um asiático. Agindo dentro das quenturas mais sensuais, tudo nele reveste as delícias dessa magnificência orientalizante. Na frase dele, coisas, às vezes, possivelmente irritantes, que nem o abuso das repetições, as complicações pernósticas de sintaxe, a religiosidade sem discrição, o feitio não apenas oratório, mas declamatório, o senso exíguo de contemporaneidade, tudo, enfim, que parece feito pra desvalorizar, antes o valoriza. Assume um dote de necessidade que infunde respeito. Na verdade os 32 cacoetes que fazem o material da poesia dele, muito embora ostensivos e dispostos sem a mínima delicadeza de coração[2], ajuntam um grau tamanho de caráter à obra do poeta, que deixam de ser cacoetes para se tornarem caracteres dela.

Sob o ponto de vista técnico, Augusto Frederico Schmidt soube com habilidade rara e desde o primeiro livro, escolher na lição histórica da poesia brasileira o quanto havia de constâncias capazes de lhe darem fisionomia própria e tradicional. Isso vale bem a gente observar porque incide no orientalismo do poeta. Outros também foram buscar através do Brasil constâncias que os tradicionalizassem. Mas o que os outros iam buscar na lição do povo popular, Augusto Frederico Schmidt ia buscar na poesia burguesa, o que o demonstra bem pachá, bem mandarim. Aliás, é um católico de ação e necessariamente havia de demonstrar exasperação monárquica. Mas eu, que a um tempo lhe censurei certos cacoetes, já não os censuro mais. Fazem parte essencial dessa torrente majestosa, e apesar de majestosa sempre suave, da poesia dele. Largas monotonias, coxas odalisquíssimas, danças rituais pesadas, doces com muito açúcar, sedas que são paredes de grossas... E sempre Deus.

Um Deus desamável, mas bem jesuítico, bonito, volumoso e duma violência sincera. Por tudo isso Augusto Frederico

---

2. Prova da tendência proselitista de Augusto Frederico Schmidt. Os poetas proselitistas têm para lhes desculpar esse exceso de indiscrição, a franqueza dadivosa que os anima, a lealdade com que jogam toda a riqueza numa cartada só. Todos eles, no geral, demonstram, com clareza imediata, os "processos" que fazem a técnica e a ideologia deles. Se observe, por exemplo, Marinetti, Verhaeren, Bilac, Maiakowski, Sandburg, poetas sociais, proselitistas incontestáveis, cujas "maneiras" são facilmente perceptíveis, em oposição a um Rimbaud, a um Lautreamont, a um Manuel Bandeira, e mesmo uma Francisca Júlia, não-meamolistas de marca maior, inaferráveis, impossíveis de repetir. Entre Castro Alves e Álvares de Azevedo, mesma coisa.

Schmidt é dentre os nossos poetas contemporâneos, o que melhor sabe cadenciar. Se observe este final da admirável *Profecia*:

Se não obedeceres à escolha do Senhor, será melhor
Que os animais ferozes dividam teu corpo em pedaços.
Que o mar te atire de encontro aos rudes rochedos
E desabem sobre tua cabeça todas as desditas.
Fortifica bem o teu espírito atormentado,
Tira da tua fraqueza o teu grande heroísmo.
Abandona toda a poesia do mundo que é inútil
Pois a beleza distrai os homens e os diminui.
Deixa o teu corpo fechado para todas as volúpias.
Que a noite abandone teu corpo cansado,
Porque teu papel é maior que tu mesmo — e o precisas cumprir!
   (pág. 34)

Cadenciado assim, sutil na tendência pro verso longamente voluptuoso em que a própria exaustão do respiro dificulta a lepidez da idéia (sempre lenta no poeta); tão sutil a ponto de ser lento até em muitos versos curtos, pela disposição sintática:
Avistou a cidade distante,

Iluminada, ardia, como em chamas... (pág. 15),

Pela intercalação de quebras na célula rítmica:

Um dia passa, outro dia
E os dias todos passando vão.
A minha mocidade há de passar em breve
Só terei cinzas no coração (pág. 123),

E ainda pelo uso do entroncamento, e das palavras arcaicas que interceptam a correnteza da naturalidade, temos que reconhecer: Augusto Frederico Schmitd vai tendendo pro verso metrificado. Está claro que isso era necessário pra um poeta de alma messiânica (sem intenção pejorativa nenhuma), católico por natureza e fé. Se a muitos parecerá que o poeta foi buscar nos ritmos ímpares do Romantismo (Tristão de Ataíde), na escolha de dicções românticas, de sintaxes arrevezadas, de palavras velhas, um romantismo novo, a mim me parece que todas essas normas usadas por ele, provêm de tendências mais lógicas. Na realidade, ele não foi buscar nada em ninguém, não, nem se fez sob o signo de Casimiro de Abreu[3], antes: as suas tendências o levaram a utilizações velhuscas (muitas são até parnasianas: o entroncamento, a evocação da *Sublime Porta*, página 169), por aquela parte fatal e unanimizadora das religiões, em que eles se agarram ao passado com o inamovível da Lei e do Rito. Não me emparelho com isto aos que consideram paralisadoras as religiões. Mas é inegável que Deus não requer nem progresso nem evolução. O inamovível da Lei e do Rito não é mais que a projeção mimética de Deus dentro da vida terrestre, um contraste danado. Essas renovações, esses fantasmas antigos, que adornam a poesia de Augusto Frederico Schmidt, têm uma verdadeira função litúrgica dentro dela.

Ainda aspecto essencial do poeta é o emprego das monotonias da obsessão (*Abram as Portas, Menina Morta*), repetindo idéias, palavras, frases com uma pachorra asiática. Poemas há em que as estrofes tiram valor emotivo de serem variantes mínimas de uma idéia única. Augusto Frederico Schmidt valoriza esse processo do Tema com variações, às vezes, muito bem. Inda mais: a condescendência na repetição de certos assuntos como o romântico, da morte, o religioso, da profecia, o modernista, da brasilidade (*Canto do Brasileiro, Novo Canto do Brasileiro*) — coisas que noutro podiam demonstrar insatisfação pela realização anterior — em Augusto Frederico Schmidt são bem valores equatoriais, são mesmo condescendência, complacência, conformismo com as suas próprias descobertas.

3. Não tem dúvida que o Romantismo se tornou uma revolta *consciente* em Augusto Frederico Schmidt, desde o momento em que, fatigado da temática em voga do Modernismo (foi ele, creio, quem primeiro ecoou no Brasil a noção do Antimoderno, de Maritain ... e foi ele pela sua asiática falta de agilidade quem criou com o *Canto do Brasileiro*, uma reprodução... séria do "Vou-me embora prá Pasárgada") , ele quis, e quis bem, abrir caminho novo. Ser moderníssimo, pois... Mas esse romantismo, consciente, e aliás episódico, deu ao poeta o que, me parece, menos o lustrará nos tempos: além do vocabulário sediço que ele não conseguiu renovar nem impor, certas poesias de toda ou muita imitação (*A Deus, Lira*), pastichos visíveis, cujo valor me escapa inteiramente.

O favor que concede à tristura, sem um grito mais lancinante, sem um sarcasmo, sem uma irregularidade psicológica mais rubra (estamos nos antípodas de Manuel Bandeira), prova no poeta um áureo e sonoroso conformismo. As suas próprias insatisfações e remorsos religiosos, coados através dessa maneira geral de ser, tomam irrefragavelmente um ar de Arte Pura, que os imobiliza bem. No fim de um lamento que podia vincar, a gente está mais é gozando. E é pois curioso de constatar que embora a poesia dele clame quedas de consciência, temores do Infinito, fantasmas reachados, insatisfação do presente: na verdade é uma poesia de arte, com muito conformismo e sem a mínima inquietação.

E, se a todo instante na obra deste artista, se topa com imperfeições e desleixos de fatura numerosos, isso não invalida em absoluto o caráter de arte dela. Essas imperfeições fazem parte mesmo da qualidade estética de Augusto Frederico Schmidt, que é de um barroco decidido. Como nos templos carregados de enfeites, de Java, da Índia, do Barroco, do próprio Gótico, é da natureza da obra dele a avaliação do conjunto. Pouco importa num portal gótico, num alto relevo javanês, numa capela-mor barroca, a imperfeição, o mal acabado duma estátua ou duma voluta. Não é da natureza desses estilos aquela perfeição itinerante, completa por si a cada pormenor. O fulgor generoso do conjunto (desprezada mesmo a unidade de concepção desse conjunto) é que vale exclusivamente e ignora essas imperfeições. Tanto fulgor e tanta generosidade que, no geral, as obras dessa estética ficam sempre inacabadas, mesmo porque o acrescentamento, nelas, é sempre possível. Na literatura há também figuras que por mais mortas já, mais do passado, dão sempre a impressão de inacabadas. Goethe, por exemplo, pra subir dum pulo às supremas grandezas. Ao passo que em naturezas sem nenhuma generosidade, um Anatole France, um Machado de Assis, um Pirandello, cada obra é total por si mesma, e mesmo quando ainda vivos, esses autores não implicam espera, são acabados (é bem o caso de Pirandello): outros há que, por generosos, jamais, nem com a morte, dão a impressão de ter findado a obra, Dostoiewsky, Proust...

No meio das grandes correntes que estão movendo o século, a poesia brasileira se conserva como espectadora. Só mesmo o nacionalismo que nos toca essencialmente pra conseguirmos viver em paz com a nossa terra, conseguiu tirar um bocado certos poetas da sua janelinha de ouro e prata. Foi o único instante em que alguns desceram pra rua. Um mérito excepcional de Augusto Frederico Schmidt foi esse de tomar posição na rua. É um católico; e cantando os seus ondulantes versos, criou um convite à procissão, que a gente poderá aceitar. Do lado oposto, o poeta político inda não apareceu.

Porque, vamos e venhamos, a Poesia não pode permanecer neste compromisso de facilidades sentimentaisinhas e didáticas em que quase exclusivamente se confina entre nós. É preciso acabar de vez com essa bobagem de distinguir Poesia e Prosa por meio do aspecto tipográfico — bobagem permanecida mesmo entre os versolivristas. O que as distingue é mesmo o fundo: A Prosa transporta tudo pra um plano único, intelectual, por isso mesmo que desenvolvendo noções, é exclusivamente consciente. A Poesia, pelo contrário, transfunde as noções mais conscientes pra um plano vago, mais geral, mais complexamente humano. Nesse ponto é a principal contribuição do *Surréalisme,* que conseguiu como jamais, especificar a essência da Poesia. Ou que a Poesia se traia inteiramente e vire cantadora pragmática dos interesses sociais, ou vire, no máximo orgulho, inexoravelmente senhoril e livre da inteligência. O meio termo está se tornando cada vez mais inaceitável. Noventa por cento da pseudo-poesia humana é falsificação. É preciso atingir o lirismo absoluto, em que todas as leis técnicas e intelectuais só apareçam pelas próprias razões da libertação, e nunca como normas preestabelecidas. Ou então trair desavergonhadamente: pregar. Ou ser Juiz duma vez, ou ser "louco" duma vez. Versejar cantando a Terra, a Mãe Preta, descrever o Carnaval, gemer de amor batido ou vitorioso, em Poesia, tudo isso é dum carrancismo didático medonho. Não é Poesia, é festinha escolar. E é Prosa da ruim, porque deficiente, incompleta como análise, deformada como essência. E a Poesia cada vez tem de ser mais lírica, no pólo oposto à associação de idéias. Mas são admissíveis ainda e sempre a metrificação, a rima *João Pessoa*, o soneto, o verso de ouro e a estupidez, desque bem raciocinados e falsificadores, porém cantando reivindicações, martírios, grandezas do homem social. Nós chamaremos isso magoadamente Poesia, pra enganar o Burro humano, respeitabilíssimo e desinfeliz. E que ninguém perceba a nossa mágoa. Ninguém perceba dentro de ninguém os estragos que faça o sacrifício.

E agora ressalto o valor dos *Poemas*, de Murilo Mendes. Historicamente é o mais importante dos livros do ano. Murilo Mendes não é um *surréaliste* no sentido de escola, porém me parece difícil da gente imaginar um aproveitamento mais sedutor e convincente da lição sobrerrealista. Negação da inteligência superintendente, negação da inteligência seccionada em faculdades diversas anulação de perspectivas psíquicas, intercâmbio de todos os planos, que não exemplifico porque são todo o livro. O abstrato e o concreto se misturam constantemente, formando imagens objetivas:

Arcanjos violentos surgem do fundo dos minutos (pág. 51)

Os cemitérios do ar esquentam
Com o fogo saído do sonho da vizinha (pág. 45)

Os homens largam a ação na paisagem elementar (pág. 81)

Estou aqui, nu, paralelo à tua vontade (pág. 52),

etc. numa complexidade de valores, de belezas, de defeitos, de irregularidades, tanto mais curiosos e eficazes que aparecem dotados duma igualdade insolúvel: as belezas valem tanto como os defeitos, as irregularidades tanto como os valores, numa inflexível desapropriação da Arte em favor da integralidade do ser humano.

Murilo Mendes diz que é

A luta entre um homem acabado
E um outro homem que está andando no ar (pág. 48)

pra completar a verdade noutro poema, avisando que

> *... não é culpado nem inocente.*

É, como está se vendo, mais um que foi-se embora pra Pasárgada... E este definitivamente, em toda a sua maneira mais natural de poetar.

Seria difícil neste resumo, já tão enorme, dar uma idéia pormenorizada da contribuição que Murilo Mendes traz para a nossa poesia, vou parar. O que me entusiasma sobretudo nele, além dessa essencialização poética a que escapa só o satírico da primeira parte do livro (*Jogador de Diabolo*), é a integração da vulgaridade da vida na maior exasperação sonhadora ou alucinada.

> *Das cinco regiões onde navios angulosos*
> *Sangram nos portos da loucura*
> *Vieram meninas morenas,*
> *Pancadões, com seios empinados gritando Mamãe eu quero um noivo! (pág. 45).*

> Os anjos maus...
> *São fortes e grandes, não é sopa não,*
> *Têem dentes de pérolas, lábios de coral*
> *Os aviadores partem prá combatê-los e morrem.*
> *As viúvas dos aviadores não recebem montepio* (pag. 34)
> *O manequim vermelho do espaço*
> (................)

> *De tanto as costureiras do ateliê de dona Marocas*
> *Se esfregarem nele de-tarde*
> *Já quer sair das camadas primitivas*
> *Daqui a mil anos será uma grande dançarina*
> *Dançará sobre o meu túmulo diante do cartaz dos astros*
> *Quando eu mesmo dançar minha vida realizada*
> *No terraço dos astros (pág. 62).*

É inconcebível a leveza, a elasticidade, a naturalidade com que o poeta passa do plano do corriqueiro pro da alucinação e os confunde. Essa naturalidade, essa coragem ignorante de si, no Brasil, só seria mesmo admissível no gavroche carioca. E de fato, Murilo Mendes, embora mineiro de nascença, é dono de todas as carioquices. E aqui lembro a contribuição nacional admirável dele. Impenetrável, visceral, inconfundível, há brasileirismo tão constante no livro dele, como em nenhum outro poeta do Brasil. Realmente este é o único livro brasileiro da poesia contemporânea que sinto impossível a um estrangeiro inventar. Todos os outros, com maior ou menor erudição, maior ou menor experiência pessoal, qualquer homem do mundo teria feito. O que nos ouros é fruto duma vontade, em Murilo Mendes, é apenas um fenômeno por assim dizer de reação nervosa.

Como carioquismo, como elasticidade na confusão do real com o sonho, como nacionalidade independente, como tanta complexidade lírica de realização, só é comparável a Murilo Mendes, e no desenho, o pernambucano Cícero Dias. Me parece que formam ambos o que tem de mais rico e de mais novo na arte brasileira de agora: uma parelha esplêndida que difama os cânones e conceitos da Arte, que mata a Arte no que ela tem de mais pernicioso e inerente: o indivíduo mentindo, a diferenciação das obras, a singularização dos valores, e o famoso, verdadeiro e estupidíssimo "golpe de gênio". Esse bobo golpe de gênio que afinal das contas não há quem não tenha, quando não na arte, pelo menos na vida. A vida quotidiana está cheia de golpes de gênio. Diante das obras desses dois, não mais artistas, mas líricos admiráveis, tudo isso desaparece. São homens que não mentem mais, libertos da consciência e de qualquer jerarquia psíquica, capazes de todas as fés e credos ao mesmo tempo. Só uma coisa eles não traem: a impulsão macunaimática do indivíduo (estou me referindo à arte deles): seres nem culpados nem inocentes, nem alegres nem tristes mais, dotados daquela soberba indiferença que Platão ligava à sabedoria. E o resultado importantíssimo desse apenas aparente individualismo, que na realidade é antes um excesso do indivíduo ao que ele tem de mais complexo, de mais precário e desierarquizado: é que em vez de pormenorização pessoal, a obra deles é profundamente humana e genérica. Do mesmo jeito com que em Cícero Dias as formas assumem valores de universal, em sínteses tão abstratas que nele um cachorro se confunde com um burro, é o Quadrúpede, a pomba se confundindo com o urubu, é a Ave; do mesmo jeito com que sem particularização individualista, os seus assuntos são primários e genéricos, a sexualidade (se confundindo com o amor), o assunto da morte, o do prazer, o do Além: também em Murilo Mendes os assuntos são genéricos e esses mesmos, os ritmos se tornam impessoais, versos longos mais respeitosos do respiro, sem entroncamentos, desprovidos de luxo e imponência.

Mas o castigo de toda essa riqueza que lhes dá o difamarem a Arte e estraçalharem com ela, é que matam a própria finalidade objetiva dela, a obra de arte. Em Murilo Mendes, como em Cícero Dias, desaparece fortemente a possibilidade da obra-prima, da obra completa em si e inesquecível como objeto. Não são apenas todos os planos que se confundem nas obras deles, mas estas próprias obras, que se tornam enormemente parecidas umas com as outras, ou pelo menos indiferençáveis na memória da gente. Se o *Tanto gentile,* se *o alma minha,* se *As Pombas* se distinguirão sempre entre milhares de sonetos, e são logo inconfundíveis; se em Gonçalves Dias, o *Y-Juca-Pirama* é uma obra-prima e tal outro poema é medíocre, não possui o "golpe de gênio"; nesta nova ordem de criação, utilizada por Murilo Mendes e Cícero Dias, essa possibilidade de distinção desaparece estranhamente. Um ou outro verso, tal ou qual momento do quadro saltam por mais belos, mais comoventes, mais profundos, porém as obras se enlaçam umas nas outras, vazam umas pras outras, pairam numa indiferença iluminada em que não é preciso mais distinguir a grande invenção da invenção menos forte. Os outros três poetas, mais submissos qual ao plano sensitivo, qual ao da reflexão, e todos sob o domínio da organização intelectual, são mais desiguais. Excetuando os poemas satíricos de Murilo Mendes, criados francamente sob a gestão do consciente, e onde as obras se distinguem também (como o já celebrado *Quinze de Novembro),* o mais se confunde numa grande massa dadivosa. E se o trato quotidiano do livro permite aos poucos a gente ir afeiçoando mais tal poema e distinguindo este outro, a gente não possui mais razão pra separar a obra-prima e a justificar. Será um mal novo?... Não me parece que. Nem tive intenção propriamente de distinguir melhorias ou decadências impossíveis. Estive apenas procurando do meu jeito, a ordem de criação em que a poesia destes quatro grandes poetas se situa.

LUÍS ARANHA OU A POESIA PREPARATORIANA
(1932)

Faz dez anos que se realizou em São Paulo a Semana de Arte Moderna. Ninguém celebrou essa data e não era mesmo possível celebrá-la. Os que tomaram parte nela, que querem bem ela como em geral a gente ama os fatos dignos de sua vida passada, esses terão sempre que sentir um certo pudor em falar na Semana de Arte Moderna. Demonstração, tão inconcebível, em nosso meio culto, de falta de seriedade acadêmica, de coragem intelectual e confiança no presente, de coletivismo condescendente mas libérrimo, de processos americanos de anunciar, meio que parece vangloria a gente se rever nessas grandezas. Porque só muito pouca gente poderá aceitar como grandezas essas qualidades. São assim. Quem considere a história de nosso passado artístico, há de perceber o que representa como conquista creio que habituada agora à vida brasileira, esse fenômeno espantoso. Foram a falta de seriedade acadêmica, a confiança no presente, a coragem intelectual e o coletivismo que conquistaram pela primeira vez em arte ao brasileiro a virgindade. Já não falo apenas desse direito, afirmado pela semana de Arte Moderna, de pesquisa dentro do atual e do novo, do direito de errar enfim, que só exatamente a virgindade pode ter. Falo mas é dessa falta de malandragem intelectual, essa inocência grande que nos identifica com a vida, tornando esta um viver-se esportivamente, e não um meio que nos dará a vitória no fim do jogo. Um bocado precariamente pra me fazer mais entendido: o malandro economiza e quer ganhar o jogo; o virgem desperdiça e o que quer é jogar. As figuras de Ronald de Carvalho e de Graça Aranha ilustram perfeitamente esses dois tipos. Ronald de Carvalho, por tudo o que tem sido a sua atuação e obra literária, é o tipo do que joga no certo; talvez mesmo ele seja um protótipo exageradamente perfeito do malandro intelectual. Graça Aranha, exatamente o contrário: passando de "subjetivismo dinâmico" a "objetivismo dinâmico"; pregando "liberdade absoluta" e se condoendo com os que o traíram no caso da *Viagem maravilhosa;* amoral e exigente de moralidade; fingindo acreditar na Academia e brigando sério com a Academia; certo de si mesmo, vaidoso, ambicioso, ruim sem nunca ser perverso; cuidadoso em não se prejudicar mas se prejudicando a todo instante, por uma generosidade intelectual irregular mas insopitável: Graça Aranha é o tipo, não exagerado, do virgem. Talvez ele tenha um bocado exageradamente permanecido na volúpia de desvirginar-se, no direito de errar... Mas é um rio. Ronald de Carvalho é uma camélia branca.

Tenho medo, está claro, de insistir nesta antítese, que reconheço precária, mas a virgindade que a Semana de Arte Moderna doou ao artista brasileiro como *habitat* da sua imaginação criadora é importante demais. Decorrem dela os aspectos que me parecem mais essenciais da nossa literatura contemporânea: atualismo, universalismo pragmático, realismo psicológico. Me explico: Toda virgindade está presa à realidade, conseqüência direta da lição do corpo. Creio que não terá ninguém no mundo que negue à contemporaneidade artística brasileira essa submissão à realidade que nos tornou imediatamente atuais. Pouco importa que os meios de transporte nos façam presentes os livros e tendências aparecidos hoje no mundo. Olavo Bilac ia pra Europa, em pleno século vinte, e voltava reparnasianizado! Nosso atualismo é conseqüência direta da observação da realidade contemporânea. Amor do jogo e não do ganho. Ainda a observação da realidade nos permitiu afinal conceber o que temos de ser, brasileiros e americanos, pra contribuirmos de alguma forma ao enriquecimento da humanidade. Daí o universalismo pragmático, a pesquisa (de primeiro forçada...) do nacional, ao mesmo tempo que nos libertávamos da tendência estreitamente regional; a relativa descentralização da arte no país; e, melhor que tudo isso, a procura das tradições, que obumbra Marajó e favorece o Aleijadinho, ignora o Indianismo e revitaliza o ameríndio, desdenha o "porque me ufano" e busca fixar a ressonância histórica da nossa tristeza. Sei que tem exemplos desse atualismo e desse universalismo (porém não pragmático) em nosso passado, Gregório de Matos, Manuel Antônio de Almeida, o Visconde Taunay, Alexandre Levy... Mas são raros, e inconscientes quase todos do fenômeno que representam. E ah! que malandros todos esses Anchietas, Rocha Pitas, Durões e Gonzagas, José Maurícios e Carlos Gomes, Franco Velascos e Valentins, Magalhães e Gonçalves Dias — artes mais ou menos bonitas que gozaram e gozam, com justiça, as galas e regalias da prostituição.

Quanto ao realismo psicológico, isso nos conduz ao caso do poeta Luís Aranha Pereira. O que importa aqui não é apenas verificar que a submissão à realidade contribuiu para o excesso de personalismo e a multiplicação de teorizações estéticas. O fenômeno realmente importante e decisivo do nosso realismo psicológico foi a fixação consciente do conceito do *intelectual*. Está claro que este, como os outros, não são fenômenos peculiares ao Brasil. Apenas se tornaram nossos também. Nós hoje nos debatemos sofridamente ante os problemas do homem e da sociedade, com uma consciência, com um desejo de se solucionar, de conquistar finalidade, com um desespero pela posição de fora da lei inerente ao intelectual de verdade, que jamais os artistas do passado brasileiro não tiveram. Basta conceber, por tudo o que nos deixaram de obras, de confissões de vida, como foram fáceis de adaptabilidade, inconscientes de seus problemas individuais e humanos, um poeta social pragmatizado como Castro Alves, ou um *au dessus de la melée* tão irredutível como Machado de Assis, pra verificar que o problema do intelectual só veio perturbar a criação do artista brasileiro na época atual. Hoje estamos preocupados em voltar às nascentes de nós mesmos e da arte. Surgem os traidores dissolutos, convictamente injustos, socializados, revertendo tudo à sua fé católica ou à sua fé comunista. Surgiu o pragmatismo estético que nem um Sílvio Romero foi capaz de ter. Em arte surgem os diversos primitivismos, os cubismos, os sobrerrealismos, etc. Outros menos capazes da heroicidade dessas traições, vivem num dualismo acomodatício, buscando seccionar a obra em partes nítidas, uma autoritária, e utilitária, outra livre e pessoal, como Antônio de Alcantara Machado, eu, e caso curioso de Paulo Prado, cuja parte livre não se realiza em obras impressas mas na sua atuação nos meios artísticos de São Paulo e do Rio. Outros aceitam a insolubilidade do intelectual com ferócia irredutível, como Manuel Bandeira, Augusto Meyer, Carlos Drumond de Andrade. Estes ainda são poetas, fazem poesias, suas obras derivam de seus amores, criam amor; porém os que fazem a prosa dos ensaios aspiram conservar a insolubilidade do intelectual e permanecer *au dessus de la melée*, esses irritantemente confrangem as *suas verdades* a uma discrição invertebrada, que nem sempre consegue ocultar o que pensam e aspiram. Serão talvez os que sofrem mais, por isso mesmo que mais irresolutos em sofrer. E na certa que se enxergam enormemente confundidos com o atualmente impossível diletantismo. Enfim todos nós estamos conscientes da nossa amarga posição de intelectuais, e movidos pelos fantasmas que nascem desse medo. Uma situação maldita.

Com Luís Aranha se deu um fenômeno comuníssimo: mandou a arte à fava e se fez burguês mansinho. Coisa que sucede com todos os estudantes de Direito no geral... O caso de Luís Aranha é porém notável não apenas pelas qualidades excepcionais do poeta, como pelas causas que o levaram a emudecer. Se todos os moços poetas, pintores, músicos, abandonam a arte devorados pela vida prática, Luís Aranha largou a arte pra que ela não o devorasse. Dominado por um realismo psicológico fácil de demonstrar na evolução das suas poesias, não teve a coragem de Blaise Cendrars que ao chegar às soluções estéticas extremas de lirismo psicológico dos *Poèmes Élastiques*, abriu outro caminho com o *Formose* e com *L'or*, escrevendo como se falava, contando o que era a humana e social verdade. Luís Aranha preferiu abandonar os seus fantasmas. Não sei se pra sempre, pois que se conserva ainda numa vida interior de perfeito intelectual. Hoje ele realiza a cômoda posição do intelectual fora de classe. Porém mesmo que recomece um dia, lhe será impossível retomar os aspectos da poesia que realizou. Faz justo dez anos que emudeceu. E estudando-o agora, numa obra que embora pequena, é completa em si, ao mesmo tempo que nos culpo do esquecimento em que o deixamos, tenho a sensação exata de estudar um poeta que acabou.

Realmente eu conheci Luís Aranha depois que ele já passara pela estação dos sonetos. Enquanto esta passava, parece que cheia de estrofes, rimas e necessário aprendizado técnico, eu era amigo dos dois irmãos mais velhos dele. Nossas famílias moravam a quarteirão e meio de distância. Se freqüentavam. Apesar disso eu não via o meninote de ginásio, magro, pequeno de corpo e bastante inexistente. Mas veio o escândalo de meados de 1921, quando a publicação em jornal de uma poesia de *Paulicéia Desvairada* me transformou num átimo, de puro espírito invisível a bobo mor da intelectualidade urbana de São Paulo. Não aconselho a ninguém essa posição. A mais imediata desgraça que causa é um súbito desconforto espiritual, uma falta de assistência, deserto tamanho em que a repulsa de todos, explicável e tão humana, aparece apenas como vasta ingratidão. E pra quem se entrega com toda a generosidade, não tem nada que puna mais que a ingratidão.

Foi quando Luís Aranha se deu a conhecer. Então, não apenas o físico e psicologia conseqüente, o tornavam retraído, mas também os versos que trazia na mão. Estava já poeta que estravagava muito da ambiência cultural brasileira, fazendo poemas que às mais das vezes nasciam sob o signo de Whitman e de Verhaeren. Eram deste gênero as poesias que mais praticava.

Não gosto do vento da cidade,
Que parece um velhinho,
Trôpego e cansado, com as barbas brancas,
A caminhar devagarinho

Pelas calçadas,
Batendo às portas de mansinho.
Têm um gemido a cada passo
O vento reumático no espaço,
O vento sem orgulho e sem maldade,
Da cidade.

Sou moço e forte, adoro a força e o valor,
Abomino o temor,
Amo o orgulho hostil e a maldade bravia
Quando provém da rebeldia.
Amo o vento selvagem da campina,
Rápido e rebelde
Como um corcel raivoso que se empina
Sacudindo a crina.

É um bando de centauros em guerra e em fúria
Sorvendo o ar com força e com luxúria,
O ar que queima os seus pulmões sadios,
Férreos, heróicos e bravios.

Galopam doidos com o chefe à frente
Os centauros frementes.
Rodopios...
Ouço os relinchos
Dos guerreiros equípedes aos pinchos.
Curvam-se as flores a tremer e a dançar
Liturgicamente
Ante os heróis que vão no chão a galopar
Brandindo lanças na guerreira dança
Ou aos pinotes pelo ar...
Sobe a poeira do chão em turbilhão ...

Gritos de dor, lamentos de vencidos,
Longos gemidos,
Relinchos, tropel e alarido...

Amo-te, ó vento da campina,
Que és o galope de centauros rebeldes, de centauros bravios,
Desfraldando no ar as bandeiras da crina
Na cavalgada, e em arrancos
Cabelos brancos pelos flancos,

Fremindo, carpindo, nitrindo, rugindo.
Hinos de guerra
Na marcha imensa que nos aterra!
Quando farto dos combates
Dos inimigos que abates
Tu te retiras na tua gruta,
Fatigado da luta.
Deixas pender dos muros da caverna
Os troféus que tu trazes da vitória
No teu orgulho imenso da conquista,
Vento visível à minha vista!

Muito fraco, doentio, se compreende esse aspecto, de violência que será uma das características da sua poesia. Criava assim uma obra medicinal, sadia, inspiradora de confiança, em que se curava das doencinhas perigosas do físico, e harmoniosa timidez. Os temas preferidos dessa fase seguem a terapêutica de Verhaeren, o poeta avança animado por ilusões metálicas, escrevendo sobre O *Túnel*, A *Ponte*, O *trem*:

Trem, tu que corres nos trilhos,
Imensos braços de aço
Sobre o leito com brilhos
De calhaus e vidrilhos,
Tu és mais livre que meu pensamento
Entorpecido e lento.

Ó trem!
Nada no espaço te detém!
Se vejo a tua corrida brava
Meu pensamento
Têm um surto violento
Para seguir teu ímpeto de guerra
Até os confins da terra.

No primeiro em data dos seus três poemas longos, a *Drogaria de Éter e de Sombra*, escrito em fins de 1921, são numerosos os traços dessa poesia corretiva. "A Ilíada do meu coração exaltado!" "Minha sinceridade de guerreiro franco", exclama na sua incapacidade de sopesar uma espada. Noutro passo do poema, o que vê duma fábrica sonhada, não são as lutas financeiras nem os benefícios humanos. Apenas a forçura das aparências:

Laboratório químico
Cadinhos retortas balões vidros copos termômetros tubos
Vasos e alambiques
Grande fábrica de produtos químicos sobre o rio Tietê
Grandes conduções de água com reservatórios e tanques especiais
Pontes que se fecham e se abrem
Elevadores e chaminés
Volantes roldanas caldeiras carretilhas
Vagonetes turbinas como máquinas e aparelhos elétricos
Chave especial de uma estrada de ferro
Trens internos para uso exclusivo da indústria
Os fios telefônicos e elétricos são uma rede sobre a fábrica.
O mundo é estreito para minha instalação industrial!...

No mesmo poema, nesta página esplêndida pela tempestade das imagens, o poeta se revê nos seus demônios:

Sou Poeta!
E todos os barulhos não valem a ressonância do meu crânio!
A multidão arrastando-se na cidade
O tripudiar de um piquete de cavalaria
Bondes desabalando frenesís de velocidade
Um milhão de máquinas de escrever batendo frenética simultaneamente todas as suas teclas
Letras se suspendendo em pontas de tentáculos
Villes Tentaculaires!
Morre como Verhaeren esmagado por um trem!
Um expresso internacional do Alasca à Terra de Fogo espalhando pela América os viajantes da drogaria
Vidros que partem no cimento com risos de mulher histérica
Os telefones desabaladamente as campainhas
A raiva do que pede ligação pela quinta vez!
Os carros de bombeiros rolando paralelepípedos
Apitos vozaria e alaridos
O atropelo dos automóveis depois de um grande match de foot-ball
Buzinas rouquidões motores algazarras
O vento correndo sobre pneumáticos
Rugindo pelo espaço

Porque ele é um automóvel que buzina
Uma partitura de Strawinski
Executado por quinhentos homens numa estação ao partir de trens
Silvos de vapor como rojões fugindo pelo espaço
As rodas guinchando sobre os trilhos
Pistões zabumbas pratos e tímbales
Portas batendo apitos campainhas
Sinos cambalhotando nas locomotivas como nas máquinas da
 Sorocaba e da Central
E o trem que estruge pela gare a fora
Oh! A loucura dos meus auriculares!

Enfim vejamos a página final dessa *Drogaria*, cheia toda ela de passos admiráveis. É um dos momentos felizes da poesia de Luís Aranha:

De tarde
A luz andava
No vale verde do Anhangabaú...
Oh! O seu canto louro e triunfal
Seu Exaltado canto de agonia!
No horizonte
O fogo líquido fervia
Em vasos de ouro âmbar e marfim
E transbordava pelos bordos claros
Por sobre os tetos de malacacheta...
As janelas sangravam
E as casas fugindo à luz do poente
Em tropel entravam pelo vale...
Eu cantava:
Amo a tarde de carnes incendidas
Que me penetra e que lateja em mim!
Bebo com lábios que sussurram
Este vinho de luz que jorra pelo espaço
Até sentir a embriaguez da luz...
Estes rios de sons que golfam do ocaso
Incendiados de clarins
Penetram na minha alma ressequida
Com tanto ímpeto e com tal ardor
Que sinto em mim resplandecer a vida!...
Ardo na exaltação que os passos me conduz

> *E não sinto meu peso sobre a terra*
> *Porque meu corpo é um jato de luz!...*

Nesse 1921 o poeta completara apenas os vinte anos.
Já por duas vezes nestas citações se pode perceber Luís Aranha nos seus amores confessados. Amor ao vento da campina, numa estrofe final que é um primor de ritmo e amor à tarde violenta que o embriaga. Os fenômenos violentos são os que mais ama:

> *Amo-te ponte de ferro e de madeira*
> *Rasgada pelo trem numa carreira...*

>> (A Ponte)

E bem caracteristicamente, acaba o *Túnel* deste jeito:

> *Eu, que admiro tudo*
> *Que vejo pela terra e pelos céus,*
> *Amo tua face tétrica e parada*
> *Em que o trem penetra*
> *Como um punhal de luz no coração da treva...*
> *Amo também o que tu simbolizas:*
> *A sombra hiante da morte,*
> *Túnel de minha vida...*

A passagem me parece muito fraca. Citei-a pelo em que caracteriza o poeta. Mesmo dentro dessa poesia medicinal, vem sempre escolhida a versão caótica e devastadora das violências pra que o poeta se retrate em sua inferioridade física. Ama a ponte *rasgada* pelo trem; o ar bom *queima* os pulmões sadios do vento; o túnel da vida do poeta é a sombra hiante da morte; a tarde o *vence* e lateja dentro dele, a luz o *embriaga*, os sons o *penetram com ímpeto e ardor*; e quando se confessa poeta é numa visão cataclísmica, devastando-se duma vez.

Junto desse aspecto procurado e por isso mais característico de Luís Aranha como ser, a verdade do rapaz fazia miniaturas delicadas. Verhaeren desaparecia e com freqüência o brasileiro, muito lido pra idade, se recordava dos poetas conhecidos da Ásia. Eis uma passagem gozada em que, na *Drogaria,* por meio duma possível associação de imagens, funde a sua japonesice de empréstimo a uma aspereza química de perfeita ausência de sensualidade:

...Teus belos olhos pardos de avelã estavam "rasgados à feição de amêndoa"...
Não me viste
Viraste o rosto ao passar
No Brasil, no Japão eras a mais bela das desdenhosas!
Mas quando passavas por mim subia do meu coração à minha boca um hino de palavras brancas...

Minha Musmê!...
Minha flor de cerejeira
Glicínia roxa que pende na minha alma
Flor de lotus vermelha
Na margem do meu lago de ilusão
Vem à minha morada e serás a flor mais bela do meu jardim encantado de sonhos!
Virás toda vestida de branco!
Quando deixares o teu lar se acenderão os fogos da purificação!
Amo-te como amo a primavera
As cerejeiras de rosa e de neve
O espelho corrente do regato
A flor do cacto
O aroma verde dos matos

Carbonato
Fosfato
Citrato
Azotato
Acetato
Nitrato
Sulfato
Clorato
Tartrato
Silicato
E o poder colossal de um sindicato
De drogas!

Adora os haicais. Na própria *Drogaria* nos dará dois primorosos:

Pardas gotas de mel
Voando em torno duma rosa
Abelhas
Jogaste tua ventarola para o céu
Ela ficou presa no azul
Convertida em lua.

Eis outras miudezas:

VAGALUME

Vês uma pedra azul
Que baixa e que se eleva?
É da pulseira
Dos braços de ébano da treva...

ESTELÁRIO

... o céu...
Porque o olhas tanto tempo
Com os teus olhos castanhos
Como duas gotas de mel
Atravessadas de luz?
Pois não vês?
As estrelas são abelhas
Para a colméia da Lua...

Aqui o poeta bota olhando o céu um amor de olhos castanhos que lhe atravessa toda a obra. Porém na verdade quem olha e está obsecado pelo céu é ele. O próprio estelário, ele o explica mais graciosamente neste

EPIGRAMA À LUA

Odalisca,
Nos coxins de paina do céu...
Olá
Tu deixaste romper o teu colar de pérolas...

Mais tarde, todo o *Poema Pitágoras* versará sobre uma visão mirabolante geométrica do céu. A lua concorre freqüentemente ao lirismo do poeta e está entendida assim na *Canção de Louco:*

> *Em uma noite de melancolia*
> *Perguntei eu à lua nova que brilhava:*
> *— quem és e que fazes pelo céu?*
> *Ela me respondeu:*
> *— Sou uma concha da balança*
> *Em que se lança*
> *O sofrimento humano...*
> *— E a concha do prazer? Perguntei eu.*
> *— Era tão leve que sumiu no céu!...*

Além da frequência dos metros normais e das rimas, esse lado conceituoso, fácil dos outros gostarem, era o que Luís Aranha trazia da sua fase sonetística. Mas, resultado duma alheia experiência, puramente intelectual, o poeta facilmente o abandonará. Logo não fará mais dessas coisas pouco líricas, pra sujeitar a sua qualidade poética aos impulsos da exclusiva experiência pessoal. Se perde muito quanto a ideais e se torna duma pobreza quase indigente de inteligência, se pueriliza a qualidade intelectual da sua poesia, saberá descobrir um lirismo inédito, e nos dará experiências de sentimentos vívidos, deliciosos como aquela descrição do prazer da enfermidade, no *Poema Giratório,* ou o maravilhoso verso do *Poema Pitágoras,* que terei ocasião de citar.

Esse foi o poeta que me apareceu no desconforto. Esse, mas ainda sem a *Drogaria de Éter e de Sombra.* Nos ligamos logo em perfeita amizade intelectual que naqueles tempos se auxiliava duma presença constante. Me envaideço mesmo de ter de alguma forma provocado o aparecimento do Luís Aranha original. O maltratava com uma crítica exasperada que não perdoava senões, e blagueava, desprezando, sobre o excesso de "uns" e possessivos gálicos nos versos dele. Depois o levava de viagem pelas minhas inquietações sobre o conceito de Poesia como arte e sobre a natureza psicológica do lirismo. Os livros de Blaise Cendrars, de Max Jacob, de Apollinaire, de Cocteau que então estavam me chegando, muitas vezes era Luís Aranha quem os devorava primeiro — o que não deixava secretamente de me despeitar.

Até hoje não me sinto em condições de perdoar a ele, o ter afirmado antes de mim a excelência do *Du Monde Entier*. Blaise Cendrars explodiu de madrugada em nós. Pra Luís Aranha então foi decisivo, pois dum passo do *Du Monde Entier*, em que o poeta se entrega sem mais controle intelectual nenhum à associação de imagens, Luís Aranha faz agora o princípio básico de sua poética.

Surgiram cronologicamente a *Drogaria de Éter e de Sombra* e nos primeiros seis meses de 1922: o *Poema Giratório* e o *Poema Pitágoras*. Nestes dois o poeta levava às últimas conseqüências o associacionismo de imagens. Pra natureza dele e pra carência, natural nos 21 anos, de dados vividos pessoalmente, em quem tendia pra assuntos sociais, esse associacionismo subconsciente era uma salvação. Já estava livre da poesia sonetisticamente conceituosa. O esforço de relacionar as idéias ou de observar os fenômenos comezinhos da vida quotidiana; o desprezo pelos temas já feitos, em quem não se dispunha a cantar tematicamente os seus amores e as paisagens que o cercavam, mas embora duma forma muito infantil, só queria saber de catástrofes, de engenharias, de roubos e guerras; tinham que fatigar uma vibratilidade intensa, abalada inda mais pela grandeza falsa da mocidade. Luís Aranha se entrega ao associacionismo, limitando ao mínimo a construção dos poemas. Esse mínimo consiste em não esquecer nunca a idéia geratriz.

Agarrado a esta idéia de mera função estrutural, deixa a subsconsciência agir livre, pelo menos o quanto lhe permitem os sequestros do rapaz tímido, de boa família, bem educadinho. E as associações de imagens, os delírios, os sonhos, irrompem numa disparada de estouro maluco, num sobrerrealismo *avant-la-léttre* algumas vezes, nos dando o íntimo do poeta. Estava então malferido ainda pelas inquietações dos preparatórios exames dolorosos, como serão sempre os do poeta, perdendo neles os três quartos do que sabe. Luís Aranha faz a poesia preparatoriana. Essa é a sua grande originalidade.

Note-se: não estou dizendo que ele cantou a poesia dos exames de preparatórios. Isso não seria de grande proveito, apenas um assunto poético a mais. A originalidade, a contribuição curiosíssima de Luís Aranha está em ter realizado o estado lírico da psicologia do preparatoriano. Luís Aranha é o poeta ginasial por excelência, o único poeta ginasial que conheço. A poesia dele cheira a ginásio. Há nele uma sofreguidão de ajuntar noções aprendíveis de cor que nos dá a imagem palpável dos fins de ano letivo. Se observe este passo do *Poema Pitágoras*:

Ir ao Egito
Como Pitágoras
Filósofo e geômetra
Astrônomo
Talvez achasse o teorema das hipotenusas e a tabela da
   multiplicação
Não lembro mais
Preciso voltar à escola
O céu é um grande quadro negro
Para crianças e para poetas
Circunferência
O círculo da luz
De Vênus traço junto a ela uma tangente luminosa que vai
   tocar algum planeta ignorado
Uma linha reta
Depois uma perpendicular
E outra reta
Uma secante
Um sector
Um segmento
Como a terra que é redonda e a lua circunferência há de
   haver planetas poliedros planetas cônicos planetas ovoidais
Correndo em paralelas não se encontram nunca
Trapézios de fogo
Astros descrevem no céu círculos elipses e parábolas
Os redondos encostam-se uns aos outros e giram como ro-
   das dentadas de máquinas
Sou o centro
Ao redor de mim giram as estrelas e volteiam os celestes
Todos os mundos são balões de borracha coloridos que te-
   nho presos por cordéis em minhas mãos
Tenho em minhas mãos o sistema planetário
E como as estrelas cadentes mudo de lugar freqüentemente

A lua por auréola
Estou crucificado no Cruzeiro
No coração
O amor universal

(Se observe ainda no *Giratório* o passo que abre com "Delírio da febre...")
Nem é tanto a avidez de saber o que distingue esse ginasialismo, porém o estado pernóstico do rapaz que aprende e gosta logo de praticar o que aprendeu. A poesia dele se torna um popurrí de noções livrescas, colhidas em livros de estudo, livros de leitura ginasiana, obras clássicas, romances célebres, poetas preferidos. Se observe a importante petulância deste *Poema elétrico*, dirigido à amada na *Drogaria de Éter e de Sombra*:

POEMA ELÉTRICO

Querida
Quando estamos juntos
Vêm do teu corpo para o meu um jato de desejo
Que o corre como eletricidade...
Meu corpo é o pólo positivo que pede
Teu corpo é o pólo negativo que recusa...
Se um dia eles se unissem
A corrente se estabeleceria
E nas fagulhas desprendidas
Eu queimaria todo o prazer do homem que espera...

O que caracteriza o ginasialismo do poeta nessa página mais curiosa que boa, é que a eletricidade não serve só de metáfora pra criação, antes vem exposta didaticamente. Porque o rapazelho gosta de mostrar o que aprendeu. Num poema que citarei depois, *Minha Amada*, se observará ainda a que ponto chega a exposição didática das noções aprendidas, com a imagem do disco de Newton. Mas vem disso mesmo um encanto sutil: é que da própria puerilidade das noções emana o perfume específico de Luís Aranha, pois caracteriza o ginasialismo dele.

É uma delícia a gente surpreender no *Poema Pitágoras*, o poeta comparando o céu da noite a um "grande quadro negro". Outra delícia melhor, surpreender a comoção do poeta ante bibliotecas:

> ... *quando a biblioteca de Alexandria era uma fogueira iluminando o mundo (Poema Pitágoras)*
> *Incêndio na minha biblioteca de Alexandrinos!* (Drogaria)
> *E vi arder a fogueira em que o imperador Huang-Ti mandou queimar os livros sagrados (Drogaria)*

E mais esta ventura de reação ante um iletrado vendedor da drogaria:

> *Meu companheiro*
> *Tu me pedias sempre uma história amorosa que me tivesse abalado a vida*
> *Mas nunca me davas tempo para a minha*
> *Porque dizias logo um segredo teu*
> *História de ontem*
> *História do ano anterior*
> *Ou da tua adolescência...*
> *Eu acreditava como acreditava na existência de Homero...*
> *Muitas mulheres iam visitar-te na drogaria*
> *Recebias cartas de amor*
> *Preciosidades*
> *Excitação!...*
> *Elas eram tua única biblioteca...*
> *Lias o catálogo da casa sem saber de Whitman Dante Shakespeare e Homero*
> *A mulher te bastava.*
> *Tinha uma odisséia teu coração ingênuo*
> *E eras feliz...*

As associações o levam a puerilidades de indiscreta erudição juvenil, como a sucessão Galileu-Josué-Hebreus-Mar Vermelho, a lembrança de Jean Valjean, ou nos ensinar que "foi o franciscano José de la Roche Daillon" quem descobriu Niágara (*Poema Giratório*). Surgem as citações de livros (*Villes Tentaculaires; Paulicéia Desvairada*), de nomes de artistas (Stravinski, Whiteman, Verhaeren), de versos ("Le chats d'ebène et dor ont traversé le soir"), "E as mães que o som terrível escutaram, aos peitos os filhinhos apertaram";

"rasgados à feição de amêndoa", (*Drogaria*), de palavras fora de uso em quem não tinha nada de pedante ("axorcas", "quem me quitaria")... Parafraseia trechos célebres.

> *Canta Musa a cólera de Aquiles*
> *Filho de Peleu*
> *Cólera desastrosa para os Aqueus*
> *Que precipitou numa drogaria um moço poeta*
> *Dando sua carne em pasto aos cães e às aves carniceiras!*

E toda essa informação não é apenas pueril pelas noções adquiridas em livros de estudo: é ainda encantadoramente barata, colhida em jornais, eu sei tudos, cinemas. Deixo ao leitor descobrir essas coisas no *Poema Giratório*, que por ser a evocação do tempo de ginásio, é também a obra-prima do preparatoriano. Vejamos a *Drogaria:*

> *Mas não há China nem Japão*
> *Perdi o jornal que estava lendo, exclama a horas tantas.*

Logo de início vem esta informação barata:

> *No centro da cidade*
> *Triângulo de ouro e sol,*
> *A drogaria era uma gruta de sombra...*
> *Como na Itália*
> *A gruta do Cão*
> *Cheia de ácido carbônico*
> *Na drogaria o éter tomava conta da atmosfera...*
> *Não obstante*
> *Minha pituitária se habituou a ele,*
> *Como a vista se habitua à sombra...*

E mais tipicamente:

> *Eu lia um jornal:*
> *Todos os telegramas todos os artigos todos os anúncios*
> *Acontecimentos universais*
> *Campanha da polícia contra a toxicomania...*
> *Eu droguista não podia vender cocaina morfina e ópio*
> *Mas poeta queria provar o suco da papaverácea como Quincey e Coleridge!*

Característica ainda é a comoção ante a eficácia pública do jornal, o menino descobriu o que vale o jornal, "No dia seguinte notícias em todos os jornais!", a preocupação das entrevistas, frases-feitas jornalísticas, que tudo está visível no *Poema Giratório*. Mas não apenas os temas, as noções, as tendências colhidas na obra de Luís Aranha, lhe demonstram o ginasialismo. Muito mais sutil e importante é verificar que da idade do rapaz ginasiano é que deriva a técnica dele. A passividade extrema que lhe permite realizar um associacionismo ininterrupto de imagens e de noções aprendidas de-cor (que não é propriamente a associação de idéias, formando juízos, tirando de tudo uma intuição definidora, *deriva* da experiência pessoal...), essa passividade que lhe permitiu fazer da associação de imagens a base quase que única da sua técnica, é possível apenas ao rapaz. E especialmente ao rapaz preparatoriano, a quem os exames, as lições, os estudos obrigam durante dois lustros a uma atitude psicológica... catecismal, de perguntas e respostas, passiva. O rapaz não ginasiano, ajudante de pedreiro, empregado de drogaria, agregado de fazenda, já não pode adquirir essa atitude porque a premência da vida e a sua aventura econômica obrigam a uma reação contínua, a uma atividade intelectual defensiva, a um se esconder sob uma floresta de andaimes morais. Muito embora estes andaimes sejam simplistas, não passem de provérbios, refrãos, morais de fábula, decretos ideológicos imediatos: sempre implicam uma atitude intelectual ativa, uma associação de idéias enfim, um funcionamento prático da experiência e da consciência que ajude a vencer na luta pela vida. O preparatoriano é o ser perguntado que não responde o que sabe, mas... o que lhe ensinam. A sua atitude psicológica é passiva. Luís Aranha aceitando um associacionismo descontrolado de imagens, caracterizou assim definidamente a personalidade ginasiana, e não sei de quem tenha alcançado a virtuosidade dele na associação de imagens. É a associação expluindo em puras sucessões de palavras, de movimentos rítmicos, de sensações visuais, auditivas, olfativas, de noções decoradas. E de pequenas paisagens ou drama telegráficos, a que o descontrole intelectual do poeta permite uma intensidade lírica efusiva, barulhentamente juvenil, e, se não convincente, sempre incontestável. Um dos seu últimos poemas, do livrinho *Cocktails,* foi este *Poema Pneumático* por muitas razões interessantes, e que demonstra bem a virtuosidade do poeta na associação de imagens. O delírio associativo o leva não apenas a substituir a entrada em assunto pelas associações desse assunto em toda a primeira estrofe, como, em toda as segunda estrofe, realiza uma paisagem derivada das sensações de automóvel em viagem, provocada pela associação com a *panne* indesejável. Mas esta viagem associada termina com uma *panne,* o que reconduz o moto lírico ao assunto da poesia. Porque como inteligência do assunto do poema, este só começa na terceira estrofe! Este processo, costumeiro no poeta, de não se perder na associação, mas fazer com que ela o reconduza ao assunto do poema, é aceitável como mecanismo psicológico do subconsciente e já o expliquei na *Escrava que não era Isaura.* Neste mesmo *Poema Pneumático,* desde o verso "A vitrine é um palco", toda a parte final que é uma tempestade de associações de toda a casta, usa o mesmo processo. Com hábil elasticidade a noção "drama (de adultério)" leva a espetáculo, a povo espectador, a reconduz ao assunto inicial, pois tem gente espiando o conserto do automóvel.

POEMA PNEUMÁTICO

O bolchevismo na sargeta
Tôdas as explosões são revolucionárias
Triângulo
E uma bomba de vidro faz parar
Explosão
Síncope
Não creio no pneuma dos estóicos
Mas os pneumáticos arrebentam
Que aborrecimento!
Não há mais 75 cavalos
Nem velocidade côr de vidro

Os roncos do motor
O vento se estortega
E desmancha meu cabelo seus dedos
Na colméia dos pulmões o enxame do ar zumbe
Bandeira de pó agitada quando passo
Os patos voam
E meu sangue termómetro subindo
Rapidez
Panne

Oh! A curiosidade popular!
Noite
O sorriso feliz dos transeuntes
Letreiros luminosos
Anúncios luminosos
Brodway faz ângulo com a Quinta-Avenida
Arranha-céus
Vista pela lente da lua São Paulo é Nova-York
A vitrine é um palco
Num cartaz o retrato da prima-dona
Uma índia
Nêste cenário não pode ser o Guarani
Nem o Guaraná
O bonde na curva berra uma força indômita
Não há mais orquestra
A vitrine é um palco
Drama de adultério
Uma dama em camisa perto do leito
Divan almofada abat-jôur
O povo se aglomera
Meu automóvel chama a atenção
Sou um espectador a quem se pede e que esqueceu o bilhete-posse de sua frisa.
Todos me olham
Vexado
Coberto de pó
Vindo de Santos
A bomba na mão do chauffeur
A febre intermitente do motor
A câmara de ar se enche de um orgulho burguês

Escrevo êste poema conserta o pneumático furado
Domingo
8 1/4 na Casa Michel

    Dedução natural ainda da passividade intelectual e do associacionismo de imagens é a rapidez. A rapidez em Luís Aranha não é uma adoção de moda modernista. Tecnicamente é uma consequência fatal dos seus processos de poetar. E psicologicamente é uma sublimação terapêutica surgida desde as primeiras manifestações da sua poesia e atravessando ela inteira. O poeta ama as manifestações acalorantes, curativas da rapidez. Sua temática se enriquece de assuntos viatórios (*o Tunel*, a *Ponte*, o *Trem*), confessa adoração pelo vento, não o vento reumático da praça, mas o galopante das campinas; se inspirará em telegramas anunciando viagem, e sofrimentos duma parada como nesse *Poema Pneumático*. Quanto à velocidade técnica não careço exemplificar. O *Poema Giratório* é um gasto voluptuário de velocidade, e uma das mais notáveis criações dinâmicas que conheço. O leitor observe como apressa gradativamente a leitura e se esbofa numa disparada formidável ao findar.

    O pernosticismo, a amorosidade execrável do ginasiano que nos enche os ouvidos de noções sabidas, a extrema puerilidade dessas noções, tudo isso Luís Aranha converte numa florada lírica faiscante, entontecedora pela rapidez. Veja-se este final do *Pitágoras*:

> *Meu cérebro e coração pilhas elétricas*
> *Arcos voltaicos*
> *Estalos*
> *Combinações de idéias e reações de sentimentos*
> *O céu é uma vasta sala de química com retortas cadinhos tubos,*
>   *provetes e todos os vasos necessários*
> *Quem me quitaria de acreditar que os astros são balões de vidros*
> *Cheios de gases leves que fugiram pelas janelas dos laboratórios*
> *Todos os químicos são idiotas*
> *Não descobriram nem o elixir da longa vida nem a pedra filosofal.*
> *Só os pirotécnicos são inteligentes*
> *São mais inteligentes do que os poetas pois encheram o céu de*
>   *planetas novos*

Multicores
Astros arrebentam como granadas
Os núcleos caem
Outros sobem da terra e têem uma vida efêmera
Asteróides asteriscos
Bolhas de sabão!

Os telescópios apontam o céu
Canhões gigantes
De perto
Veio a lua
Acidentes da crosta resfriada
O anel de Anaxágoras
O anel de Pitágoras
Vulcões extintos
Perto dela
Uma pirâmide fosforecente
Pirâmide do Egito que subiu ao céu
Hoje está incluida no sistema planetário
Luminosa
Com a rota determinada por todos os observatórios
Subiu quando a biblioteca de Alexandria era uma fogueira
    iluminando o mundo
Os crânios antigos estalam nos pergaminhos que se queimam
Pitágoras a viu ainda em terra
Viajou no Egito
Viu o rio Nilo os crocodilos os papiros e as embarcações de sândalo
Viu a esfinge os obeliscos a sala de Karnak e o boi Apis
Viu a lua dentro do tanque onde estava o rei Amenemas
Mas não viu a biblioteca de Alexandria nem as galeras de Cleó-
    patra nem a dominação dos ingleses
Maspero acha múmias
E eu não vejo mais nada
As nuvens apagaram minha geometria celeste
No quadro negro
Não vejo mais a sua nem minha pirotécnica planetária
Rojões de lágrimas
Cometas se desfazem
Fim da existência
Outros estouram como demônios da idade Média e feiticeiros do
    Sabbath

Fogos de antimônio fogos de Bengala
Eu também me desfarei em lágrimas coloridas no meu dia final
Meu coração vagará pelo céu estrela cadente ou bólido apagado como agora erra inflamado pela terra
Estrela inteligente estrela averroista
Vertiginosamente
Enrolando-o na fieira da Via-Láctea
Joguei o pião da terra
E ele ronca
No movimento perpétuo
Vejo tudo
Faixas de côres
Mares
Montanhas
Florestas
Numa velocidade prodigiosa
Tôdas as cores sobrepostas
Estou só
Tiritante
De pé sobre a crosta resfriada
Não há mais vegetação
Nem animais
Como os antigos creio que a terra é o centro
A terra é uma grande esponja que se embebe das tristezas do universo
Meu coração é uma esponja que absorve toda a tristeza da terra
Uma grande pálpebra azul treme no céu e pisca
Corisco arisco risca no céu
O barômetro anuncia chuva
Todos os observatórios se comunicam pela telegrafia sem fio
Não penso mais porque a escuridão da noite tempestuosa penetra em mim
Não posso matematizar o universo como os pitagóricos
Estou só
Tenho frio
Não posso escrever os versos áureos de Pitágoras!...

  Página genial, dum sopro épico raro conseguido em poesia brasileira. Na secura exterior esconde uma tristeza, uma fúria pessoal que range as suas possibilidades, e um amor humano verdadeiro que forneceu ao poeta a imagem do coração-esponja absorvendo a tristeza da terra. O maior dos seus versos.

Sem ser propriamente um poeta precoce, pois tem 21 anos, Luís Aranha consegue realizar nos três poemas longos um verdadeiro caso de menino prodígio. Domina a matéria lírica e a plasma com uma segurança máscula que não deixa de ser bastante trágica. De fato a gente percebe que ela se confunde muito com aquele mimetismo irracional, aquela fatalidade... zoológica que torna o menino prodígio tão desumano e impiedoso. Os processos e assuntos de Whitman e Verhaeren, versos enumerativos, assuntos denunciadores de civilização, tudo isso vira de repente função necessária, invenção direta, fatalidade realística do ser ginasiano que pela primeira vez criava uma poesia preparatoriana. Sem que ele mesmo se apercebesse do que estava fazendo. Com o fiat apriorístico dum Mozart de quatro anos, um poldro, um girassol. E observem: Com a atualidade, os nossos rapazes líricos e mesmo poetas feitos caíram no assunto das primeiras idades da infância. Mas por não poderem se converter mais nessas idades afastadas, fizeram obras de recordação e evocação. Luís Aranha, em vez de voltar à infância, volta apenas à primeira esquina, à idade do ginasiano em preparatórios, que, por próxima, ele pode viver em vez de recordar, ressentir em vez de evocar, cantar em vez de contar. "Récréer une émotion au lieu de la décrire"...

Considerando esteticamente, se verifica por isso a lição admirável que encerra o caso dele. Luís Aranha, que vinha de Whitman e de Verhaeren, tão "impuros" na sua estética, tão socializados e pragmatizados, conserva na fase dos poemas longos uma qualidade lírica eminentemente fiel a si mesma. Apesar de longos, o que já por si é antilírico e contrariante do mecanismo psicológico do lirismo. Isso proveio dos seus processos de poetar nessa fase. Proveio do total abandono, ou quase, da associação de idéias e substituição dela por todas as espécies possíveis de associações de imagens; do abandono muito amoral dos interesses intelectuais do indivíduo; proveio principalmente da evocação, *inventa-*

da, em substituição de evocação *contada* duma realidade transacta, esta última servindo só de ponto de partida. Verifico melhor esta última afirmativa: Não revivendo coisas duma idade afastada, mas do seu proximíssimo período preparatoriano, Luís Aranha não está preso a nenhuma memória fixa, a nenhum quadro de parede (que é como o passado se conserva em nós...) mas a uma memória interessada, em formação ainda, móvel, transformável, alargável, e livre. O passado em nós é fixo, pobre de dados, rico de elementos essenciais. O passado próximo, que ainda nos interessa diretamente, de que dependemos imediatamente, é transitório, excessivamente rico de dados, sem planos ainda pra distinguir nestes dados os elementos essenciais. Eis porque a evocação (que geralmente só se compreende dum passado fixo; o poeta convertendo sempre o passado próximo ao presente, dizendo-o como quem vive e não como quem evoca...), eis porque a evocação, sendo preliminarmente lírica pois brota duma precisão imediata do ser: se torna antilírica quando convertida a assunto do poema. O poeta é levado a descrever e está preso intelectualmente a uma paisagem, por mais que os ajunte sem princípio, meio e fim: ele de fato deixa a impulsão lírica, abandona o ato imediato de criação, pela descrição imediata duma verdade já fixa. Imutável. Luís Aranha, revivendo um passado presentíssimo, não descreve, interpreta. Interpreta não no sentido prosístico de verificar ou adquirir conceitos, mas no sentido subconsciente de se recomover — que é de resto a maneira universal dos poetas interpretarem em poesia o passado próximo. Porém não parou nisso a fidelidade lírica de Luís Aranha, mas na própria escolha dos elementos por descrever, *que em geral nunca são duma realidade vivida por ele,* mas duma realidade *sonhada* por ele. O *Poema Giratório* exemplifica bastante o que falo e me basta ajuntar que a *Drogaria de Eter* e *de Sombra, e o Poema Pitágoras*, se sujeitam à mesma escolha de elementos por descrever. Partindo dum possível caso que sucedeu (emprego numa drogaria; febre escarlatina; estudo de Pitágoras, Luís Aranha imediatamente se transporta pros sonhos, delírios, alucinações que teve, derivados dessas realidades. Se compreende: se o poeta descrevesse um sonho longínquo de que lhe ficou memória, estaria preso a uma verdade tão verdadeira como a realidade objetiva. Tive um sonho que foi assim: e nos dava um quadro de parede. Se o enfeitasse, se o modificasse com dados novos (o que em primeira análise é absurdo conceber diante do realismo psicológico da poesia contemporânea...) poderia fazer uma coisa mais bela, não discuto. Mas nem a beleza é atualmente uma finalidade em poesia, nem estou me preocupando agora em salientar belezas da poesia de Luís Aranha. Estou mas é estudando o seu caso estético. Ora, pela proximidade dos sonhos que está revivendo, se percebe com que liberdade e admirável fidelidade lírica, ele não está descrevendo sonhos, alucinações, delírios, fobias que teve, mas que está tendo. Em suma: Não descreve sonhos sonhados, mas sonhos se sonhando, sonhos que estão em via de serem sonhados. A riqueza dos dados, a falta de planos separando desses dados os elementos essenciais, lhe permite isso. Qualquer das inúmeras e deliciosas pequenas paisagens da *Drogaria de Eter e de Sombra* ou do *Poema Pitágoras* são frutos ocasionais dum mato virgem, e não as mangas de que tem a certeza de possuir mangueiras no pomar. São frutos adventícios de estudos e leituras. E por isso falei atrás que, mais que convincentes, eram incontestáveis. A gente poderá contestar a "camisa aberta ao peito" de Casimiro de Abreu. Jamais contestará esta *China* ato reflexo. Sem originalidade, não convincente, mas inventadíssima:

China
Eu era discípulo de Confúcio.
Queimava-lhe rolos de cêra perfumada.
Auxiliei a construção da grande muralha
E vi arder a fogueira em que o imperador Hu-ang-Ti mandou
    queimar os livros sagrados...
Êle perseguiu os poetas e letrados...
Poeta
Fui obrigado a fugir
Ocultei-me como pescador com corvos marinhos no rio de
    Cantão.

*Depois fiz-me droguista numa rua estreita e suja
Tapetes, sarapintados de vermelho e preto...
Vendia ópio sem receio da Polícia...*

Se percebe que nada disto é a realidade. Nada disto é a alucinação sofrida, mas uma renovação de estado de fobias anteriores, criando uma paisagem sem identidade, libérrima, cujos elementos não estão presos a nenhuma fixidez. A própria exabundância de dados em certos passos, como todo o roubo dos bancos e o cataclisma final do *Poema Giratório*, provam, além da falsa generosidade juvenil, a esplêndida fidelidade lírica que o poeta conseguiu.

Mas essa fidelidade ao lirismo se transformava agora em estado de consciência, e já não podia mais satisfazer ao devotamento que o poeta queria lhe dar. Era sempre relativa. Havia a construção poemática, que principalmente no *Poema Giratório,* com a gradação dos graus da febre, dando tão lógico princípio, meio e fim ao poema, o tornava construído, firme nos seus planos, e obra de arte rijamente intelectual. O "Boletim Médico" desse poema, embora legítimo achado de lirismo, tinha um desenvolvimento intelectual, a que a reação defensiva da comicidade inda tornava mais infiel. Mais lirismo! Mais pureza, mais dedicação!

Essa ambição da verdade, esse realismo psicológico, essas angústias estéticas estragavam o ente virginal, e agora nós vamos assistir à morte do poeta em Luís Aranha. De repente não me trouxe versos mais. As paixões estavam ruminando por dentro. A dolorosa lição dos 19 *Poèmes Élastiques* de Blaise Cendrars se avolumava dentro de nós dois, como incontestável. Provocava em mim as anotações líricas desprovidas da "intenção de poema" que estão no *Losango Cáqui*. Mas a minha sensualidade me conservava sempre capaz de aceitar acomodações terrestres... Em Luís Aranha, muito mais um "intelectual", mais inadaptável, mais perfeito em suas coragens, o estrago era maior. Se debatia já nas vascas du'a morte que mesmo ele estava longe de imaginar. Errava confundindo estilos e tendências estéticas. Fazia versos todo descaminhado, se esperdiçando em simbologias fáceis, voltando para trás, porque o vício do associacionismo lhe deixara a boca torta; urgindo pela secura definitiva das anotações realísticas. De tudo isso está impregnado este monstrinho que um dia me trouxe:

PASSEIO

À noite
Asfalto branco da rua
Meu amigo catedral perto de minha cabana

GAROA

Salto de luz sobre os trilhos da treva
O vento varre meu pensamento
Uma aranha de um metro desce do ar
E o meu guarda-chuva sob o lampião aceso

Somos nós dois no passeio diário: minha altura catedralesca junto da pequenez física do amigo. Há que notar a perfeição realística das anotações. O guarda-chuva aberto que se integra na escureza, só adquirindo perceptibilidade sensorial quando debaixo dos lampiões. A surpresa da luz refletida de supetão num polido de trilho, evidenciando este. A suavidade do vento que varre o pensamento quando na companhia dum amigo íntimo, a gente se vai por aí, sem precisão de sustentar conversa, e aos poucos deixa mesmo de pensar em nada, vivendo só no conforto maravilhoso de ser em mais de um. A aranha leva pra um detalhe curioso do poeta ginasial. Luís não gosta muito de se chamar Aranha. Um nome destes se presta aos brinquedinhos bestas de colégio. Causa sempre minúsculas fobias. Não tem moço nenhum que não se preocupe com os trocados possíveis, origináveis do seu nome de família. Apesar duma produção poética que não atingirá mil versos, Luís Aranha quatro vezes se refere a aranhas. Duas vezes no *Poema Giratório*, numa delas fazendo da lua uma vaidosa *grande* aranha de prata vaidosamente *galgando o céu*. Neste *Passeio* percebemos a aranha *aumentada* pelo seu fio, uma aranha enorme, dum metro! E ainda na *Drogaria,* ele se reconhece feliz entre as drogas.

> *Castelãs que fiáveis*
> *Nos vossos fusos silenciosos*
> *O bordado setíneo das teias de aranha!*

Enfim já no acabar desse ano de 1922, o poeta me aparecia com um livro a que, pelos cacoetes da época, dera o nome de *Cocktails.* Era o desastre definitivo. Uma hesitação mãe, em que as coisas bonitas ou dignas de interesse não eram mais suficientes pra justificar a existência das poesias. Estas eram secas, ávidas duma verdade que se convertia muito a simples dados da realidade objetiva. Seriam uns dez poemas talvez, e na suas idas e vindas entre mim e Luís Aranha apenas me sobraram quatro. Os caracteres, as qualidades do poeta se suicidavam no turtuveio, na obediência a lições estranhas, e sobretudo no apego a uma estesia preestabelecida. Se veja por exemplo, este poema, em que a Laura do poeta surge pela última vez:

MINHA AMADA

> *Há muito tempo que não penso em ti*
> *A última vêz que vi dançavas tango*
> *O Jazz-Band se contorce*
> *Passos de Valsa Boston*
> *Olhos castanhos*
> *Gotas de mel cheias de luz*
> *Tuas pupilas iam e vinham*
> *Como gotas de ar em nível de álcool*
> *Muitas côres*
> *Teu rosto era a palheta de um pintor*
> *Teu cabelo um amontoado de pincéis*
> *Prismatizante*
> *Todas as luzes convergem sobre ti*
> *Havia um cristal de interferência*

Um disco gira
Teu rosto é um disco de gramofone que se repete cem vêzes, mil
   vêzes e que acaba por aborrecer
Côres primitivas
Compostas
Tôdas as cores se misturam
Tudo é branco
Teu rosto é um disco de Newton
E tu te confundes no tom geral

A última vêz que te vi
Numa fôlha de parra
Eu comia um pedaço do pólo
Teu coração
Êle se degelava em minha mão
Eu era uma bússola
Teu rosto um quadrante
Uma roda
Uma hélice
Um ventilador
Fui um discóbolo
Meu disco
Agora tú és a lua
De tempo em tempo desaparece
Sumiste.
Não estás aquí
Nem em parte alguma
E como não te amo mais
Vou incluir êste poema no meu livro COCK-TAILS

Cito ainda o *Telegrama*, notável pela viagem anterior que o poeta faz, entrando no telégrafo na véspera de viajar:

TELEGRAMA

Vim telegrafar
Devo partir
O telégrafo bate
Na estação
Dentro das grades do elevador o empregado é prisioneiro na sua cela
Manobras

S.P.R.
163

A campainha manda um som tremido
E o chefe sacode a bandeirola
Apito
Os ferros gritos
Choques de vagões
Locomotiva Moloch
Na ponte lindo manto de peles
Tú não morreste por ter tocado o zaimph de Tanit como Salambô
WILLIAM — FOX — FOX-TROT — William-fox-fox-trot-
William-fox-fox-box
Locomotiva Carpentier jogando box pelo espaço
Só dás uppercuts
Com tuas luvas de ferro
As campainhas das estações marcam os rounds
Teu ring é o mundo
Xuixixixixixx
Poeta
Sofro a vaia da locomotiva como no Teatro Municipal
Diz-se impròpriamente que sou futurista
Impressões
Erros de geometria euclideana
Os trilhos não são paralelas e se encontram antes do infinito
Na porteira todos esperam
Lavadeira a mulher de Atlas suspende o mundo à costas
Pede-se trazer o dinheiro certo para facilitar o troco
   Vim telegrafar
   Parto pelo último trem
   Espere-me na estação
Luís Aranha

Não deixei de chamar a atenção de Luís Aranha prás imitações de outros poetas, que agora vinham brotar lucidamente nos versos dele. Mas pelas próprias consequências estéticas a que chegara e o livro denunciava, a excessiva passividade ante as associações e os dados percebidos sensorialmente, ele não podia recusar mais essa imitações, elas eram lógicas! E, pelo esteticismo escancarado destes dois poemas, se vê o quanto o poeta se tornara consciente dos problemas da poesia. Ou pelo menos lirismo. Já não era mais o menino-prodígio; e a consciência de si mesmo, dos problemas de arte da função social do indivíduo, tornavam os versos dele repudiáveis, se não repugnantes, ao próprio Luís Aranha. "Às vezes ainda sinto vontade de escrever umas coisas que me vêm, mas depois penso: pra quê?", ele me dirá mais tarde. Também já teve o desejo de romances compridos, sem ação, análises psicológicas que desvendem o ser. Mas não tenta mais nada, não está fazendo nada em arte. Evidentemente ele terá esses providenciais motivos de ocasião, que são as justificativas decisórias encobrindo a razão mais profunda que leva o indivíduo a não artefazer. Mas pelas conversas já agora raras que tenho com o ex-poeta, a sua incapacidade de articulação dentro da vida, noto uma indecisão vasta em resolver de maneira impura, vital, o seu problema de poesia.

Que aliás é nosso também... Os poetas contemporâneos, os conscientes pelo menos, chegaram a esse estado defeituoso de idealismo em que, purificando cada vez mais a poesia, verificando cada vez mais o seu conceito e a sua realidade psicológica, ela se tornou mais bela que as poesias. Ainda muitíssimos escrevemos poesias, mas estamos sempre convencidos que elas são inferiores à Poesia. Todo ato poemático em nós não é apenas um desvirtuamento do nosso idealismo: é uma concessão. E a quem se sentir de deveras poeta, essa concessão aflige como um vício. Mas Luís Aranha é o tipo do puro. Não sabe trair. Não sabe aceitar. Julgo descobrir na mudez dele uma saciedade radical. Não da Poesia. Das poesias.

POEMA GIRATÓRIO[1]

"Eppur si muove"

Eu estava no colégio
No bairro turco de São Paulo
Preparava-me para a marinha
Queria viajar por todo o mundo...
Só na enfermaria
Único doente de escarlatina
A febre sentava-se à minha cabeceira estrangulando-me a garganta...
Por esse tempo li o primeiro livro bolchevista
Guardava embaixo do travesseiro
E foi de volta do cinema que sentí os primeiros sintomas da enfermidade...

Na enfermaria
A lua do alto do céu penetrava pela janela aberta
A enfermeira vestida de luar andava na ponta dos pés e lia jornais falando sobre a guerra
O livro em espanhol debaixo do travesseiro
O barbeiro que no quarto vizinho assobiava um rag-time
A aranha do canto do quarto
O cheiro de remédio
O ruido da rua vindo mornamente até mim
Eu mesmo
Tudo estava num mundo distante que eu quase não sentia...

Delírio da febre!
Fragmento de lembranças velhas
Conhecimentos novos
Astronomia
Geometria
Geologia
História Natural
Física

---

1. Para maior elucidação do estudo que segue, se reproduz integralmente aqui o *Poema Giratório* de Luís Aranha

Química
Tudo o que aprendia no colégio
Movimento da terra!
Criança fazia girar o globo terrestre que meu pai tinha no escritório
Contente quando virava depressa...
Nêle aprendí a história de Galileu
Eppur si muove...
O hebreu Josué mandou parar o sol...
Globo de papelão representando todos os países
Fechado numa armação de ferro
Eu o fazia girar depressa em tôrno do seu eixo...
Amolgado por acidente durante uma mudança
E tenho saudade dele porque foi meu brinquedo preferido quando criança...
Mas hoje a lua como um globo geográfico gira no ar
Encerrada numa armação de estrelas
E nela estudo a geografia dos países de minha imaginação...
A lua pelo céu!...
Sabia que ela atirava malefícios sobre os marinheiros dormiam sob o seu olhar
Mas gostava tanto dela!
Certo
Quando fôsse pelos mares largos e bonança
Seu corpo nu de malacacheta viria pousar sobre minha vela!
Navegar ao luar!
A grande aranha de prata galgava o céu
Ia de uma estrela a outra levando a teia
Voltava
Cruzava os fios entre si...
E o céu todo iluminado de sua luz!...
Via
Essa teia de prata que tremia
De um canto a outro do horizonte
Como uma rêde sob o céu
Arcada
Ao peso da aranha que a tecia...

Oh! aquela aranha côr de opala
Que estendia as pernas para mim

Môscas de sonhos hipnotizados!
Ela me enleava num bordado claro
Sugando-me a energia
E o capitão achava-me na proa
Envolto num casulo de luar...
Só na enfermaria,
O colégio era na rua Florêncio de Abreu
Bairro turco de São Paulo...
Cansava de lembrar o film que passava fugazmente no meu cérebro
A janela
Com a doença perdí a noção de arquitetura
O Palácio das Indústrias era uma mesquita
A Estação da Luz a Catedral de Santa Sofia
Olhava o Braz que era um fragmento da Turquia
Camelos passavam no horizonte
E as torres chaminés minaretes com muezzins abrindo os braços
    para o céu....

Nos domínios da Turquia
Era um súdito rebelde do sultão
Comandava tropas livres de um oásis do Saara
Tamareiras e tamarindeiros
No chão tufos de verdura encharcados de areia branca
Do rochedo um jato de água fresca
Serpentes fugindo na folhagem
E o calor morno rolando pelo chão esmagado pela luz pesada
Cada um de nós rei.
Trono das dunas brancas!
Protegíamos os beduinos dos salteadores de caravanas
As palmeiras archotes marcavam o limite de nosso domínio
O acampamento longe das populações
Ao redor das tendas pastavam os cavalos e deitavam-se os
    camelos
À noite rondavam os chacais devorando ossos e resíduos...

Éramos senhores
Só o vento quente entrava sem licença em nossa tenda
E enfunava a lona das barracas
Como velas...
Quando vinha, dizia que éramos temidos
Quando ia clamava o valor de nossa gente

Beijava nossa bandeira que tremia de felicidade
Vento livre como nós
Nossa bandeira azul com um crescente e uma estrela
Farrapo do céu!...

Um dia
Do fundo do horizonte surgiu uma cavalgada contra nós
Cavalos correndo a toda brida
Camelos chacoalhantemente por servos do sultão
Nossos homens se atiram sobre as armas
Tiros de espingarda!
"E as mães que o som terrível escutaram
Aos peitos seus filhinhos apertaram"
Confusão
Descarga de cima dos rochedos
Luta corpo a corpo com dentes unhas e kandjars
Vitória!
E as línguas da areia ardente sorvendo o sangue dos feridos
Meu corpo escarlate do sangue derramado
38°

Passo por uma rua do Egito
A cidade se desdobra ao longe com sua muralha
Aglomeração da casaria
Mesquita de ladrilhos no centro
Dédalo de becos
O barulho eterno da multidão
Mulheres de rosto de gaze, axorcas nos braços nús
A fonte pública
Vendedores nas lojas
Bazares de tecidos jóias armas e turbantes
Camelos rapados da caravana que vai ao porto
O Mar Vermelho se abriu à minha passagem como aos hebreus de
    Moisés
Negros sob fardos
E o fêz dos soldados do sultão
Mendigos
Animais apertando-se na estreita
Cães famintos a lepra na poeira
A voz do muezzin todos à oração
Volvidos para Meca...

Vou para meu harem!
A porta pesada
Entro no meu domínio de arabescos
Tapetes sob os pés
Candelabros
Vaso de cobre cheio de brasas queimar essências
Estou deitado sobre almofadas
Perfumadas
Meu pensamento não está mais longe que o narguilé que gorgoleja perto de mim
No compartimento vizinho as odaliscas nos coxins
O repuxo tripudia sobre o tanque dança de guizos
No céu
A lua que entrou na manga de Mahomet quer penetrar no harem
Vêr as odaliscas semi-nuas
Seios brancos dunas do deserto...

A atmosfera morna
Penumbra
Meu narguilé
Odaliscas
O perfume do aposento
O perfume das rosas e jasmins que galgam o terraço
A fumaça que sobe do braseiro
Silêncio quase adormecido
E o bonde da Ponte-Grande na ponte férrea da Estação da Luz...

Dor de cabeça
Minha viagem à Turquia
Como o russo Jalturin tinha cefalalgia dormir com a cabeça sobre dinamites
Eu por ter sob o travesseiro um livro bolchevista...
Êle minou a sala de jantar do czar Alexandre II
Tomei parte no atentado contra o imperador de tôdas as Rússias
Minei a estrada de ferro Criméia a Moscou
Trinta quilos de dinamite na ponta de pedra de Petrogrado
Condutores elétricos subterrâneos
E o trem a todo vapor
E os silvos da locomotiva apitando furiosamente nos trilhos
Rodas vertiginosamente nos carrís
Dinamites que explodem depois do passar do trem

*Dormentes e trilhos nos ares arrebentada grande extensão da linha
Sofia Perowskaya
Todos os conspiradores contra a vida do czar
Morte de Alexandre perto do canal
Providências da polícia
Atentado sem efeito de Risakoff
As águas quietas do canal
E o terrorista Grinevtsky que tranquilamente comia pastéis antes
   de atirar a bomba no czar
Morreu também na explosão
Conseguí fugir por entre a multidão
E o livro que me dava dor de cabeça e exaltava os bolchevistas
   Rússia*

*Eu estava na lista vermelha
Fuzilado no parque de Petrovsky
Massacre em massa das populações
A imperatriz e as czarinas assassinadas pelos soviets
Regime do terror
Fábricas e oficinas nas mãos de Lenine e Trotsky
Govêrno do gorro da blusa
Na praça do Krenlim o sangue se mistura à neve derretida
A peste a fome o cólera e a guerra
A feira dos ladrões se estende por toda a cidade de Moscou
Dentro das muralhas rubras do Krenlim os sinos repicam festas
   carnificinas
E o mundo como o globo que eu fazia girar no escritório de meu pai
Gira velozmente em torno do seu eixo...*

*Estava em Moscou
Mas só agora compreendo porque da Paulicéia fui parar na Rússia
O livro bolchevista que lia pela primeira vêz
O Palácio das Indústrias Krenlim no crepúsculo do Braz
E na opinião do meu amigo Mário de Andrade
"São Paulo é um palco de bailados russos"...
39º
Do colégio fui para o hospital
O médico me recomendou repouso
Escarlatina nervosa delirante
A febre me apertava a garganta com suas mãos de ferro
Gargarejos*

Preferia o remédio doce de hora em hora
Minha enfermeira inglesa
Queria à frente servir na cruz vermelha de guerra
Solteira, teve de ficar

Quando eu não dormia
Sentada em minha cama
Ela contava histórias da guerra...
Granadas rebentavam sobre mim como fogos de artifício
As trincheiras canais onde a água se estagnava...
Estava num hospital de sangue.
Na Irlanda
Vi soldados inglêses atirarem contra o povo
E como o prefeito de Cork morreu de fome na prisão
Eu morria de dieta no hospital...
Emprestavam-me livros franceses e inglêses
Um dia uma revista
Conhecí então Cendrars
Apollinaire
Spire
Vildrac
Duhamel
Todos os literatos modernos
Mas ainda não compreendia o modernismo
Fazia versos parnasianos
Aos livros que me davam preferia viajar com a imaginação
París
Bailarinas de café-concerto rodopiando na ponta dos pés
Ou então a casa de um chinês esquecimento da vida
Antro de vícios elegantes
Morfina e cocaina em champagne
Ópio
Haschich
Maxixe
Tôdas as danças modernas
Doente perdí um baile numa sociedade americana de São Paulo
Minha cabeça girava como depois de muito dansar
A lua disco de gramofone gira furiosamente um rag-time
E o mundo é uma bailarina de vermelho rodopiando na ponta dos
   pés no café-concerto universal...

Gosto de bailes de matinées
Nos jornais anúncios de chás dansantes
La Prensa diz
A Argentina proibiu a exportação do trigo

Uma lente para o observatório de Buenos Aires
Estudo astronomia numa lente polida por Spinoza
Judeu
Uma sinagoga nos Andes
Não sei se a Cordilheira cai a pique sobre o mar
Santiago
Os barcos de minha imaginação nos mares de todo o mundo!...
Manhã
A lâmpada azul empalidecendo
Quando se abre a pálpebra da janela
A rajada de luz alarga a enfermaria
Eu
No frio
A névoa se espreguiçando fora
Se desarticulando
E as estrelas fugindo no azul com receio do sol
Primeiros rumores
A torre da Estação da Luz
A bandeira paulista arvorada
Os ventos correndo no ar
Atropelando-se
Na direção marcada pelo gesto da bandeira
O primeiro bonde
Iluminado
Trepidando a ponte
E a carroça do padeiro acordando as pedras sonolentas
Silvos de trens rasgando a madrugada
Cinco horas
Um relógio preguiçosamente
Eu
Encolhido nas cobertas
Sinto prazer em minha enfermidade...
O rumor
Adivinho minha terra natal
Prédios crescendo

Andares sobre andares
Catedrais
Torres
Chaminés
O centro da cidade
Prédios como couraçados
Ancorados
Cordoalhas
Masteréus
Flâmulas tremulando
Galhardetes dos traquetes
E a multidão frenética
Os bancos
Os jornais
As grandes casas comerciais
Bondes
Tintinabulação das campainhas
Automóveis
Buzinas
Carros carroças fragorosamente
Bairros indústriais
Catadupas de som a rugir pelo espaço
Ventres de fornos colossais
Nas fábricas usinas e oficinas
Turbilhonam turbinas
Máquinas a mugir em movimentos loucos
Vozes trepidações campainhas
Baques gritos sereias alarido
Rouquejos e troupel
Relógios a compassar nessa luta insofrida
O ritmo frenético da vida!...

Anericanamente

Maquinações alemãs contra os americanos
A alfândega revistou-me a bagagem no porto
E não achou como na do homem do compartimento vizinho
Bombas dinamites barbas postiças...
Usinas metalúrgicas e fábricas de munições incendiadas
Kultur
Os alemães colocaram bombas sob a ponte de Brooklyn

A polícia avisada chegou antes da explosão
Navios minados rebentando meia hora depois de largar o porto
Bombas com maquinismos de relojoaria
Explosão depois da hélice girar um número de vezes determinadas
Munição para os aliados
Serviço de espionagem mais perfeito do mundo...
Dissimulado nos Estados Unidos
Uma noite conseguí roubar todos os bancos de Nova York
Fuga
E com os milhões em maletas viví oculto num dos canais esgotos do porto
Jean Valjean
Uma noite
Numa lancha elétrica o dinheiro para um botequim do cais
No dia seguinte
Notícia em todos os jornais
Correria nos bancos
Diretores não podiam pagar os depositários
Cofres vazios...
Pennsylvania Railroad
Muitas estradas de ferro
O trem de Nova-York para o Oeste assaltado por uma quadrilha de
   cow-boys
Tiros de revólver
Fui elogiado pela bravura repelí os assaltantes
Passageiros do vagão minha ousadia
Cortesia dos empregados
Gorda matrona milionária
Minas na Califórnia
Sua filha que dêsde o acidente me sorria sem cessar
Consideração geral
Minha maleta sob o banco em que ia sentado
O trem em disparada pela planície deserta
Romance cinematográfico
Roubo dos bancos
Pesquisas da polícia
Notícias dos jornais
"O criminoso não deixou traça na sua fuga"
Detetives americanos por toda a América e por todo o mundo
Sherlock Holmes convidado pelo Presidente Wilson

O povo desconfia de um conluio de todos os banqueiros
Para roubo de todo os bancos
A multidão
Que ia linchar um negro
Começou o linchamento de todos os banqueiros de origem alemã
Prisão preventiva dos genuinamente americanos
Os jornais
Com notícias minuciosas sobre o roubo
Trazem na página seguinte a narrativa dos meus feitos no trem do
 oeste
Entrevistado por quase todos os repórteres
O povo minha opinião sobre o roubo...

"Nada lhes posso dizer
Estou na mesma ignorância de toda a população
Mas é possível que o criminoso apareça"

Que pensa da culpabilidade dos banqueiros?

"Não posso explicar esse roubo coletivo
Sem a cumplicidade dos diretores
Mas é possível que estejam perfeitamente inocentes..."
Todos o empregados convidados a depôr
Nos cinemas
Jornais cinematográficos
Vista dos bancos roubados...
Enquanto isto
Viagem à catarata do Niágara
Foi o franciscano José de La Roche Daillon o primeiro bran-
 co que viu a catarata
Nunca vi essa queda formidável
Nem mesmo a Paulo Afonso
Nem mesmo a de Iguassú
Nem mesmo a Sete-Quedas
Mas agora com o produto do roubo dos bancos de Nova-
 York
Vou comprar a catarata do Niágara
Grande usina elétrica

Compro também a Niágara Falls Power Company...
Com toda a força que conseguir de todos os dínamos
Eletrizar o globo terrestre;

Fazê-lo girar como uma turbina...
40°
   De noite estabeleço a ligação:
A terra eletrizada gira em torno do seu eixo
Terremoto
Maremoto
Bombas bolchevistas passando de mão em mão
Tôdas as pontes do mundo
Incêndio no Krenlin
Granadas, bombas, tiros de canhão se cruzam como confetti numa noite de carnaval
Explosão em mina de petróleo
Corpos de bombeiros a toda velocidade apitando no pavor da noite
Torres se estortegam no espaço e se abatem sobre ruínas
Todos os trens incendiados em desfilada pela linha propagam fogo nas florestas
Os edifícios dançam como ondas na tormenta
Os mares crescendo inundam os continentes
Portos destruídos pela inundação
Chamas do incêndio esbofeteando o céu
Chuva de petróleo alimentando o fogaréu do mundo
O mar de álcool pega fogo devorando todos os navios
Cinzas de vulcões soterrando os continentes
Chimborazo!
Os Andes desabam sobre a América do Sul
Explosões incêndios cataclismos
Chuva de fogo
Vulcões
Terremoto
Maremoto
E o mundo eletrizado gira furiosamente em torno do seu eixo confundindo todos os países...
41°

BOLETIM MÉDICO

Nome — Terra
Filiação — Da família dos oito planetas
Mãe — Nebulosa Primitiva de Laplace
Pai — Desconhecido.

DIAGNÓSTICO

Escarlatina de forma nervosa delirante
Tendências para rotação em movimento acelerado
Manchas vermelhas em quase toda a superfície

TRATAMENTO

Repouso absoluto ou quando muito a rotação antiga
do tempo de Galileu
Banhos cotidianos principalmente na região lombar
Deseletrização imediata.

Minha enfermeira
Dedico-te êste poema
Vivi-o com toda a intensidade durante minha doença
Tú me trataste carinhosamente
Quando deixei o hospital
Levava o reconhecimento e a saudade
Quando cheguei ao bairro turco onde êste drama teve início
Os acontecimentos se reproduziram de novo na minha mente
Mas veio depois a noite com sua paz de estrelas
E o crescente da lua...
O Palácio das indústrias já não me parecia o Krenlin
Mas sobre a Nova-York paulistana
O céu era uma bandeira turca...

(São Paulo — 1922).

MACHADO DE ASSIS

(1939)

I

Talvez eu não devesse escrever sobre Machado de Assis nestas celebrações de centenário... Tenho pelo gênio dele uma enorme admiração, pela obra dele um fervoroso culto, mas. Eu pergunto, leitor, pra que respondas ao segredo da tua consciência; amas Machado de Assis?... E esta inquietação me melancoliza.

Acontece isso da gente ter às vezes por um grande homem a maior admiração, o maior culto, e não o poder amar. Ama-se o Dante menos genial da *Vita Nuova*, mas me parece impossível a gente amar o Dante mais velho e genialíssimo que compôs o *Inferno*. Ama-se Camões, adora-se Antônio Nobre, mas é impossível amar Vieira. Gonçalves Dias, Castro Alves, Euclides da Cunha são outros tantos grandes artistas que, além de admirar, nós amamos também. Nestes casos felizes, a admiração, o culto, coincide com o amor. Há estima e camaradagem irmanadas.

Porque em certos artistas, pela vida e pelas obras que deixaram, perpassam dons humanos mais generosos em que o nosso indivíduo se reconforta, se perdoa, se fortalece. A própria infelicidade, a própria desgraça amarradas à existência de um artista, não *podem*, ao meu sentir, *serem*[1] motivos de amor. Todos os seres somos fundamentalmente infelizes, e é preciso não esquecer que psicologicamente, em oitenta por cento dos artistas verdadeiros, o próprio fato de serem eles artistas, é uma definição de infelicidade. Amor

---

1. Aqui, o mais escapatório e sossegante, era abandomar qualquer preocupação de sensibilidade sutil de expressão, obedecer à gramática, e botar "ser" e não "serem". Mas... eu "sinto" que "serem fecunda a diferença que sempre fiz entre "infelicidade" e "desgraça", e me levou a esta enumeração. Enumeração de dois valores essencialmente distintos ("a própria dor é uma felicidade") que impede pôr o verbo "poder" no singular. Aliás logo em seguida eu faço a distinção bem nítida entre infelicidade e desgraça.

107

que nasça de piedade, nem é amor e nem exalta, deprime. E sobra ainda lembrar que certas desgraças, não o são exatamente. Nascem do nosso orgulho; nascem de uma certa espécie de pudor muito confundível com ambições falsas e com o respeito humano. Estou me referindo, por exemplo, a preconceitos de raça ou de classe.

E aos artistas a que faltem esses dons de generosidade, a confiança na vida e no homem, a esperança, me parece impossível amar. A perfeição, a grandeza da arte é insuficiente para que um culto se totalize tomando todas as forças do crente. Sabes a diferença entre a caridade católica e o livre exame protestante?... A um Machado de Assis só se pode cultuar protestantemente.

* * *

Com raríssimas exceções, e já passaram por minhas preocupações várias dezenas de almas moças, só vi o culto por Machado de Assis principiar depois dos trinta anos. Não que os moços o ignorem, mas quando lhes falamos nele, fazem um silêncio constrangido e concordam muito longínquos e desamparados. As exceções existem pelo simples fato de existirem moços que aos vinte anos já têm trinta, já têm quarenta e mesmo mais meticulosas idades. Pra se cultuar Machado de Assis, há que ser meticuloso...

* * *

Mas Machado de Assis foi um gênio. Forte prova disso, dentro de uma obra tão conceptivamente nítida e de poucos princípios, está na multiplicidade de interpretações a que ela se sujeita. Não me sai da idéia um ilustre representante de República me contando que relera na véspera o *Dom Casmurro* e encontrara desta vez, não o imoralista, ou melhor, o amoralista de que estava lembrado, mas um moralista castigador. E, no livro, a defesa perfeitamente moral do princípio do casamento.

Aliás, Astrogildo Pereira veio recentemente acentuar essa afirmativa muito duvidosa, provando que Machado de Assis defendeu o princípio da família e da estabilidade do lar, censurando sempre em seus livros, e às vezes irritadamente, o "casamento de conveniência". Era partidário do casamento por amor. No que, aliás, Machado de Assis era exatamente um representante dos interesses burgueses do Segundo Reinado, como provou Astrolgildo Pereira, no seu habilíssimo artigo.

Mas preferi confirmar a genialidade de Machado de Assis por esse mesmo excelente número da *Revista do Brasil*, em que saiu o estudo acima citado. Milietas de interpretações distintas para uma só divindade. Só os gênios verdadeiros se prestam a este jogo dos interesses e das vadiações humanas. São tudo, aristocráticos, burgueses, populistas. Morais, imorais e amorais. E todos eles, em geral, acabam fatalmente profetizando a vinda do submarino, do aeroplano e de algum cometa novo.

Quanto ao nosso admirável Machado de Assis, estou agora recordando aquela frase de Cervantes descrevendo um "colchón que el lo sutil parecia colcha". Gênio fracamente confortável e pouco generoso, talvez seja preferível não o interpretar por demais. Em todo caso me parece indispensável que não lhe atribuam a profecia do avião nem do submarino. Lhe bastou e preferiu inventar Humanitas e nos mostrar que devemos sempre ser qualquer coisa de mais utilitário na vida, dando uma das maiores vaias que jamais sofreu o pensamento desinteressado.

* * *

Peregrino Junior escreveu sobre a *Doença e Constituição de Machado de Assis* um livro de grande interesse muito bem trabalhado. Não há dúvida nenhuma que o contista de *Pussanga* comprovou pelas manifestações da obra a triste enfermidade que fez de Machado de Assis um infeliz.

A minha hesitação principal não é a respeito do livro e sim da ciência. Ou antes. Do método científico. É, por exemplo, incontestável que o ritmo ternário, característico de certas enfermidades, ocorre na obra de Machado de Assis. Peregrino Júnior o prova com abundância. Mas pra que essa prova prove alguma coisa, não seria indispensável a aplicação de métodos comparativos e estatísticos? Seria preciso examinar também as vezes em que o escritor empregou o ritmo binário e as vezes em que bordou o substantivo apenas com um qualificativo. Só então, pela maior ou menor ocorrência de cada ritmo, seria possível interpretar mais sossegadamente. Já porém, a respeito do recalque de nomes femininos, não vejo necessidade de estatísticas nem de comparações. O caso é tão excepcional que prova só por si, e o que Peregrino Júnior descobriu me parece de interesse vasto.

* * *

O caso dos olhos. Ainda foi Peregrino Júnior quem primeiro levantou esta lebre, mostrando com fartura que Machado de Assis não só tinha obsessão pelos braços femininos, como pelos olhos femininos também. Preocupação que culmina com o genial achado dos "olhos de ressaca" da Capitu.

Ora, aqui, mais que tudo, me parece indispensável a aplicação do método comparativo, e indispensável também distinguir. Antes de mais nada, descrever olhos e olhares é preocupação universal. E dado mesmo que a descrição de olhos compareça com enorme frequência na obra de um determinado autor, resta saber o que isso prova. Igualar essa preocupação à dos braços é que me parece impossível. Os olhos, só por si, por suas qualidades intrínsecas, não são objetos de excitação e nem mesmo objeto de maneirismos sensuais. A descrição de olhos, do que fazem e do que dizem, é elemento especialmente de ordem psicológica; e a contínua citação e descrição deles na obra de Machado de Assis não me parece provar nenhuma peculiaridade temperamental, como é o caso da preocupação pelos braços.

Ainda mais: nem se poderá afirmar que houve preocupação especial sem que primeiro submetamos o problema a diversas experiências comparativas. Assim, logo uma primeira comparação selecionadora se impõe sobre o que é lugar comum e o que é excepcionalidade na caracterização do olhar. Positivamente não é a mesma coisa dizer de uns olhos que são "olhos de convite", como diz Machado de Assis dos de Vergília, a falar em olhos "grandes e claros", em "grandes e perdidos" ou "pretos e tranquilos", imagens estas gerais, nada machadianas e pertencentes a todos os escritores.

E pois que pertencem a todos os escritores, caberia nova comparação. Ver em outros romancistas, pelo menos uma dezena deles, se não existe igual preocupação por olhos femininos. E não caberia também dentro do próprio Machado de Assis, ver de que maneira ele trata os olhos masculinos? Só então creio, seria possível concluir alguma coisa.

* * *

Na obra de Machado de Assis as mulheres são piores que os homens, mais perversas. Não que os homens sejam bons, está claro, mas são mais animais, se posso me exprimir assim, mais espontâneos. As mulheres não: há em quase todas elas uma inteligência mais ativa, mais calculista; há uma dobrez, uma perversidade e uma perversão em disponibilidade, prontas sempre a entrar em ação. Talvez nisto, se possa ver ainda uma boa prova da forte sensualidade nitidamente sexual do artista.

Assim, na concepção, na exposição do problema do amor o que interessa a Machado de Assis é muito menos o amor propriamente que o eterno feminino. As mulheres dominam a vida do homem, que sofre e se torna um destino nas mãos femininas. As mulheres são mais inteligentes, mais capazes de dar uma finalidade mais complexa à vida. As mulheres são francamente mais fortes que os homens. Estes são pobres animálculos sem mistério nem subtileza. Estúpidos. Baços. Tímidos. Ou daquela já experiente passividade do conselheiro Aires, se já passados do agudo tempo do amor. E com tudo isso não há propriamente amor. Não há embate, luta, conjugação de seres, forças, interesses iguais. Há o eterno feminino dominador. Vênus nasce de mar, salgadíssima, e a maré montante, que triunfalmente a transporta, inunda a terra dos homens. E é vê-los se debatendo, os coitadinhos. No fim, se afogam.

* * *

Já como lição de vida, o que mais sobra da biografia de Machado de Assis é o golpe total que ele dá na disponibilidade amorosa dos nossos românticos. Casou, viveu com uma só mulher. Marañon diria dele que foi a expressão do macho perfeito, sem nenhuma inquietação sexual, o que não parece ser a verdade verdadeira. Almir de Andrade chega a dizer de Machado de Assis que "não teve amores". Que não tenha tido paixões é possível, mas Carolina é sempre uma expressão de amor, e das mais belas na biografia dos nossos artistas. Mais uma grande vitória de Machado de Assis, e aquilo em que ele se tornou perfeitamente expressivo da sociedade burguesa do Segundo Reinado e imagem reflexa do nosso acomodado Imperador. A escravaria, por culpa do branco e dos seus interesses, ficou entre nós como expressão do amor ilegítimo. Não só relativamente à casa grande, mas dentro da própria senzala. Machado de Assis nem por sombra quer evocar tais imagens do sangue que também tinha. Ele simboliza o conceito do amor burguês, do amor familiar, e o sagra magnificamente. E desautoriza por completo a inquietação sexual, e mesmo a inquietação moral do artista, pela vida honestíssima que viveu.

* * *

Pra meticuloso, meticuloso e meio. É opinião passada em julgado que Machado de Assis é o romancista da Cidade do Rio de Janeiro. O será, de alguma forma, desde que nos entendamos. Me parece indiscutível que Machado de Assis, nos seus livros, não "sentiu" o Rio de Janeiro, não nos deu o "sentimento" da cidade, o seu caráter, a sua psicologia, o seu drama irreconciliável e pessoal. Será que a cidade e o seu carioca não tinham ainda se caracterizado suficientemente então? É impossível. Esse caracter, essa irreconciliabilidade já existiam vivos, nítidos, nos tempos do Sargento de Milícias.

Machado de Assis, temperamento fracamente gozador e ainda menos amoroso da vida objetiva, tinha a meticulosidade freirática dos memorialistas: e não será atoa que a dois dos seus principais personagens fez memorialistas. Às vezes chega a ser pueril a paciência topográfica com que descreve as caminhadas dos seus personagens. Porque tomou pela rua Fulana, seguindo por esta até a esquina da rua Tal, que desceu até chegar no largo Sicrano, etc. Esta necessidade absoluta de nomear ruas e bairros, casas de modas ou de pasto, datar com exatidão os acontecimentos da ficção, misturando-os com figuras reais e fatos históricos do tempo, se agarrando à verdade pra poder andar na imaginação, me faz supor nele o memorialista. Crônicas como a sobre o Senado fortificam esta minha suposição. E, dada a sua faculdade de análise e o vingativo poder de não perdoar, que geniais memórias não teria deixado! A maior faculdade dele não era criar sobre o vivo, mas recriar o vivo. Recriar conforme à sua imagem e semelhança... Não. Machado de Assis ancorou fundo as suas obras no Rio de Janeiro histórico que viveu, mas não se preocupou de nos dar o sentido da cidade. Na estreiteza miniaturista das suas referências, na sua meticulosidade topográfica, na sua historicidade paciente, se percebe que não havia aquele sublime gosto da vida de relação, nem aquela disponibilidade imaginativa que, desleixando os dados da miniatura, penetra mais fundo nas causas intestinas, nas verdades peculiares, no eu irreconciliável de uma civilização, de uma cidade, de uma classe. Por certo há muito mais Rio nos folhetins de França Junior ou de João do Rio, há muito mais o quid dos bairros, das classes, dos grupos, na obra de Lima Barreto ou no *Cortiço*. Sem datas, sem ruas e sem nomes históricos.

Mas haverá alguma utilidade em procurar no genial inventor de Braz Cubas o que ele não teve a menor intenção de nos dar! Como arte, ele foi o maior artesão que já tivemos. E esta é a sua formidável vitória e maior lição. Ele vence, ele domina tudo, pelo artista incomparável que soube ser. Tomando a sério a sua arte, Machado de Assis se aplicou em conhecê-la com uma técnica maravilhosa. É impossível se imaginar maior domínio do *métier*. Fonte de exemplo, fonte de experiência, treino indispensável, dador fecundo de saúde técnica. Agora, mais do que nunca, neste período de domínio do espontâneo, do falso e primário espontâneo técnico em que vivem quase todos os nossos artistas, teríamos que buscar em Machado de Assis aquela necessidade, pela qual todos os grandes técnicos são exatamente forças morais.

II

Procuro sempre nos críticos de Machado de Assis alguma referência especial ao poema das *Americanas* que o poeta chamou de *Última Jornada*. Não creio exagerar, na admiração enorme que tenho por esses versos, uma das mais belas criações do mestre e da nossa poesia. As *Americanas*, como concepção lírica, são no geral muito fracas. Pertencem àquela fase de cuidadosa mediocridade, em que o gênio de Machado de Assis ainda não encontrara a sua expressão original. Aliás esse período inicial, tanto da prosa como da poesia machadiana, se caracteriza menos pela procura da personalidade que do instrumento e do material. Antes de se querer criador, Machado de Assis exigia de si mesmo tornar-se ótimo artífice. É a perfeição da linguagem que o preocupa mais. E, como notou Manuel Bandeira, no momento em que alcança uma expressão mais livre de personalidade, com as *Ocidentais*, porta das grandes obras, Machado de Assis abandona a poesia. À sua inteligência já formada, terrivelmente realista, à sua desilusão guardada no humorismo, à sua nenhuma ingenuidade ante os homens e a vida, a poesia mais confiante, primordialmente e por essência com os joelhos atados ao confessionário, não interessava mais. Se ainda por meio dela pode nalguns dos amargos poemas das *Ocidentais* criar poesia verdadeira, não condizia já agora com as exigências da poesia, com seu não-conformismo instintivo, seus apelos às forças subterrâneas do ser, seu dom de magia e de escureza criadora de fantasmas e gritos, o homem que se recusava o dom precioso da cegueira e de poder se embebedar de vida. É curioso, aliás, verificar que, com esse abandono, Machado de Assis leva a poesia até às portas do Parnasianismo e a deixa aí. Para que os outros a degenerem... Teria descoberto que, com a estética parnasiana, a poesia abandonava o melhor do seu sentido?...

Por si, não precisara do Parnasianismo pra cuidar da forma e da expressão vernácula. Toda a sua primeira fase se apresenta como um longo e minucioso aprendizado técnico. Se o criador ainda hesita, o artista avança voluntarioso na sua determinação de adquirir uma técnica perfeita.

Talvez a mediocricidade geral das *Americanas* tenha impedido à crítica salientar a beleza altíssima de *Última Jornada*. E é mesmo estranho que o poeta, numa época e dentro duma temática que só lhe deram poesias frágeis, tenha de repente alcançado tamanha força de ideação lírica e forma poética tão lapidar. Na forma, sempre é certo que já construía por esse tempo fortes e sonoros versos, porém nunca os fez mais belos e perfeitos que nesse poema. Nem mesmo nas *Ocidentais*.

O que primeiro ressalta, na dicção do poema, é a firme desenvoltura com que o poeta funde a tradição de uma linguagem castiça, mesmo levemente arcaizante, com a metrificação romântica. Aos acentos de quarta e oitava no decassílabo, tão preferidos pelos românticos, se intercala mais discreta a acentuação heróica na sexta sílaba, dando ao poema um movimento de grande riqueza rítmica. Nem o tambor excessivamente "heróico" do verso clássico, nem aquela sensaboria melosa que resulta da seqüência de muitos versos com acentuação de quarta e oitava.

Os versos são quase todos admiráveis como beleza formal. Ricos de sons, nobres na dicção, nem preciosos nem vulgares na escolha dos termos. Percebe-se um sereno desimpedimento que não hesita em usar imagens conhecidas e lugares-comuns, desses que dão à obra de arte, se habilmente empregados, um sabor tradicional de boa linhagem. De tal forma Machado de Assis é hábil nisso que a sensação obtida é de uma obra clássica, no melhor sentido da concepção, em que ao casto sabor de Antigüidade se ajunta um sentimento de perfeição exemplar.

A segurança com que o assunto se desenvolve é também notável. Só se poderia desejar talvez que a fala do guerreiro fosse um bocado mais curta. O morto, na sua caminhada aérea, para a "noite dos imortais pesares", era daqueles que não agradavam muito a Machado de Assis, um derramado... No resto, a gradação da idéia me parece perfeita: um primeiro terceto fixa a noção do assunto. Mortos a esposa e o seu guerreiro, eles se vão deste mundo. Segue imediatamente a pintura do quadro, os dois seres voando, pouco a pouco se afastando um do outro. Embora tratando de índios, Machado de Assis, que já toma a liberdade de descrevê-los mortos e dotados sempre de seus corpos, adota ainda a mais nítida divisão cristã de inferno e paraíso. Veremos adiante de onde lhe nasceram estas liberdades conceptivas. Após essa descrição que é de esplêndida beleza de forma, o guerreiro inicia o seu lamento. A evocação que faz (versos de 27 a 40) é da maior beleza. Logo a seguir, apenas com um terceto, também magistral pelo a propósito com que se intercala entre a evocação e a descrição do drama que lhe segue, o poeta antecipa o fim da história. A gradação é admiravelmente adequada e nos liberta da medíocre curiosidade pelo fim do caso. A descrição, como falei, se derrama um pouco demasiadamente. Machado de Assis como que se entrega à tradição romântica de descrever. Ainda assim, e sempre entre versos lindíssimos, surgem manifestações sintéticas de descrição, perfeitamente comparáveis àquela esplêndida energia descritiva que Gonçalves Dias atingiu nas partes centrais do *Y-Juca-Pirama*.

Num aparente descuido, Machado de Assis faz o guerreiro dizer da esposa (verso 56 e 63) que, ao resolver voltar para a taba dos pais, tinha o rosto "carregado e triste" e ao mesmo tempo partia "leve e descuidada". Será contradição em versos tão trabalhados? As duas imagens contraditórias são sempre psicologicamente explicáveis. Não se trata de atos simultâneos. É o rosto que "um dia" ela volve "carregado e triste" para o lado onde ficava a taba nativa, e só depois disso, um terceto intercalado imaginando as razões que a moviam, é que ela resolve partir. Fixada esta resolução, ela parte "leve e descuidada", o rosto se lhe descarregara, a tristeza desaparecera, e ela fugia para a felicidade que a chamava.

Findo o reconto do drama surge o esplêndido final, versos realmente maravilhosos pela beleza da forma e das imagens, sem uma palavra de mais, de um castiçamento rijo de expressão, tensos, perfeitíssimos. Só um "derramamento" admiravelmente expressivo: uma primeira e única vez no poema, surge o ritmo ternário dos adjetivos. Antes, quando muito dois adjetivos qualificavam a moça, "mísera e ditosa", "fugitiva e amada". Mas agora é a derradeira vez que o guerreiro contempla a moça já longe, quase a mergulhar na aurora. E ansioso ele se apressa em cobri-la dos valores que a levem em seu amor desesperançado: há uma afobação em qualificar, uma incontinência desabrida, um como que pavor de esquecimento das qualidades sublimes da "doce, mimosa, virginal figura". A incontinência de qualificativos, no caso, é de ótimo valor psicológico, um verdadeiro achado de expressão.

O que teria levado Machado de Assis a criar esta isolada obra-prima? Quem o teria inspirado?... A mim, tenho como certo que foi Dante, no episódio de Paolo e Francesca. Que Machado de Assis conhecia a *Divina Comédia* não tem dúvida. Pelo menos do *Inferno* tinha mesmo estudo muito particular, pois lhe traduziu um dos cantos mais estranhos, o em que vem aquela pérfida fusão de homens e serpes. É difícil imaginar a razão que teria levado o poeta a escolher justamente esse canto XXV pra traduzir. Talvez já aquela mesma ironia, aquela mesma falta de generosidade da sua concepção crítica da vida e dos homens. Essa pérfida invenção de homens-serpentes talvez não fosse desagradável, talvez não fosse exatamente o "inferno" para o humorista frio.

Na *Última Jornada* há reminiscências pequenas e, reconheço, discutíveis, do Canto V do *Inferno*... Este começa, por exemplo, com o verso:

"Cosi discesi dal cherchio primaio"

e Machado de Assis começa o seu:

"E ela se foi nesse clarão primeiro"

Pura coincidência talvez. Mas outras coincidências ou reminiscências prováveis aparecem. A imagem "Como um tronco do mato que desaba, tudo caiu", evoca irresistivelmente o "E cadi como corpo morto cade", tanto mais que entra brusca no contexto machadiano, sem nenhum preparo, sem nenhuma concatenação necessária de idéias. E Machado de Assis insiste no movimento lento e sereno do seu par nos ares. Também Dante, que pusera os seus castigos num ventarrão de tempestade ("La bufera infernal che mai non resta, (...) Voltando, e percotendo li milesta") instintivamente se apieda e apieda o vento, ao virem Paolo e Francesca: "E paion si al vento esser leggieri". Não tem dúvida, porém, que estes elementos seriam por si insuficientes pra dar o Canto V como base inspiradora da *Última Jornada*, mas outros intervêm, tanto na forma como na ideação, que me parecem decisórios.

Machado de Assis emprega exatamente o mesmo corte estrófico de Dante. É a única vez que o emprega além da tradução dantesca que nos deu. Ora o terceto é muito pouco usado na poética portuguesa, tanto tradicional como do tempo. Os nossos principais românticos não me lembro agora que o tenham praticado uma vez só. A escolha da forma poética do terceto, que a qualquer um evoca irresistivelmente Dante, me parece conseqüência natural de uma inspiração dantesca.

E tanto mais que a imagem principal do poema é a mesma nas duas poesias: os dois corpos de casais amantes e desgraçados voando pelos ares. Além disso, o fato de Machado de Assis, em vez de se prender a qualquer concepção mais logicamente ameríndia, fazer dos seus mortos recentes, seres sempre dotados de corpo e espírito e adotar a divisão cristã de céu e inferno, obedece exatamente à concepção dantesca. E finalmente, ainda há que lembrar a invenção genial de Dante, a que Machado de Assis corresponde. Em Dante só um dos amados fala; toda a descrição do caso é feita por Francesca. Em Machado só o guerreiro fala. Nos dois pares o outro ser conserva um silêncio de esplêndida e terrível expressividade. Há um ilogismo em relação ao teatral, à dialogação, à vida, que em ambos os casos, talvez mesmo ainda mais em Machado de Assis que em Dante, é da maior força poética. A esposa nem perdoa nem se apieda nem censura, nada: afasta-se e mergulha de todo na aurora. Um Rostand, um Bilac mesmo, e certamente um Martins Fontes, não deixariam de dialogar. A coisa tal como está parece imperfeita, contra a lógica da vida e da arte. Mas nos dois grandes cantos, o silêncio do companheiro tem um poder de grandeza, de desequilíbrio, que é um golpe magistral de tragédia.

Mas, inspirada em Dante, a concepção é bem de Machado de Assis já, e o coeficiente machadiano é que vai dar ao poema o seu valor essencial. Uma primeira variação, que é de profundo significado machadiano, cria o "erro" genialmente poético da *Última Jornada*. Em Dante os dois seres são bons; em Machado de Assis são maus. Com efeito, a mulher índia é principalmente má. Tem aquela perversidade impiedosa que me fez dizer no artigo anterior que em Machado de Assis as mulheres são piores que os homens. Porque é ela, sem razão perceptível, sem razão sensível pois que sempre amada, quem abandona o esposo e vai-se embora. O próprio poeta indaga, sem resolver, a razão dessa partida. O guerreiro só por si não é mau, fica mau. Foi enceguecido pela fuga da companheira que ele a matou com suplício.

No entanto ele será o castigado; ele é que um poder invisível derruba; ele quem irá padecer na região fria. Qual a razão deste castigo injusto? Por que a índia ingrata não é castigada também?... Dentre os casos facilmente inventados, facilmente lógicos das *Americanas*, sem nenhuma "necessidade" propriamente poética, *Última Jornada* se desgarra violentamente. Neste poema o caso é por assim dizer sofrido pelo poeta, e tem aquele "mal inventado" tão freqüente nas verdadeiramente grandes invenções. É o dom da poesia... A invenção não se origina propriamente de uma história a contar, de um caso que é uma realidade possível de suceder, mas de uma intuição íntima do poeta, da inquietação de um ser que se define e procura o sentido imanente das coisas, a triste alma das coisas. Aquele sentimento de fatalidade e pessimismo, aquela maldição de trágica impossibilidade de perfeição moral e alegria, que domina toda a obra de Machado de Assis, já neste poema se desvenda.

Essa a definição, essa a intuição que o leva a se inspirar na imagem dantesca e a derivar desta, a história que *Última Jornada* relata. De forma que esta história não tem a menor preocupação de se basear na lógica da vida ou da moral pré-estabelecida. A origem do caso não deriva de nenhum confronto de interesses de viver, claramente definidos, e nitidamente deduzidos uns dos outros, mas de um sentimento-pensamento, de um transe lírico que consegue se abstrair e cria livremente, fora de qualquer concatenação logicamente vital. Daí o seu desnorteante, o seu admirável, o seu mistério fecundo — essa potência de atração, de domínio, de hipnotização, de enfeitiçamento, de sugestividade que o poema tem. E esta é a força, a essência mesma da verdadeira poesia.

III

É preciso concluir. De tudo quanto me dizem a obra e os críticos de Machado de Assis, consigo ver, com alguma nitidez arrependida e incômoda, a genial figura do Mestre. Ele foi um homem que me desagrada e que eu não desejaria para o meu convívio. Mas produziu uma obra do mais alto valor artístico, prazer estético de magnífica intensidade que me apaixona e que cultuo sem cessar. A lembrança do homem faz com que me irrite freqüentemente contra a obra, ao passo que o encanto desta exige de mim dar a quem a fez um amor, um anseio de presença e concordância a que meu ser se recusa. E a minha nitidez, por isso, é desacomodada e se arrepende de ser tão nítida. Bem desejaria não apenas duvidar de mim, (sempre duvido) mas ter a certeza de que essa nitidez é interessada, fruto do tempo e das minhas exigências pessoais. Porém não chego a ter certeza disto, antes sinto e quero em mim uma opinião perfeitamente filosófica, que contemple Machado de Assis na sua realidade finita e permanente.

Eu sei que o Mestre se imaginou desgraçado. O seu pessimismo, o seu humorismo, a sua obra toda; o cuidado com que, na vida, procurou ocultar os seus possíveis defeitos, as suas origens, os elementos da sua formação intelectual e a sua doença. Por uma espécie de pudor ofendido, ele se revoltou; e a lição essencial da sua vida e da sua obra literária são o resultado dessa revolta. Mas, Machado de Assis foi um vitorioso. Tudo o que ele quis vencer, embora na vida cerceando as suas vitórias, a um limite que o nacional desapego ao racismo poderia alargar, tudo o que ele quis vencer, venceu. Conseguiu uma vitória intelectual raríssima, alcançando que o considerassem em vida o representante máximo da nossa inteligência e o sentassem no posto então indiscutivelmente mais elevado da forma intelectual do país, a presidência da Academia.

Assim vitorioso na vida, ele ainda o foi mais prodigiosamente no combate que, na obra, travou consigo mesmo. Venceu as próprias origens, venceu na língua, venceu as tendências gerais da nacionalidade, venceu o mestiço. É certo que pra tantas vitórias, ele traiu bastante a sua e a nossa realidade. Foi o anti-mulato, no conceito que então se fazia de mulatismo. Foi intelectualmente o anti-proletário, no sentido em que principalmente hoje concebemos o intelectual. Uma ausência de si mesmo, um meticuloso ocultamento de tudo quanto podia ocultar conscientemente. E na vitória contra isso tudo, Machado de Assis se fez o mais perfeito exemplo de "arianização" e de civilização da nossa gente. Na língua. No estilo. E na sua concepção estético-filosófica escolhendo o tipo literário inglês, que às vezes rastreou por demais, principalmente nessa flor opima de saxonismo, que é Sterne.

Nisto, aliás, escapou a Machado de Assis, que, de alguma forma ele estava "mulatizando". Com efeito, na admiração pela Inglaterra, procurando imitá-la, Machado de Assis continua insolitamente na literatura aquela macaqueação com que a nossa Carta e o nosso parlamentarismo imperial foram na América uma coisa desgarrada. A França seria, como vem sendo mesmo, o caminho natural para nos libertarmos da prisão lusa. A Espanha e a Itália eram, na latinidade, "peculiares" por demais; ao passo que, na base da originalidade francesa, estava exatamente o amor da introspecção, o senso da pesquisa realista, o gosto do exótico, o nacionalismo acendrado e o trabalho cheio de precauções que seriam pra nós o caminho certo da afirmação nacional. Mas aí Machado de Assis errou o golpe (ou o acertou pra si só...), preferindo a Inglaterra, que lhe fornecia melhores elementos pra se ocultar, a "pruderie", a beatice respeitosa das tradições e dos poderes constituídos, o exercício aristocrático da hipocrisia, o *humour* de camarote. Branco, branco, ariano de uma alvura impenitente, Machado de Assis correu um perigo vasto. Mas com o seu gênio alcançou a sua mais assombrosa vitória: e, em vez de sossobrar no ridículo, na macaqueação, no tradicionalismo falso, conseguiu que essa brancura não se tornasse alvar. Antes, rico de tons e de fulgurações extraordinárias, o "arianismo" dele opõe o desmentido mais viril a quanto se disse e ainda se diz e pensa da podridão das mestiçagens.

Mas assim vitorioso, o Mestre não pode se tornar o ser representativo do *Homo* brasileiro. Por certo que Gonçalves Dias, Castro Alves, o Aleijadinho, Almeida Júnior, Farias Brito e tantos outros o são bem mais, nas constâncias em que já conhecemos reconhecidamente o homem brasileiro. A generosidade, o ímpeto de alma, a imprevidência, o jogo no azar, o derramamento, o gosto ingênuo de viver, a cordialidade exuberante. Se objetará que Machado de Assis, neste ponto, foi vítima da sua desgraça, confeccionado em máxima parte, no caráter, pelo que sofreu. Mas o defeito grave do homem não estará justamente nisto?... Machado de Assis, vencedor de tudo, dado mesmo que fosse individual e socialmente desgraçado, como o foram Beethoven ou Camões, uma coisa não soube vencer. Não soube vencer a própria infelicidade. Não soube superá-la, como esses. Vingou-se dela, mas não a esqueceu nem perdoou nunca. E por isso foi, como a obra conta, o ser amargo sarcástico, ou apenas aristocraticamente humorista, ridor da vida e dos homens. Mas também por isso lhe faltam qualidades brasileiras, as qualidades que todos somos geralmente em nossas mais perceptíveis impulsividades. Quereis prova mais clara disso que o número especial da *Revista do Brasil*, dedicado a Machado de Assis? Os estudos, muitos deles excelentes, foram imaginados com visível intenção apologética. Mas quase todos eles deixam escapar alguma restrição, algum alheamento, se falam do homem. É que esses brasileiros não se acomodam passivamente com a pequena contribuição de alma brasileira existente no homem Machado de Assis.

Mas, noutro sentido, a contribuição brasileira do mestre foi bastante farta. Escasso de nós em si mesmo, ele nos deu, no entanto, como já se tem dito, uma boa coleção de almas brasileiras e uma língua que, apesar de castiça, não é positivamente mais o português de Portugal. Talvez isto contra a sua própria vontade... Sim, se não reconheço Machado de

Assis em mim, em compensação sou Braz Cubas, noutros momentos sou Dom Casmurro, noutros o velho Aires. Tenho encontrado dezenas de Vergílias e de Capitus. E qualquer um de nós traz um bocado do Alienista em si...

Como arte, Machado de Assis realizou o Acadêmico ideal, no mais nobre sentido que se possa dar a "academismo". Ele vem dos velhos mestres da língua, pouco inventivos, mas na sombra garantida das celas tecendo o seu crochê de boas idéiazinhas dentro de maravilhosos estilos. Assim os Bernardes e os Frei Luís de Sousa criaram um protótipo da escritura portuguesa tanto intelectual como formal. Isso é que Machado de Assis desenvolveu. No tempo em que os Camilos, os Eças, os Antônio Nobre estavam derrubando muros para alargar o campo da inteligência literária de Portugal, Machado de Assis estava afincando os mourões de um cercado na vastidão imensa do Brasil. Está claro que viveu as necessidades do seu tempo, é um oitocentista. Mas, profundamente, o que ele melhor representa é a continuação dos velhos clássicos, continuação tingida fortemente de Brasil. Mas sem a fecundidade com que Álvares de Azevedo, Castro Alves, Euclides e certos portugueses, estavam... estragando a língua, enriquecendo-a no vocabulário, nos modismos expressionais, lhe dilatando a sintaxe, os coloridos, as modulações, as cadências, asselvajando-a de novo para lhe abrir as possibilidades de um novo e mais prolongado civilizar-se.

Machado de Assis, em vez, era ainda o homem que compunha com setenta palavras. Era aquele instrumento mesmo de setenta palavras, manejado pelos velhos clássicos, que ele adotava e erguia ao máximo da sua possibilidade acadêmica de expressão culta da idéia. Da idéia oitocentista. O que Vieira conseguira, tornar a sua linguagem a expressão máxima da língua culta portuguesa do tempo antigo, Machado de Assis o conseguiu também para os tempos modernos. Tempos modernos! Tempos que vieram até a Grande Guerra, pois que os contemporâneos já nos parecem bem outros. E Machado de Assis não os profetiza em nada, na acadêmica obediência e observação dos protótipos.

Seus contos e mesmo os dois memoriais, a parte principal da obra dele, são uma *Nova Floresta*. Machado de Assis é um exemplar de academismo, e não foi à toa que se tornou o fundador justificatório da Academia. Como um acadêmico, era um desprezador de assuntos. Era um estético. Era um hedonista. Há contos dele movidos com tão pouca substância, tão sem uma base lírica de inspiração, que se tem a impressão de que Machado de Assis sentava para escrever. Escrever o quê? Apenas escrever. Sentava para escrever um gênero chamado conto, chamado romance, porém não tal romance ou tal conto. E é porque tinha no mais alto grau uma técnica, e bem definida a sua personalidade intelectual, que saiu este conto ou aquele romance.
Deste conceito de academismo resultaram as melhores obras-primas do Mestre. Tinha ele a fatalidade do contista? Do homem que é obrigado a se realizar dentro da psicologia do conto, à maneira de um Maupassant, de um Poe, de um Boccacio e das *Mil e uma Noites?* Certamente não. Machado de Assis dominava magistralmente a "forma" do conto, não, porém, a sua "psicologia" mais essencial. E neste sentido nem será no nosso maior contista. E terá sido o nosso maior romancista? Absolutamente não. Não só, neste caso, lhe faltava a psicologia do romance como também a forma. Foi acaso o nosso maior poeta? Aqui então a própria pergunta é um absurdo. Mas há uma outra resposta mais verdadeira que dar a todas estas perguntas impertinentes. É que Machado de Assis, se não foi nosso maior romancista, nem nosso maior poeta, nem sequer maior contista, foi sempre, e ainda é, o nosso maior escritor. E por isso deixou em qualquer dos gêneros em que escreveu, obras-primas perfeitíssimas de forma e fundo, em que, academicamente, a originalidade está muito menos na invenção que na perfeição. Obras imortais em que, como em nenhumas outras já produzidas pela nacionalidade, sente-se aquela síntese ,aquele ajustamento exato de elementos estéticos tradicionais, com que nas obras-primas de caráter acadêmico, a beleza se cristaliza e se torna imóvel. Não é possível ir mais alto, e a perfeição se isola na infecunda tristeza da imobilidade.

127

Machado de Assis é um fim, não é um começo e sequer um alento novo recolhido em caminho. Ele coroa um tempo inteiro, mas a sua influência tem sido sempre negativa. Os que o imitam, se entregam a um insulamento perigoso e se esgotam nos desamores da imobilidade. Fazer de Machado de Assis um valor social, não será forçar um socialismo de ilusão em busca de ídolos?... Machado de Assis não profetizou nada, não combateu nada, não ultrapassou nenhum limite infecundo. Viveu moral e espiritualmente escanchado na burguesice do seu funcionarismo garantido e muito honesto, afastando de si os perigos visíveis. Mas as obras valem mais que os homens. As obras contam muitas vezes mais que os homens. As obras dominam muitas vezes os homens e os vingam deles mesmos. É extraordinária a vida independente das obras-primas que, feitas por estas ou aquelas pequenezas humanas, se tornam grandes, simbólicas, exemplares. E se o Mestre não pode ser um protótipo do homem brasileiro, a obra dele nos dá a confiança do nosso mestiçamento, e vaia os absolutistas raciais com o mesmo rijo apito com que Humanitas vaiou o sedentarismo das filosofias de contemplação. E se o humorismo, a ironia, o cepticismo, o sarcasmo do Mestre não o fazem integrado na vida, fecundador de vida, generoso de forças e esperanças futuras, sempre é certo que ele é um dissolvente apontador da vida tal como está.

E é por tudo isto que a esse vencedor miraculoso não lhe daremos as batatas de que teve medo e antecipadamente zombou. Damos-lhe o nosso culto. E o nosso orgulho também. Mas estou escrevendo este final com uma rapidez nervosa... Meus olhos estão se turvando, não se... Talvez eu já não esteja mais no terreno da contemplação. Talvez esteja adivinhando...

CASTRO ALVES

É bem desagradável a tarefa que me impuseram de estudar Castro Alves em fase do nosso tempo. Porque outra coisa não poderá ser uma revisão de valores. Dar a um artista, identidade eterna será mera presunção nossa, pois o que vale para as tendências e aspirações de uma época muitas vezes se tornam defeitos em outra. E quanto a buscar, dentro dos artistas, aquilo que eles têm de valor permanente, agora a presunção não será mais propriamente nossa, seria de Castro Alves. Há, não tenho dúvida, um valor de eternidade nos grandes gênios humanos. Mas se em Goethe, em Cervantes ou Shakespeare nós podemos buscar sempre esses valores eternos, e mesmo, até certo ponto, na variedade misteriosíssima do seu gênio, aquelas diferenças com que ora servem como clássicos, ora como românticos, ora como isto ou aquilo e a todas as épocas são úteis, nem mesmo de um Racine se poderá afirmar apresente essa potencialidade sobrenatural de valor.

Releio Castro Alves cuidadosamente. Releio com amor e até com patriotismo. Confesso, antes de mais nada, que ele me fatiga muito agora, neste ano de 1939, e nesta minha idade já de retorno para o silêncio final. Não, positivamente será um abuso de qualquer espécie de sentimento ou de idéia pragmática, erguê-lo à altura dos gênios verdadeiros.

Mas a própria revisão de Castro Alves em face dos ideais e tendências do nosso tempo, me deixa bastante inquieto. No momento, meu espírito fatigado precisa de paz, e não irei atrair contra mim a cólera e os insultos dos "donos" de Castro Alves?... Os donos dos assuntos, em países de poucas ou medíocres letras como o Brasil, são personagens inquietantes. Dá-se necessariamente, na solidão de idéias do deserto, uma posse mútua entre tais donos e seus assuntos, de forma que não só são os donos que se apropriam dos seus assuntos, mas estes, misticamente, dos seus donos. O resultado é um compromisso, bastante comovente e idílico do ponto de vista pastoril, mas deplorável na urbanidade natural da inteligência. Os donos se tornam verdadeiros escravos dos seus assuntos, se acham na obrigação, não sei se moral ou exclusivamente idílica, de serem fiéis aos julgamentos já pronunciados, acreditam que o contradizer-se é defeito e não há como lhes arrancar mais nenhuma luz. Assim, apenas de passagem, discretamente e sem a menor insistência, eu aludo à possibilidade de considerar-se haver já o Brasil produzido outros poetas tão grandes como Castro Alves.

Que este, sem ser um gênio propriamente, tenha sido genial, é incontestável. Apenas alimento a sensação muito firme de que foi um genial muito imprudente. Há por toda a sua obra poética fulgurações brilhantes, adesões sublimes e algumas antecipações curiosíssimas. Mas dentro desse tumulto candente perde-se o pé, busca-se em vão uma terra firme de maior gravidade, como a paciência, por exemplo, ou a cultura. É que Castro Alves se conservou imprudentemente do lado das qualidades, direi, florais do gênio, capitalisticamente não se dando ao trabalho de cavocar nas hortas mais alimentares.

Quer no amor, quer na luta pelos escravos a sua dialética é exatamente uma dialética de casta e um ópio para o povo. Ópio que, no caso, era o abuso muito barroco do deslumbramento. É certo que levantou multidões. Mas no teatro, o que é sintomático. No amor o seu ópio, ignorado desde muito entre nós, era uma sensualidade perfeitamente sexuada e radiosa. Castro Alves é realmente quem abre na literatura brasileira o tipo do celibatário de todos os amores. Porque, embora assim sexuado e assim radioso, nisso de amores ele se distingue virilmente, tanto de Gregório de Matos como do amor de cão batido de Gonzaga. Em Gregório de Matos o amor se converte num gozo momentâneo de farra, que só tem de mais notável não precisar ser noturna. Castro Alves ama a diversas donas, canta-as com uma sinceridade de amor, que não é só gozo sensual não. Todos os seus amores, são amores eternos. Canta, e, sem querer, prega uma pansexualidade reconhecida e aceita. Este é um lado por onde o sinto extremamente simpático, essa conquista ao direito de amar, variada e sempre sinceramente. Neste sentido, pode-se dizer que Castro Alves foi entre nós o primeiro propagandista do divórcio.

Mas não tem a menor dose de malícia. A malícia, aquela verde malícia que foi o diabo familiar de Álvares de Azevedo, que o tornou um despeitado de tudo, um pesquisador sem tréguas, um bailarino das sutilezas e minuciosas distinções, e principalmente o maior esfomeado de inteligência e cultura dentre os nossos românticos, dessa malícia Castro Alves sequer supôs a existência. Dentro da sua gloriosa insatisfação social, dentro das suas aumentadas insatisfações amorosas, Castro Alves é um satisfeito.

Acredita no seu próprio gênio e o afirmou[1]. Acredita nas doutrinas que adota e de que se faz o cantor incomparável. Acredita nos seus amores eternos como no valor eterno dos seus versos. É um satisfeito. E ainda por este lado, é uma extensão artística de classe dominante.

Se no amor o seu ópio foi a sinceridade sem mentiras, no ideal social foi a piedade. Usou e abusou da piedade. O escravocrata não é uma circunstância defeituosa da sociedade, é um criminoso feroz, um monstro vil. A igualdade humana não é uma necessidade moral, é uma conquista.

Castro Alves jamais ergue os escravos até sua altura, mas se abaixa até os seus irmãos inferiores. A África não é uma grandeza diferente, é uma infelicidade. "Minhas irmãs são belas, são ditosas" dizem as geniais *Vozes da África*, num engano prestidigitador de visão... Ou melhor: numa mentira convencional, imposta pela piedade...

Castro Alves se conservou psicológica e intelectualmente a igual distância da aristocracia e do povo. Entre nós a única expressão deveras aristocrática de arte foi Álvares de Azevedo. Expressão popular em artista culto não há, porque a alma danada de Gregório de Matos não tinha a menor possibilidade de o ser.

1. " Eu sinto em mim o borbulhar do gênio"

Castro Alves viveu num país desprovido propriamente de povo, de um povo de que ele pudesse se tornar a expressão. O que havia mesmo, além da massa servil dos escravos, era apenas uma burguesia das cidades, se dando as mãos através a desértica mataria. Povo, mas sem a menor consciência de si mesmo seriam os mestiços. E talvez, buscando outra arte que não as literárias, encontraremos, um século antes, uma legítima expressão culta (ou quase...) de povo entre nós, em Antônio Francisco Lisboa, o Aleijadinho. Tudo nele, o realismo, o expressionismo, a adaptação ao meio e à tradição, (por assim dizer, folclórica em Minas) da técnica e da estética da escultura e da torêutica, se acha representado no Aleijadinho. E este foi o mestiço que Castro Alves não quis ser, se aburguesando por demais...

Vate imprudente, fixando-se com insistência culposa na parte floral da genialidade, Castro Alves perfuma e às vezes ilumina. É vivaz, é loquaz, é admiravelmente inventivo e imaginoso. Porém não nos deixa a menor promessa, porque lhe faltam por igual a paciência, a profundeza e o amor de se cultivar. O abandono dos estudos não lhe arranca o menor suspiro. Nada promete. Não se percebe na obra dele a menor possibilidade de acréscimos futuros. É um realizado, como finamente salientou Andrade Muricy. Assim, teve a felicidade de morrer a tempo, para não arrastar pelos anos uma juventude brilhante, genialmente brilhante e insatisfeita. Mas insatisfatória também.

É costume entre os críticos de melhor crítica, refinadamente preferir em Castro Alves o poeta amoroso ao social. Creio isso um derivativo, uma espécie de máscara da insatisfação natural que nos causa Castro Alves como poeta. Só ainda os críticos moços salientam o que há de maior na poesia dele, a preocupação social. E, diante das tendências contemporâneas, é sempre neste sentido que havemos de salvar o moço. É belo, é comovente, chega a ser sublime o enceguecimento apaixonado com que Castro Alves se entregou a uma grande causa social do seu como do nosso tempo, a dos escravos.

Importante é verificar que ele não foi apenas o "poeta dos escravos", embora só aí se manifeste com genialidade a sua adesão aos problemas coletivos. Castro Alves foi tendenciosamente um poeta social. Muitos problemas lhe despertaram a paixão de cantar. E de cantar freqüentemente mal, com vícios de Béranger e muito de didático. Não me lembro quem disse, creio que foi o interessante Tito Lívio de Castro, que Castro Alves não aderira a certos fatos sociais do tempo menos perfeitos como elevação humana, e não cantara a Guerra do Paraguai. Não é a exata verdade, a meu ver. Numa poesia infeliz ele saudou os moços estudantes, voluntários da guerra, exaltando-lhes a mudança de comportamento:

> *"Assim sois vós!... Nem se pense*
> *Que o livro enfraquece a mão.*
> *Troca-se a pena com o sabre,*
> *Ontem — Numa... Hoje – Catão..."*

Bem se vê, por estes versos imprudentes, que Castro Alves não tinha aquele comércio dos livros que enfraquece completamente as mãos. Mais que essas quatro estâncias (só quatro, em poeta geralmente encompridador), mais que as seis a Maciel Pinheiro, amigo a partir para a guerra, vale o caso curioso da ode *Pesadelo de Humaitá*. Aqui o poeta se desgasta em todos os defeitos da poetagem guerreira. Mas (e eis enfim um mistério, em quem é tão desprovido deles) relata Afrânio Peixoto, na edição crítica, que o original da poesia traz à margem a indicação "não se publica". É certo que Castro Alves disse os versos, da sacada do *Diário do Rio de Janeiro,* mas não só não os publicou, como deixou a indicação, a todos os indiscretos preciosos, que não publicassem o poema. Que razão o teria levado a se fazer tão nobre justiça? A infelicidade com que tratara o tema? A mim me parece que teria sido o assunto. De qualquer forma, é sempre certo que, apesar da sua invejável facilidade em versejar, a juventude abundante que o levava a se apaixonar pelos assuntos do dia, esses três poemas apenas provam que Castro Alves ficou, pelo menos como ação, mais ou menos distante da guerra. E ainda a guerra franco-prussiana só lhe arrancaria aquele gesto de piedade pelos desvalidos, no "Meeting du Comitê du Pain".

Cantou parcamente a guerra, cantou Pedro Ivo, o Dois de Julho, os jesuítas, o Livro e a América, a esmola, Napoleão, Vitor Hugo, e por estas insistências já Castro Alves se caracteriza como poeta de preocupações sociais. Poder-se-á, com duas ou três exceções, dizer que essas preocupações foram episódicas, sem nenhuma inquietação, e está certo. Mas ele teve a maior glória de discernir, entregando-se inteiro à causa dos escravos. Criou, dentre todos os poetas nacionais, o melhor pragmatismo. Sem malícia, numa explosão sublime de fé viveu a causa do século, a causa em que vínhamos bem atrás de tantos outros. Não creio que a libertação dos escravos tenha libertado os escravos, está claro. Nem, muito menos, tenha libertado todos os escravos deste mundo. Não me envergonho patrioticamente do Brasil ter chegado tão atrás nessa carreira oitocentista de possíveis libertações. A lição de agora, e os Chamberlains, os Daladiers, os Roosevelts e outros tênues, usurpam qualquer ingenuidade que ainda possa ter ficado por aí, no interstício dos meus pensamentos. Mas há que acentuar o grito da inteligência. E é só mesmo sob este aspecto que a extinção da escravatura foi um acrescentamento humano. Que Castro Alves tenha dado a sua lira por essa causa me satisfaz, me orgulha e o exalta.

E com que geniais arroubos o fez! Cumpre reconhecer até a habilidade com que o grande poeta usa todos os recursos intelectuais insertos na Poesia ou deformadores dela, pra nos infundir piedade pelo escravo e asco pela escravidão. Nem se esquece, num poema descritivo notável, de nos pintar o tipo capitalista do escravocrata, no mais odioso dos seus passatempos, o tédio (*O Sibarita Romano*). E suas líricas de melhor carícia nacional não será nos versos de amor (talvez demasiadamente sentidos...), que iremos encontrar, mas justamente na vida dos escravos. É lembrar a canção incluída na *Tragédia no lar,* a lindíssima *Canção do Violeiro, A Cruz da Estrada* e ainda o *Lucas e a Tirana da Cachoeira de Paulo Afonso* — páginas do mais caricioso lirismo. Nas três últimas, Castro Alves antecipa nitidamente Catulo Cearense, e não foi à toa que este cantador, também genial nos seu primeiros livros, lhe pôs música à *Tirana*. E que estranhíssima força, que grandeza rítmica nos falsos alexandrinos de *O Vidente!*... São para nos fazer desejar que ao lado do alexandrino clássico, permanecesse entre nós também o processo de os escandir à espanhola.

Ás vêzes quando, à tarde, nas tardes brasileiras,
A cisma e a sombra descem das altas cordilheiras;...
Quando a viola acorda na choça o sertanejo
E a noite — a freira santa — no órgão das florestas
Um salmo preludia nos troncos, nas giestas;
Se acaso solitário passo pelas picadas,
Que torcem-se escamosas nas lapas escarpadas,
Encosto sobre as pedras a minha carabina,
Junto a meu cão, que dorme nas sarças da colina,
E, como uma harpa eólia entregue ao tom dos ventos,
Estranhas melodias, estranhos pensamentos,
Vibram-me as cordas d'alma, enquanto absorto cismo,
Senhor! Vendo tua sombra curvada sobre o abismo,
Colher a prece alada, o canto que esvoaça,
E a lágrima que orvalha o lírio da desgraça,
Então, no êxtase santo, escuto a terra e os céus,
E o vácuo se povoa de tua sombra, ó Deus!"

Estes são dos versos mais bem ritmados de nossa língua. E também de grávida e alta poesia. É mesmo estranho que Ronald de Carvalho, tendo a habilidade de salientar o valor poético de *Sub Tegmine Fagi*, não tenha, talvez assutado com a eloqüência legítima do poema, salientado *O Vidente*. E enfim, a "corda de bronze" que o poeta estica em sua "lira amargurada" nessa nênia admirável, lhe dá os dois poemas formidáveis que são *O Navio Negreiro* e as *Vozes da África*. Será inútil repetir o que já se tem dito de bem desses dois poemas. Me permito somente preferir à maior perfeição poética das *Vozes da África*, o mais dramático *Navio Negreiro*. Se é certo que naquelas a perfeição encanta, há versos, há estâncias, há apóstrofes, no *Navio Negreiro*, da mais alta qualidade dramática[2]. Convencem. Porque a paixão também convence.

2. A fala da mãe preta, da *Tragédia no Lar*, será que a de Inez de Castro é mais intensa?...

Assim, como preocupação social, Castro Alves é por certo um dos nossos poetas de que mais nos podemos orgulhar, atualmente. Gonçalves Dias lhe vem logo atrás. Porque agora quem generaliza sou eu. Em última análise, tanto o indianismo como o negrismo são causas de proteção, devida por seres superiormente aparelhados em técnica de viver a seres desprovidos desta superioridade. Dois dos nossos maiores valores poéticos se dedicaram, na parte melhor das suas obras, cada qual a uma destas duas causas. Ambos tiraram de sua dedicação versos imortais. *Y-Juca-Pirama* nada fica a dever ao *Navio Negreiro*, e ambos se incluem como capítulo dos mais culminantes da rapsódia nacional.

Quanto ao ponto de vista de poesia, Castro Alves tem, para os tempos modernos, um interesse já bastante histórico. Por três lados principais ele golpeou impiedosamente o seio frágil da deusa. Pela desvalorização da qualidade musical e sugestiva da palavra; pelo abandono do assunto geral em proveito do tema particular; pela realização artística.

Quando a língua nacional principiou se manifestando literariamente no verso dos últimos árcades e em principal dos primeiros românticos, como criança que era, principiou cantando. Eis uma afirmativa muito lírica que não tem nada de propriamente crítica. Foi que a imagem me atraiu, desculpem. O que eu quero dizer é que mesmo aqueles homens, de um tempo tão perigoso para a poesia, quando maiores como um Gonçalves Dias e o Cláudio Manuel da Costa dos sonetos tinham sabido empregar a palavra, lhe conservando toda a fluidez. Para eles a palavra guarda sempre um valor de música, que não implica a incompreensibilidade do som musical, mas apenas a sua força de sugestão e vagueza de sentido intelectual. Na realidade a palavra, nascida para que nós nos comuniquemos nossas alegrias e mágoas, nasce com uma oscilação tal de sentido que a sua significação é incomensurável. Quem quer se tenha algum dia perdido no poético emaranhado de qualquer língua de povos primitivos sabe perfeitamente a evanescência de sentido exato das palavras mais objetivas, mais concretas. De forma que jamais uma frase, em boca de primitivo, pode ser compreendida em seu total e exato sentido. Acresce ainda todo o prodigioso manancial de associações de imagens e de idéias que cada palavra carrega consigo. A bem dizer cada palavra é um trocadilho. Pra não dizer, cem trocadilhos.

Pois bem: para, com forte generosidade, não excluirmos da poesia fases inteiras e muitos grandes monumentos da arte humana, aceitemos que o destino primeiro e imprescindível do poeta consistirá nisso de conservar a palavra em sua vagueza individualista de significação, lhe retirando em proveito do seu assunto, o menos possível de valor associativo, sugestivo e musical. O menos que posso conceder é que para se realizar o fenômeno "poesia" tudo está em conservar às palavras a sua fluidez[3].

Siga-se com carinho um exemplo aparentemente assustador. Tome-se a *Canção do Exílio*. Qualquer leitura desses grandes versos nos dará todo o sentido que Gonçalves Dias lhes deu. Todo? Aos poucos, tanto a significação exata como o sentimento "incluídos" na Canção, principiaram se baralhando dentro de nós, se acrescentando de mil e um valores, amores, amantes, infâncias, brinquedos, sonhos, bem-estares, saudades, conhecimentos, e nós todos somos uns exilados. Tudo porque Gonçalves Dias, nesse poema, como na

---

3. Na verdade o verdadeiro assunto de poesia é a própria poesia, quero dizer, um primeiro motor de volubilidade e independência diante do assunto, que se utiliza não só da fluidez musical da palavra, como especialmente da fluidez alógica da inteligência. Mesmo da inteligência consciente. Não tenhamos dúvida que o chamado "pensamento lógico", o devastador racionalismo, é parte mínima tanto da história do Homo Sapiens, como da própria vida particular de cada um de nós. Como história não tem sequer dois mil anos, cheios de interrupção e ocupando apenas a Europa e suas garras imperialistas nas outras partes da terra. Quanto à nossa vida de homens indivíduos, quem quer se observe em todos os seus "defeitos", seus "vícios", suas irrupções de instintos, seus despeitos, cóleras, sofismas e advocacias, invejas, ciúmes, hábitos, cacoetes de raciocínio, silogismos, superstições, tradicionalismos, etc,. etc., sabe que numa vida de sessenta anos, computados todos os fugaces instantes verdadeiramente "lógicos", realmente mandados pela consciência racional, numa vida de sessenta anos não haverá talvez dois anos de ser lógico. Os que tiverem quatro, serão para nós os espantosos, de uma virtude e correção indesejáveis. Castro Alves foi fortemente racionalista em seu poetar. Do nosso Romantismo, é por certo o que mais apresenta poemas que correspondem exatamente aos seus títulos.

Palinódia, no *Si se morre de amor,* no *Y-Juca-Pirama* como em *Marabá,* soube conservar à palavra uma fluidez originária que torna o assunto bem maior que a inteligência consciente e que o exato sentido[4]. Só em poesia verdadeira é que se pode adquirir toda a riqueza e o orgulho do verbo "tresler". Poesia legítima não se lê, se treslê. Só quem sabe tresler, tresloucado amigo, é capaz de ouvir e de entender estrelas.

4. Esta passagem está um bocado obscura, pois facilmente se poderá confundir este sentir em um com o verso de Gonçalves Dias, a que aludo ("e todos nós somos uns exilados"), com o fenômeno de identificação com a obra de arte, a empatia, a *Einfuehlung,* a "espécie de substituição", determinada pela estética moderna. Isto nós sentimos também ante os versos de Castro Alves e minhas palavras foram infelizes. Pretendo dizer é que, para a realização do fenômeno da compreensão estética, digamos, da *Einfuehlung,* os dados de conhecimento lógico me fornecidos por Gonçalves Dias, por causa da sua fluidez, não me *localizam* escravisadamente na experiência pessoal do poeta nem no *tema* exílio da pátria, mas me permitem quaisquer transferências intuitivas para dentro de minha própria experiência. Com isto a minha liberdade e também a minha possibilidade de me transportar para o estado estético são muito maiores. Ao passo que a nitidez muito mais crua dos dados de conhecimento que freqüentemente, Castro Alves me fornece, me prendem, me expulsam de meu ser total, me confinam à minha inteligência lógica, me conduzindo a um estado discente de aprendizado. São elementos, forças didáticas, me circunscrevendo a um estado por demais consciente de comparação e crítica. Daí a sua muito menor qualidade poética, sua menor força para me afogar naquele estado lírico de efusão, imensamente dinâmico, que me permite a imediata e completa identificação com a obra de arte e me substituir a ela.

Já se afirmou desse livro sublime *A Imitação de Cristo,* que sofrendo o crente de uma falta de dinheiro, se ler um capítulo sobre o arrependimento do pecado, se consola tanto como se lesse outro sobre as necessidades terrestres. Isso é na realidade o que o poema de Gonçalves Dias, dos românticos em geral, Dirceu, os simbolistas e os nossos contemporâneos bons, me facultam mais que a maioria dos poemas líricos de Castro Alves e, em geral, dos parnasianos. Aqueles me colocam mais em estado de poesia. Ao passo que estes me deixam sempre... comparativo, em estado de verificação. O que não é destino da arte e sim da ciência.

A própria catarse nada tem a ver com isso, no caso, pois, que ela me parece mais geral que o fenômeno artístico. De fato; se nós sofremos com Dirceu, por identificação e necessário uso de forças psíquicas, da mesma forma, além da compaixão, da pena (sofrimentos com dor, próprios da realidade) também sofremos esteticamente (sofrimento sem dor) com a notícia de jornal em que o amante matou a amada, com a conversa de café em que fulano perdeu o emprego e está com fome.

E com efeito há quem sinta poesia ou busque base inspiradora de romance numa notícia de jornal, ou caso da vida alheia. Manuel Bandeira tem um *Poema tirado de uma Notícia de Jornal,* que está entre os mais intensamente, mais particularmente Manuel Bandeira da sua obra. Tanto o grande poeta nosso contemporâneo, como os que "se inspiram" em notícias e dramas da vida real, além do sofrimento com dor pela infelicidade alheia, se apercebem com intensidade dinâmica criadora, do estado de catarse, de sofrimento purgatório mas sem dor, enfim, do estado estético

Castro Alves, dominado pelo pantagruelismo carnívoro da oratória (que é preciso não confundir com o delírio verbal, tão de uso em Cruz e Souza), Castro Alves, poeta social, preocupado menos de intuicionar a vida em poemas que em, por eles, fazer-se compreender das coletividades burguesas [5]. Castro Alves veio sistematizar o emprego da palavra no seu sentido exato, iluminando-a de uma luz nova e muito perniciosa. Tirou-lhe por completo a musicalidade, o que, repito, não se deverá confundir com sonoridade. Da sonoridade precisava ele, e a empregou com excelência muitas vezes. Mas, em vez de música, a palavra virou luz, ou melhor, escultura. De subjetiva ela passou a objetiva. Foi uma restrição imensa, um apoucamento formidável, a palavra assim tomada como uma particular. Pegue-se uma descrição de Castro Alves e outra de Varela, a diferença é sensível. Castro Alves é infinitamente mais local, mais saboroso, mais exato. A gente vê a paisagem e sente o momento, o gosto da fruta, a umidade do rio. Em Varela, a gente não vê nada, não sente nada de real, chega a não compreender de tanto que não vê. Não há a menor fixidez como não implica a menor fixação. Mas que doçura, que fantasmas por mim, que integridade humana! E eu tenho pra mim que isso é mais poesia, embora Castro Alves atraia mais. Atrai porque é mais fácil; e a preguiça tendenciosa de todos nós, a lei do menor esforço, nos leva a nos ilharmos burguesmente na... terra curta do pensamento lógico.

em que estão, e o realizam na obra de arte. O *Poema tirado de uma Notícia de Jornal* de fato nada tem a ver com a vida de Bandeira, nem seu estilo de poesia. Mas pela fluidez se transfere do tema ao assunto. É exatamente o tema do *Mal Secreto* de Raimundo Correia. A diferença é que este, tratando tematicamente o seu assunto, o reduziu a um dado de conhecimento lógico; ao passo que Manuel Bandeira, *apesar de muito mais realista* (pois conta sem comentário um caso), conserva a fluidez das palavras e nos dá por isso maior libertação da inteligência lógica. Será maior poeta que Raimundo Correia? Não tenho o menor interesse em decidir alturas entre altíssimos. O que me interessa verificar é que ele está, no caso, dentro de melhor conceituação da poesia.

5. É imprescindível qualificar de burguesa a coletividade que interessava a Castro Alves. O povo e as suas expressões artísticas usam e abusam da fluidez de sentido das palavras. O povo se adapta perfeitamente a frases, estrofes, orações totalmente incompreensíveis. O sentido como o pensamento lógico são expressões de burguesice. A burguesia renega as vaguezas, as evanescências; é anti-musical por excelência, porque não há como a semicultura pra insular a compreensão na terra curta do pensamento lógico.

E desta sistematização resulta o segundo processo com que Castro Alves, não indago se cronologicamente, mas pela força da sua grandeza, veio modificar a poética nacional: a substituição do assunto pelo tema. Digamos mais tecnicamente: a substituição da melodia pelo tema. Ainda aqui se trata de um problema da musicalidade da poesia, não em sentido sentimental, mas crítico.

O assunto, em poesia, tem de ser o que é a melodia infinita em música, um elemento geral e genérico, dentro do qual os movimentos do ser vagueiam entre descaminhos, encruzilhadas, quedas em abismos, vagabundagens de sentimentos, sensações, idéias, juízos. Ao passo que o tema em poesia é a restrição do assunto a um ponto só da sua caminhada, da mesma forma que em música é um elemento curto retirado da melodia. Poderia me alongar ricamente, mostrando quanto assunto e tema são igualmente distintos em música e em poesia; quanto a curteza de um poema não implica muitas vezes abandono do assunto pelo tema, etc. Apenas insisto em afirmar que não trato aqui da confusão simbolista entre música e poesia, mas apenas de uma identidade, por serem, ambas, artes muito irmãs, ambas filiadas ao som.

A paisagem de Varela está para a de Castro Alves na mesma distinção que vai do assunto ao tema. É curioso mesmo de se observar a pobreza temática de um poeta tão paisagista como Varela. Este, sim, possuía realmente o sentimento da natureza, de maneira que o assunto lhe ocorre com freqüência: a natureza, a paisagem. Se ele fala numa braúna esta podia muito bem ser carvalho, ao passo que em Castro Alves a gente percebe que a braúna é braúna mesmo. Exigências lógicas da nomenclatura, palavras sem fluidez. Castro Alves varia a sua temática paisagística de maneira tão realista, o pormenor difere tanto de uma para outra paisagem, que a melhor conclusão a se tirar é ele estar descrevendo paisagens reais que viu mesmo e que viveu. Varela se repete, repete os pormenores, rara é a sua paisagem que não tenha uma cascata, de forma que só podemos concluir sofrer ele uma atração imensa pela natureza e ser particularmente sensível a cascatas. Assim a cascata de Varela é um mistério psicológico que interessa desvendar, ao passo que a braúna de Castro Alves é uma pobre realidade.

Da mesma forma com que Castro Alves muito razoavelmente, com boa técnica de pragmatismo, converte o assunto da escravidão a temas sentimentais particulares (tragédia no lar, tragédia no mar, mucama que o senhor perde, vozes da África, o escravocrata, etc., etc.), é mais lastimável que desvirtue a generalidade do amor, inventando temas-imagens que o variem. Não nego a variedade com que ele soube converter o amor a versos, antes insisto sobre. Porque esta variedade é de caráter meramente consciente, não implica de forma alguma sensibilidade maior, maior riqueza do ser. É antes um sutil empobrecimento. São criações conscientes, são invenções-metáforas pra encantar burguês, mas que não iludem à verdadeira poesia. A *Hebréia, O vôo do Gênio,* a temática da Dama Negra, o *Tríplice Diadema, Boa Noite, O Adeus de Tereza, O Tonel das Danaides, O Fantasma e a Canção, Fé, Esperança e Caridade, Os Anjos da Meia Noite, Aquela Mão, Gesso e Bronze* são provas decisivas de uma mudança profunda na concepção temática do amor na poesia do Brasil. Se é certo que em numerosas outras poesias não há propriamente um tema-imagem, uma idéia-metáfora a que o poeta se prenda intelectualmente pra traduzir seus impulsos e demais forças de amar, realmente Castro Alves impunha uma incurtação veemente do assunto a um tema, a uma das suas imagens, a uma das suas transubstanciações metafóricas. E isso seria, até a vinda da literatura contemporânea, um dos maiores empobrecimentos líricos da poesias nacional. No tempo, Castro Alves preludiava o Parnasianismo.

E o preludiou também como artista — coisa já por vários verificada[6]. Grande valor social, desorientador de poesia,

---

6. Castro Alves afeiçoa os trocadilhos verbais:

"Onde refervem sóis... e céus... e mundos...
Mais sóis... mais mundos, e onde tudo é teu".

tão do gosto do nosso Parnasianismo. Afeiçoa os poemas de comparação, *Immensis Orbibus Anguis, O tonel das Danaides, Ashaverus e o Gênio,* que haviam de dar tantos *As Pombas* para a temática dos períodos seguintes. Também preludiou certos processos de encher o verso, como repetição de um qualificativo e de um substantivo para cada hemistíquio, e até o curioso decassílabo enchido totalmente por três palavras, que Raimundo Correia principalmente, sistematizaria em *Pequeninos, elásticos,* chineses e outros assim.

Castro Alves foi também bom artista. Escrevia uma linguagem saborosa, de excelente libertação nacional, e deve mesmo, com as *Espumas Flutuantes,* ser considerado o primeiro sistematizador do "pra", trocando-o oitenta vezes sobre cem ao lerdo e tipográfico "para". Só sessenta anos mais tarde outros lhe retomariam a lição...

Mas a lição de Castro Alves era múltipla e os pseudocientíficos parnasianos não estudaram o contraditório dessa multiplicidade. Da mesma forma que lhe repudiavam o "pra", lhe repudiaram também a ondulante métrica, o fino ouvido atento aos hiatos. Porque se é certo que Castro Alves um vez por outra deixou a útil mancha de um verso frouxo variar o dinamismo dos seus poemas, às mais das vezes, em vez de versos frouxos, o que fez foi respeitar as sutilezas orais da língua, surpreendendo com beleza a ondulação dos hiatos. Isso não perceberam os parnasianos, engolidores de sílabas.

Perceberam o pior. Perceberam a rigidez escultórica que Castro Alves dera à palavra nacional. Perceberam e sistematizaram a substituição do assunto pelo tema. O soneto, que depois do vasto Gregório de Matos cheio de coelhos, se impusera na sua melhor vagueza dantesca e camoneana com Cláudio Manuel e ainda, surpreendentemente, com Álvares de Azevedo, o pobre soneto, de borboleta se vê convertido a asa de borboleta. Estou que *Os Anjos da Meia Noite* foram o início daquele triste colapso em que o soneto viveu incompreendido e desvirtuado pelos poetas entre nós, até que o Simbolismo brasileiro viesse de novo lhe tirar a coleira do tema e soltá-lo no campo livre do assunto.

Em troca, o Parnasianismo soube não aceitar da lição Castro Alves o seu maior defeito artístico: a oratória. Oratória que se manifestou menos talvez pela vacuidade grandiloquente das demagogias que pela compridez. É certo que o condoreirismo levou Castro Alves a imagens de um mau gosto repulsivo, mas, a meu ver, o maior mal dessa oratória é que Castro Alves, como Rui Barbosa, foi um encompridador. Delirava escutando os sons da própria voz, falou, falou, falou. Às vezes chega a ser inconcebível que, hábil artista por um lado, não tenha visto o quanto falseava a curteza dos seus temas, se encompridando com uma tenacidade de advogado. Não sabia absolutamente pautar o tamanho das suas poesias. O *Laço de Fita*, com quatro estrofes apenas, seria uma jóia. Com oito ficou desagradável de monotonia. A *Se eu te dissesse* como o *Laço de Fita*, encurtada de umas três estrofes centrais, seria também de primeiríssima. *Aquela mão* está no mesmo caso. *Em que pensas* daria quatro ou cinco estrofes e não as 16, que deu. *Manuela, A órfã na sepultura* são ainda coisas desnecessariamente encompridadas. *O adeus, meu Canto*, lindíssimo em sua primeira parte, já se enfraquece pela existência da segunda que três ou quatro ótimas estrofes parecem justificar. Mas as seis oitavas da terceira parte são mera discurseira de arrastão. Aliás a própria *Cachoeira de Paulo Afonso*, reduzida de uma terça parte, seria excelente. No *Hino ao sono* se é sempre certo que o poeta poderia subtrair algumas estrofes para valorizar mais a carnadura dura do poema, o espantoso é não ter ele visto que diante da beleza da penúltima estância, a última era quase boçal:

> *"Mas quando ao brilho rútilo*
> *Do dia deslumbrante,*
> *Vires a minha amante*
> *Que volve para mim,*
> *Então ergue-me súbito...*
> *É minha aurora linda...*
> *Meu anjo... mais ainda...*
> *É minha amante enfim!...*
>
> *Oh sono! Oh Deus notívago!*
> *Doce influência amiga!*
> *Gênio que a Grécia antiga*
> *Chamava de Morfeu.*
> *Ouve!... E se minhas súplicas*
>
> *Em breve realizares...*
> *Voto nos teus altares*
> *Minha lira de Orfeu..."*

E assim Castro Alves é um dos valores mais contraditórios do nosso Brasil. Não apenas a época era infeliz, mas ele mesmo por natureza, por tendências, era do lado das flores do mato, ao mais não poder, um espontâneo. Jamais sentiu aquela real vontade de organização que torna Gonçalves Dias, sobre todos, exemplar. Castro Alves não. É todo instinto e "bravura". É todo verbo o sentimento. Em vez de se instalar estaticamente em nossa consciência como quem rasga o caminho das tradições ou abre a porta dos mares e de qualquer amplidão: com todo o seu brilho floral, ele brinca em nossa condescendência como um eterno menino-prodígio.

Mas, neste sentido, sempre é certo que ele permanece até agora a imagem mais possível da mentalidade nacional. O que é uma pena para a mentalidade nacional.

MEMÓRIAS DE UM SARGENTO DE MILÍCIAS

(1940)

Em 1852, levado pelo seu trabalho de jornalista em busca de assunto, forçado pelas exigências da publicação periódica, mas dominando agilmente essas condições, Manuel Antônio de Almeida iniciava em folhetins semanais do *Correio Mercantil* as suas *Memórias de um Sargento de Milícias*. Estes folhetins iriam constituir um dos romances mais interessantes, uma das produções mais originais e extraordinárias da ficção americana. Muito moço, então com 22 anos apenas, Manuel Antônio de Almeida transferia a sua vida de aventureiro muito disponível, tanto de espírito como de existência, numa crônica semi-histórica de aventuras, em que relatava os casos e as adaptações vitais de um bom e legítimo "pícaro", o Leonardo. E é comovente observar que contra os costumes dramáticos do tempo, ele fazia o seu herói acabar bem, à feição dos filmes do cinema comercial, casado e nulificado em cinzenta burguesia. Talvez moço ainda, mas surrado pela vida, também ele sonhasse para si mesmo igual fim...

Que "pícaro" fora ele também, o nosso Maneco Almeida. Nascera na cidade do Rio de Janeiro a 17 de novembro de 1831, de pai que era tenente apenas e família muito pobre. O menino não teria por certo largos carinhos de educação burguesa, filho de soldado, num tempo em que o serviço da guerra dependia pouco de estudos, ainda menos de boas maneiras e procriava freqüentemente ótimos cantadores de modinhas. O mais provável é que Maneco, além do amor dos pais, tivesse a experiência do ar livre e recebesse o aprendizado da rua. Com efeito, no romance, ele se estenderá longamente em contar sem delicadeza de análise, ele que era bom observador, as peraltagens e dores do menino Leonardo. É mesmo possível que da sua infância de pobre, Manuel Antônio de Almeida guardasse memória de um pontapé, de alguma surra formidanda, pois o traço delicioso que condicionará por toda a vida a semicovardia cínica do Leonardo vai ser aquele pontapé lusitano que o pai lhe assestou "sobre os glúteos, atirando-o sentado a quatro braças de distância". Desse pontapé lusitano o artista saberá tirar por várias vezes no livro traços psicológicos de ... lusitano humorismo.

Mas o Maneco era inteligente e logo se pôs no estudo. Faz humanidades inquietas, que a pobreza dos pais obriga a interromper por vezes. E em seguida não sabe o que quer. Diz Sacramento Black que inicialmente Manuel Antônio de Almeida pretendeu se dedicar ao desenho. Era um primeiro apelo da arte de contar a vida, logo trocado no rapaz por ideais mais rendosos. E ele, ao mesmo tempo que arranjava um empreguinho de jornal com que se ajudasse a viver, prendeu-se ao estudo da medicina. Gostaria da medicina? As *Memórias* nos segredarão com freqüência que a Esculápio ele preferia Papiniano. Não entra médico no livro e as doenças correm por conta das sangrias dos barbeiros e das ervas do empirismo popular. Pelo contrário, já o pai do Leonardo é meirinho e o livro se abre com deliciosas páginas de descrição do Canto dos Meirinhos, na rua do Ouvidor, e dos costumes de citação judicial usados "no tempo do rei". E além disso o romancista ridiculariza magistralmente aquela dona Maria apaixonada por demandas, por muitas frases e desenvoltura de terminologia provando que estava bem enfronhado das lerdas amarguras do Direito. Acrescente-se ainda a isto que, na sua defesa de tese em 55, uma das partes versava questão médico-legal, quem deveria redigir a verificação judiciária da causa de morte, se os médicos, se os escrivães.

Aliás, como observam os seus biógrafos, Manuel Antônio de Almeida só se formou em medicina pra abandonar a profissão. Continuará sempre no jornalismo, bem mais propício à curiosidade do seu espírito versátil. E só uma vez voltou a tratar com algum cuidado um problema, aliás menos de medicina que de ciência natural, a *Fisiologia da Voz*. E veremos logo adiante que o fez antes pelas suas tendências artísticas que por saudades da profissão.

Também é lícito imaginar que nem o jornalismo satisfazia os desejos recônditos do pobretão em condições de aventura. É provável aspirasse ele mais pacatice e mais paz. Nem bem formado, procura nadar nas águas remançosas do funcionalismo público e o vemos cochilando na Secretaria dos Negócios da Fazenda, onde afinal recebe a incumbência acomodatícia de escrever uma história financeira do Brasil, a que provavelmente nunca pôs mão. Dispensam-no do trabalho e ei-lo mais razoavelmente administrador da Tipografia Nacional, onde conhece e ajuda o tipógrafo desconhecido Machado de Assis. Não basta. As suas tendências artísticas o levavam para a música (se é que do pai soldado não recebera as tradições de modinheiro), e diz Inocêncio que Manuel Antônio de Almeida chegou a diretor, um dos primeiros diretores, da Academia Imperial de Música e Ópera Nacional. O teatro quer dramático quer lírico era, de acordo com a moda do tempo, um dos entusiasmos desse membro da Sociedade Propagadora das Belas Artes. Com 20 anos já traduzia do francês o drama cristão *Gondicar* de Luís Friedel. E sabia também o seu alemão pelo que nos informa com boas razões, Luís Felipe Vieira Souto. E é possível manejasse o italiano também, pois se inspirou em Piave pra compor o seu libreto dos *Dois Amores,* drama lírico em três atos, que a condessa Rafaela de Rozwadowski musicou. Que Brasil aquele, meu Deus!... Uma condessa Rozwadowski põe solfa no libreto que Manuel Antônio de Almeida escrevia "no empenho de desenvolver o amor pela ópera nacional", diz Sacramento Blake. E entre os cantores disso estavam Carlota Milliet, Marchetti e a Luisa Amat, mulher daquele cantor José Amat, espanhol da gema e autor de modinhas brasileiras que chegavam a brasileiríssimas pela impertinência do ruim. Tudo isso é tão de hoje que lembra a imagem de um Brasil eterno.

Nada porém fizeram Manuel Antônio de Almeida largar o seu bico de jornalista. No seu jornal, o *Correio Mercantil* deitou crônicas de vário assunto, exerceu com alguma briga a crítica literária, publicou versos de saudosa desimportância. E é no serviço do seu jornal, ao que diz Melo Morais Filho, que embarca no vapor *Hermes* em 1861, pra fazer a reportagem das festas inaugurais do canal de Campos a Macaé. Sossobra o navio e com ele morre Manuel Antônio de Almeida, convencido da morte porque pouco antes do embarque um padre lhe cruzara o caminho. Pois tivesse pegado numa chave ou trouxesse o corpo fechado com alguns galhinhos de arruda quem tantas superstições arrolara em seu livro, e é possível que caísse nas águas mais certo de se salvar. Se não tinha se casado com 30 anos, naqueles tempos de casar cedo, era provável não se casasse mais e não caísse exatamente na mesma cinzenta burguesia do seu Leonardo sargento. Mas noutras cores neutras talvez caísse esse aventureiro disponível, que sete anos antes se erguera à brilhação das suas imortais *Memórias,* para em seguida nem mais uma vez dar mostras de interesse pela glória perene. Antes se aplicara com uma paciência bem funcionária pública a traduzir os seis impossíveis volumes do romance histórico *O Rei dos mendigos* de Paul Féval. Ora, de Paul Féval!...

É possível também que se desinteressasse por um gênero literário em que estreara com quase nenhum aplauso público. Joaquim Manuel de Macedo, embora trate carinhosamente o confrade no *Ano Biográfico Brasileiro* de 1876, dizem que só se referia às *Memórias,* chamando-lhes depreciativamente, os "folhetins da pacotilha". Editadas em dois volumes, em 1854-55, as *Memórias* continuaram sem repercussão. Talvez comovido com a morte do escritor amigo, Quintino Bocaiúva deu segunda edição do romance em 62, inserindo-o na sua Biblioteca Brasileira. Sacramento Blake ainda recenseia mais duas edições imperiais, a que Xavier Marques, no leve estudo de 1931, acrescenta apenas duas outras republicanas, a de 1900 da Garnier, e a sem data, "segunda edição ilustrada", de Domingos Magalhães, implicando outra edição ilustrada que desconheço. Talvez contando estas seis edições, únicas arroladas por Xavier Marques, é que a Cultura Brasileira, de São Paulo, também levianamente sem datar chamou contar antes dela outra paulista, publicada em 1925 ou mais próximo de nós. Pelo que sei, deveria ser numerada ao menos como nona essa edição. Há que contar antes dela outra paulista, publicada em 1925 pela Cia. Gráfico Editora Monteiro Lobato, e a de 1927, saída das oficinas gráficas do *Jornal do Brasil* e distribuída como Suplemento Romântico nº 7 deste jornal. A edição que agora se faz a da qual me cabe apenas este prefácio, é pelo menos a décima de número e obedece religiosamente ao texto de 1854, único publicado em livro sob as visas do autor.

As *Memórias de um Sargento de Milícias* trazem um título bastante ambíguo que não podemos bem saber se se refere ao herói do livro, o Leonardo, sargento graduado pelo amor sacrificial de várias mulheres, se ao outro sargento veterano que contava ao Maneco Almeida casos do tempo do rei velho. Melo Morais Filho conheceu este sargento quando, já desenganjado, era diretor de escritório no *Diário do Rio*, após ter exercido estas mesmas funções no *Correio Mercantil*. Português de nascimento, chamava-se Antônio César Ramos e viera como soldado para a guerra da Cisplatina, em 1817, no Regimento de Bragança. Depois chegara a sargento de milícias, ainda na Colônia, sob o mando do major Vidigal. Dando baixa, se passara para o emprego nos jornais. Conhecera e prezava muito o Maneco Almeida, o qual, antes de subir para a redação, procurava o ex-sargento, puxava-lhe da língua, armazenava casos e costumes do bom tempo antigo, pra passá-los nos seus folhetins. Tudo isto o César relatara a Melo Morais Filho, que por sua vez tudo reporta nos *Fatos e Memórias*. E assim ficamos sabendo que Manuel Antônio de Almeida, além de leituras possíveis, tinha um ótimo informante dos casos de polícia e gente sem casta ou sem lei que expõe no seu romance. Mas ficamos incertos em decidir se o título do livro é um preito de gratidão prestado ao informador, ou se relaciona ao herói, cujas aventuras acabam justo quando ele obtém as divisas de sargento.

Filho de uma pisadela e um beliscão de reinóis imigrantes, Leonardo nasce ilegítimo pra viver vida ilegítima até o fim do romance. Os casos se passam todos entre gente operária, de baixa burguesia, ciganos, suciantes e os granadeiros do Vidigal. Este é o único personagem autenticamente histórico. O major Vidigal que principia aparecendo em 1809, foi durante muitos anos, mais que o Chefe, o dono da Polícia colonial carioca. Habilíssimo nas diligências, perverso e ditatorial nos castigos, era o horror das classes desprotegidas do Rio de Janeiro. Alfredo Pujol lembra uma quadrinha que corria sobre ele no murmúrio do povo:

> Avistei o Vidigal,
> Fiquei sem sangue;
> Se não sou tão ligeiro
> O *quatí me lambe*.

Mais importante que isso, Manuel Antônio de Almeida, relata que os gaiatos e os ilegais da cidade se vingavam do major, cantando e dançando uma espécie de fado que inventaram, o *Papai Lélé Seculorum,* celebrando a morte do Vidigal que figurava como defunto no centro da roda bailarina.

Falei em fado e isto me obriga a uma observação importante. Manuel Antônio de Almeida era musicalíssimo e já o vimos diretor da Ópera Imperial preocupado com a fisiologia da voz e a versalhada dos libretos. O romance está cheio de referências musicais de grande interesse documental. Enumera instrumentos, descreve danças, conta o que era a "música de barbeiros", nomeia as modinhas mais populares do tempo. Entre estas, aliás, cita a *Quando as glórias que gozei,* de Cândido Inácio da Silva, realmente muito linda, que fiz renascer na antologia das *Modinhas Imperais.* As *Memórias* confirmam que ela era muito conhecida nos últimos tempos da Colônia.

Ora logo no primeiro capítulo, descrevendo a festa de batizado do Leonardo, Manuel Antônio de Almeida nos vem com esta documentação demasiado nítida pra ser inconseqüente: "os convidados do dono da casa, que eram todos d'além-mar, cantavam ao desafio, segundo os seus costumes;

os convidados da comadre, *que eram todos da terra* dançavam o fado". Não sei como me escapou documentação tão preciosa, quando escrevi meu estudo sobre *As origens do Fado*. Neste trabalho, sem nenhuma satisfação, aliás, eu reivindicava para o Brasil ter dado nascimento a essa dança cantada, portuguesa por excelência. Me estribando na musicologia de Portugal que só encontra o fado em Lisboa "depois de 1840" conforme Alberto Pimentel, e "só em 1849" no dizer de Ribeiro Fortes, eu mostrava que Von Weech antes de 1827 enumerava o fado entre as danças brasileiras e que o próprio Balbi, que nunca estivera no Brasil e vivera em Portugal, já em 1822, dava como de uso no Reino o baile da roda, o fandango e o lundum importado de cá, e como danças nossas "a chula, o *fado* e a volta no meio". Eis que Manuel Antônio de Almeida vem nos garantir com a nitidez de um verdadeiro folclorista de hoje, que nos últimos tempos coloniais o desafio era dos costumes dos portugueses e o fado privativo de brasileiros.

Ainda há mais. Noutro capítulo das *Memórias* vem uma descrição bastante pormenorizada de um fado batido entre ciganos de baixa burguesia, moradores do Rio de Janeiro. E ainda no Cap. XI da segunda parte, o escritor insiste em afirmar que o fado era dança muito usada pelos ciganos já de vida sedentária. Melo Morais Filho, é verdade que bem mais tarde, em 1886, não lembra o fado entre as danças dos ciganos do Brasil, enumerando outras, no entanto, não específicas de ciganos, bem lusobrasileiras ou exclusivamente nacionais, como o Candieiro, o Sereno e o passo do Corta-Jaca. Pouco importa. Importante é verificar que na descrição de Manuel Antônio de Almeida se percebe alguma coisa do nosso lundum afrocolonial — o que o fado português deriva do lundum do Brasil. Onde o musicista português se engana é em afirmar que o lundum, ido na bagagem de retorno de D. João VI, só em Portugal se transformou no fado. A transformação se deu mesmo na banda de cá. O lundum parece de fato ser uma das primeiras manifestações musicais a deixar o domínio exclusivo dos negros escravos pra se nacionalizar. É possível mesmo que ainda na Colônia já tivesse entrado nos salões da burguesia abastada e da nobreza, pois também reproduzi na antologia das *Modinhas Imperiais,* um lundum para cravo que não passa de um andante muito europeiamente setecentista ainda, só tendo de estranho algumas síncopas. A descrição de Manuel Antônio de Almeida pela sua minúcia e a autenticidade do autor, é incontestável e fortifica a afirmação de Freitas Branco. O lundum, divulgando-se nas camadas brancaranas da Colônia, deu origem a uma dança cantada, primeiramente brasileira, a que chamaram fado. Ido nas lembranças felizes dos "brasileiros" enriquecidos, dos marujos e outros portugueses pobres, banzou pelos bordéis e pelos botequins lisboetas de beira-rio, decoraram-no as Tágides, fixou-se na *mala vita* de Lisboa e, para nosso bem, acabou se nacionalizando português.

Não resisto a chamar a atenção pra outro fato folclórico importante que o livro revela. Eu disse atrás que certos costumes negros, como seu canto e dança, inda não tinham muita influência nas camadas brancas do país, nem começado a se nacionalizar francamente. Ora é curiosíssimo notar que num livro tão rico de documentação de costumes nacionais como estas *Memórias,* haja ausência quase total de contribuição negra. Entre os personagens não há um só que seja preto, nem se descreve costumes e casos de preto. Sabemos apenas que são geralmente negros os barbeiros de então, negras as baianas dançarinas da procissão dos Ourives, e o mais são referências desatentas a escravos e às crias de D. Maria. No vigésimo capítulo da segunda parte o romancista nos fala de uma vadio chamado Teotônio, procurado pela polícia, dono de uma casa de tavolagem e apreciadíssimo de todos pelas suas habilidades de salão. Não havia baile ou cerimônia familiar a que o dono da casa, querendo garantir riso na festa, não convidasse o Teotônio. E entre as habilidades deste, conta Manuel Antônio de Almeida que estava a de cantar admiravelmente "em língua de negro". Por aí se percebe que era ainda considerada coisa espetacular e rara, verdadeiro exotismo nas funçanatas de brancos, a música e a linguagem dos pretos. Pois que até possuíamos um Teotônio, cuera em imitar língua de negro, espécie de Al Johnson colonial.

Ora é de notar que devendo o romancista descrever uma cerimônia de feitiçaria, não prefira candomblés, se esqueça dos negros e vá buscar um "caboclo" nos mangues da Cidade Nova. Isso nos prova, imagino, que ainda não eram muito conhecidos dos brancos nem tinham sobre estes qualquer influência os ritos feiticistas africanos. Aliás a mesma ignorância persiste nos outros cronistas do tempo. Mas a lição do romancista prova mais. Prova que com as práticas religiosas dos negros coexistiam, talvez mais nacionalmente importantes então, princípios urbanizados de religiosidade supersticiosa, de base ameríndia. A futura fusão destes costumes com os ritos africanos é que terá dado nos "candomblés de caboclo" de que já nos falam Nina Rodrigues para a Bahia e João do Rio para a feitiçaria carioca. A sua expressão mais intensamente ameríndia (falsamente ameríndia...) se resguarda em nossos dias nos catimbós nordestinos.

Como está se vendo um dos grandes méritos das *Memórias de um Sargento de Milícias* é serem um tesouro muito rico de coisas e costumes das vésperas da Independência. Manuel Antônio de Almeida tinha em grau elevadíssimo a bossa do folclorista, e estava consciente disso pois confessa francamente, no livro, trazer entre as suas intenções a de fixar costumes. A todo instante a observação folclórica é decisiva, sem falha. Se o barbeiro cai doente, a comadre recomenda "banhos de alecrim" e não de "ervas". Os meninos da folia do Divino tocam "pandeiro, machete e tamboril", e tanto eles como as baianas da procissão vêm descritos minuciosamente na indumentária. Por vezes salta nas descrições um pormenor tão discrepante que se percebe estar o romancista reportando coisas que existiram mesmo, como no caso das gaiolas de passarinhos na encantadora página sobre a sala de aula primária. E por três vezes o caricaturista insiste no desmazelo e falta de compostura com que os homens do tempo se vestiam, antes, se despiam quando em casa. É o fidalgo que o tenente-coronel encontra "de tamancos, sem meias, em mangas de camisa, com um capote de lã de xadrez sobre os ombros, caixa de rapé e lenço encarnado na mão". Ou é o meirinho que pra esperar o parto da

Chiquinha, "pôs-se em menores(...) ficou de ceroulas e chinelas, amarrou à cabeça, segundo um costume antigo, um lenço encarnado". E ainda quando a D. Maria, a comadre, mais Maria Regalada, todas em mal de amores maternais pelo latagão vadio mas simpático do Leonardo, vão de visita de empenho ao Vidigal, este as recebe em trajes de que o escritor se esmera em salientar o ridículo. Foi um memorialista excepcional entre nós, e páginas como a dos fogos no Campo de Sant'Ana, a do mestre de reza, a da folia, a magistral cena do parto, e várias outras, sem pretensão a ciência, são das mais científicas, mais fidedignas na documentação de costumes passados.

Não apenas porém no desenho dos costumes Manuel Antônio de Almeida era excepcional, e traços de habilíssima embora caricatural análise humana percorrem o livro todo. Nos diálogos chega a inexcedível de sátira psicológica e força verbal. Logo no segundo capítulo a briga entre os amantes tem uma vitalidade, um sabor esplêndidos. Não é à toa que o artista sentia inclinações para o teatro. Os sentimentos dos personagens vêm expressos nesses diálogos todos, com uma energia sintética, um vigor acerbo de dizer que só Camilo igualaria em nossa língua. Vários capítulos parecem mesmo feitos apenas pra expor instantâneos cômicos de diálogos, como esse outro também notável que é *Progresso e Atraso* e o ainda mais extraordinário do *Pior Transtorno*. Lembra Camilo e lembra também os mimos de Herondas, pelo acertado das frases, a clareza de definição humorística das psicologias e pelo colorido. Mas esse vigor se estende também às descrições dos seres, todas excelentes. A frase aguda fere com boa pontaria o detalhe expressivo, como no falar das "feições quebradas pela idade", ou da viuvinha que já perdera "o acanhamento físico de outrora". A cólera da portuguesa velha, no capítulo das "Explicações", é digna de um Duerer ou de um Goya: "Parecia presa de grande agitação e de raiva; seus olhos pequenos e azuis faiscavam de dentro das órbitas afundadas pela idade, suas faces estavam rubras e reluzentes, seus lábios franzinos e franzidos apertavam-se violentamente um contra o outro, como prendendo uma torrente de injúrias e tornando mais sensível ainda seu queixo pontudo e um pouco revirado". A gente vê a mulher.

É aleive tradicional atirado sobre o artista, que ele escrevia mal. A expressividade do trecho acima transcrito não é de mau escritor, apesar da abundância inútil dos possessivos. É incontestável que o autor das *Memórias* se exprimia numa linguagem gramaticalmente desleixada, coisa aliás muito comum no tempo dele. Era sim um desleixado de linguagem, mas nem por isso deixava de ser um vigoroso estilista. O seu vocabulário é variadíssimo e coerente, e o livro nos dá colheita farta de brasileirismos, prolóquios, modismos, ditos e frases-feitas. Observava as transformações fonéticas populares, como na distinção que faz entre as "pílulas" do seu próprio texto e as "pírulas" que faz pronunciar à comadre. Prova que o tratamento por vós era o useiro entre pessoas de intimidade. Prova que o violão ainda não tinha este nome, era naquele tempo a "viola" com que hoje só designamos o instrumento rural de cordas duplas. Já então se dizia "pasmo" por "pasmado"; e no próprio Rio de Janeiro ainda a alcova era "camarinha", termo hoje apenas vivo no Nordeste. E não cabe aqui recensear todos os provérbios, frases-feitas e circunlóquios tradicionais que as *Memórias* registram, muitos pela primeira vez.

Havia mesmo na maneira com que Manuel Antônio de Almeida se exprimia algo do estilo espiritual de Machado de Assis. Observe-se estas frases: "saiu em busca de que fazer para aquele dia, e de destino para os mais que se iam seguir. Achou ambas as coisas: uma trouxe a outra"; "não nos ocorre se já dissemos que ele tinha o nome do pai; mas se o não dissemos fique agora dito"; "foram pouco a pouco, de palavra em palavra, travando diálogo, e conversavam no fim de algum tempo tão empenhadamente como a comadre e D. Maria, com a diferença que a conversa daquelas (sic) duas era alta, desembaraçada; a deles baixa e reservada". Eis ainda um trecho saboroso: "Estavam presentes algumas pessoas da vizinhança, e uma delas disse baixinho à outra, vendo o pranto de Luisinha: — Não são lágrimas de viúva... — E não eram, nós já o dissemos: o mundo faz disso as mais das vezes um crime. E os antecedentes? Porventura ante seu coração fora José Manuel marido de Luisinha? Nunca o fora senão ante as conveniências; para as conveniências aquelas lágrimas bastavam". Assim escrevia o estudante de 22 anos, quando Machado de Assis era tipógrafo... Ainda as relações dos três primos com as três primas estão bem machadianamente explicadas e certo jeito de batizar os capítulos soa machadianamente, como O *Arranjei-me do Compadre* e *A Morte é Juiz*. Se Manuel Antônio de Almeida era gramaticalmente desleixado, nem por isso o seu estilo deixou de ser firme, expressivo, colorido, original.

E se todos os personagens principais são estupendamente estudados com luz perversa, há que observar a sutil delicadeza, a verdadeira simpatia com que o artista expõe o Leonardo em sua personalidade curiosa de vadio perfeito e burro satisfeito. Como psicologia o nosso Leonardo se assemelha um bocado ao Encolpis, de Petrônio. Não chega porém como este a ser o meliante que a infância profetizara, mas é bem um satisfeito que a tudo se afaz sem a menor inquietação. É admirável de estupidez longínqua, encolhida num corpão bonito e num mutismo convencido. Não falará umas dez frases sequer, num livro farto de dialogação, os outros falam por ele. Não é um homem que se faz por si, os outros é que o fazem por ele, rabo-de-saia, com quem todas as mulheres de todas as idades se engraçam, lhe fornecem espontaneamente pão, guarida, amor, sacrifício e aquelas eternas especulações de empenhos e cartuchos com que o macho apenas de corpo se livra de castigos e trabalhos e atinge os seus galões de sargento no fim. O próprio Vidigal acaba gostando do vadio e com ele condescende. E nós também, leitores que o livro arrasta. Leonardo é uma dessas figuras que encontram seu caminho aplainado pelos outros, apenas jogando com a simpatia irradiante do corpo. E como o mais que paternal, o maternal padrinho barbeiro lhe deixara uma pequena riqueza roubada, Leonardo se une fácil com a Luisinha abastada e vão ambos viver de uma felicidade cinzenta e neutra, que a pena de Manuel Antônio de Almeida seria incapaz de descrever por excessivamente afiada. O livro acaba quando o inútil da felicidade principia.

Que roncava em Manuel Antônio de Almeida a consciência dos exageros sentimentais da literatura romântica não é possível duvidar. Algumas frases que deixou o provam. Pelo fato do Vidigal aparecer três vezes desmanchando festas, diz que a essa monotonia o obriga a fidelidade com que acompanha a época de que pretende esboçar parte dos costumes. Noutro passo, duvida da eternidade do primeiro amor embora "vá de encontro a opinião dos ultra-românticos, que põem todos os bofes pela boca pelo tal primeiro amor". Insistindo nisso, noutro capítulo, tem este comentário tocado também de machadianismo: "Dizem todos, e os poetas juram e tresjuram, que o verdadeiro amor é o primeiro: temos estudado a matéria e acreditamos hoje não há que fiar em poetas: chegamos por nossas investigações à conclusão de que o verdadeiro amor, ou são todos, ou é um só, e neste caso não é o primeiro, é o último. O último é que é o verdadeiro, porque é o único que não muda". Na descrição do meirinho amoroso ainda o escritor nota que "o homem era romântico, como se diz hoje, e babão, como se dizia naquele tempo". E enfim, na crítica a um livro do poeta baiano Francisco Muniz Barreto, publicada no *Mercantil,* afirmando que o poeta deve preferir a glória ao dinheiro, se desculpa, hesitante, cuidando não o chamem de romântico por isso.

Apesar desta preocupação anti-romântica, não creio acertada a crítica nacional, ao repetir que o romance é realista e naturalista, não lembra obra estrangeira nenhuma anterior a ele, e é precursor do Realismo e do Naturalismo francês. As *Memórias de um Sargento de Milícias* são um desses livros que de vez em quando aparecem mesmo, por assim dizer, à margem das literaturas. O que leva os seus autores a criá-los é especialmente um reacionarismo temperamental que os põe contra a retórica de seu tempo e antes de mais nada contra a vida tal como é, que eles então gozam a valer, lhe exagerando propositalmente o perfil dos casos e dos homens, pelo cômico, pelo humorismo, pelo sarcasmo, pelo grotesco e o caricato. E pela pândega. Uns mais sutis, como Herondas na Grécia, outros mais anedóticos como Apuleio, ou psicólogo e sarcastas como Petrônio, na Latinidade antiga, outros mais humorísticos como Quevedo ou simplesmente pândegos como o autor do Lazarillo de Tormes, na Espanha. Mas em todos estes autores há de tudo isso, apenas sobressaindo em cada qual uma destas maneiras psicológicas de não-conformismo vital.

Salvo os mimos de Herondas está claro, todos esses livros são conceptivamente uma feição do romance de aventuras, porque a técnica deste, a sua fácil exposição de uma aventura, um fato, um caso por capítulo e a maior possibilidade de intercalar histórias independentes no entrecho, permitem melhor o chicoteio e o arremedo dos diversos aspectos da vida. E a própria concepção do mimo, aliás, o pequeno diálogo solto, deriva ainda dessa mesma precisão de repulsa variada de tudo.

A razão por que todos estes escritores se voltam para a ralé e as classes ínfimas, lhes depredando sem piedade a pequenez e lhes acentuando o grotesco, é mais difícil de explicar. Pouco sabemos da vida destes autores, quase todos eles são muito pouco fecundos, não há certeza sobre quem é o Petrônio do *Satyricon* nem qual o criador de Lazarillo. Todos me parecem, porém, uns individualistas irredutíveis, não se apiedam, não participam, não combatem. Há como que uma sensibilidade aristocrática neles que tudo fere e os faz desesperar, em nada acreditam mais; e a falta de qualquer confiança os torna inermes, e de uma delicadeza pessoal acovardada, espécie de pusilanimidade cínica que porventura os fará preferir o achincalhe das classes desprotegidas, mais cômodas de ridicularizar por menos capazes de reação. É mesmo curioso observar que o herói de quase todos esses livros, herói que o autor consegue tornar simpático, é um covarde — o Encolpis, Lazarillo, Leonardo e o próprio Burro, como se os criadores transferissem às suas criaturas o que mais secreto lhes condicionava a forma de viver. E de Apuleio sabemos o quanto foi aventureiro na vida e no espírito, e o mesmo foi, a seu modo e de acordo com o tempo, o nosso Manuel Antônio de Almeida. E por isso exaltaram aventureiros em suas aventuras. Mas, da mesma forma que nos movimentos históricos tanto da farsa medieval e da ópera cômica de Nápoles como do romance picaresco espanhol, se abandonaram o louvor do coturno e de Deus, se aproximando do povo e do Diabo, foi pra estripar Diabo e povo, voltando contra as classes inferiores o buril venenoso da comicidade.

As *Memórias de um Sargento de Milícias* não são um livro romanesco à maneira com que se concebem e se enredam os romances sérios do século dezenove, quer românticos, quer realistas ou psicológicos. São bem um romance de aventuras que se contam por capítulos; e não será por mero acaso que Manuel Antônio de Almeida escolhe, pra traduzir, os seis volumes de um Paul Féval. Nem falta sequer às *Memórias* a história solta entremeada no enredo, o caso pândego dos potes, que funciona dentro do livro com a mesma desenvoltura e técnica da anedota da matrona de Éfeso em Petrônio, o conto de Cupido e Psique em Apuleio, o os casos de Cervantes, cuja bíblia, se reagiu contra os livros de cavalaria, é bem a técnica e o espírito do romance picaresco espanhol que ergue ao sublime.

A verdadeira filiação das *Memórias de um Sargento de Milícias* é essa. Existe em todos esses livros um tal ou qual realismo. Porém este se manifesta quase exclusivamente na descrição dos costumes e nunca no entrecho, nos casos e no retrato dos personagens, que tudo é pândego, caricato e inventado para obter a burla da realidade. Nada existe, nesses livros, do Realismo e Naturalismo de escola, tais como eles se apresentam no século dezenove. Estes mantinham um caráter moral irredutível, eram sérios (ópera séria, ópera cômica...) e acreditavam em sua finalidade social, acreditavam na verdade da ficção. Isso quando, a mais, não tomavam aspecto acentuadamente combativo.

Manuel Antônio de Almeida sequer pressupôs estes ideais. Se exclui e se diverte caçoando, sem a menor intenção moral, sem a menor lembrança de valorizar as classes ínfimas. Pelo contrário, aristocraticamente as despreza pelo ridículo, lhes carregando acerbamente na invenção os lados infelizes ou vis. Mesmo na descrição mais exata e séria que faz dos costumes, chega a ser um bocado angustiosa a mania com que ele se prova de admiração, cuidando sempre de retirar a beleza possível das imagens que pinta. A rua dos Ourives "tinha um aspecto de muita riqueza e luxo, *ainda que de mau gosto*". A mantilha pode ser poética na Espanha, entre nós é "a coisa mais prosaica que se pode imaginar". E se falam da poesia dos costumes e crenças dos ciganos, a verdade é que estes "deixaram-na da outra banda do oceano"...

Por vezes se eleva sobre o caricato mas é pra empunhar o estilete mais sutil do humorismo. Como no joguinho fino da comadre e D. Maria se trocarem as mesmas frases quando é do interesse daquela casar o Leonardo com a Luisinha ou do interesse da burguesa unir a moça ao José Manuel. Outra delícia de humorismo é o tenente-coronel que se obrigou a tirar o meirinho da prisão, contar o caso deste aos outros oficiais na intenção de condenar a feitiçaria, mas conseguir com isso mais um protetor para o meirinho, noutro oficial que também acreditava em feitiço. O início do capítulo *Amores* bem como a análise das diversas espécies de mulheres enganadas são também passagens de ótimo humorismo.

Porém Manuel Antônio de Almeida era principalmente um escritor cômico. Tem mesmo a ingenuidade da farsa, que o faz por vezes perder o senso mais apurado da comicidade em cenas do mais popular burlesco, como no caso dos dois padres pregando juntos. Das suas angústias materiais, da infância pobre, o artista não guardou nenhuma piedade pela pobreza, nenhuma compreensão carinhosa do sofrimento baixo e dos humildes. Bandeou-se com armas e bagagens para a aristocracia do espírito e como um São Pedro não arrependido, nega e esquece. Goza. Caçoa. Ri. E se o Leonardo consegue de nós alguma simpatia condescendente, é no mesmíssimo sentido em que nos são simpáticos Encolpis, Lazarillo, o burro e o Gran Tacaño.

E é junto destes livros à margem das literaturas, que havemos de situar as *Memórias de um Sargento de Milícias*. O seu falso realismo sarcástico é a conseqüência de uma concepção pessimista da vida, revoltada e individualista. São geralmente livros que não primam pela perfeição de linguagem, pelo cuidado na fatura, mas que se impõem pela graça com que descrevem os costumes e a caricatura irresistível com que retratam os homens. E dentro desta grei, Manuel Antônio de Almeida mantém-se em ótima posição.

A VOLTA DO CONDOR

(1940-41)

É provável sustentar a tese de que todo o equilíbrio estético e a "Weltanschaung" em profundeza da poesia atual brasileira, derivam da lição do poeta Augusto Frederico Schimidt. Está claro que esses valores tão essenciais já existiam anteriormente, ora esporádicos ora com permanência, em outros poetas modernos do país. Schmidt, no entanto, trazia nos seus versos desde o primeiro livro, uma espécie muito característica de ser que o tornaria particularmente fecundo a um exemplo mais fácil da gente seguir e disfarçar na imitação. Além do veio das suas tendências raciais que ele descobrira e resolvera explorar, além da sua religiosidade em transe sempre de proselitismo (campos vastíssimos, muito inéditos em nossa poesia moderna, então se alimentando em principal de materialismo descritivo), em sua própria cultura, em sua própria primaridade técnica de não-veterano do Parnasianismo e Simbolismo anteriores, Augusto Frederico Shimidt não era um rio já feito, navegável, mas nos levando sempre a portos conhecidos, como um Manuel Bandeira, um Ronald de Carvalho, um Guilherme de Almeida. Era antes uma fonte capaz de dar origem à aventura de mil riachos.

E foi mais ou menos o que sucedeu. É curioso observar: que todos os poetas nossos, feitos em 1922, não criaram tendências e muito menos escolas propriamente ditas, a que a gente pudesse aderir sem o perigo da imitação e mesmo do plágio. Fizeram muito, está claro, mas perseveravam de tal forma individualistas em suas soluções, que era muitíssimo difícil, quase impossível segui-los, sem os repetir. E com efeito, os poetas que nasceram do movimento e puderam se afirmar, se afirmaram, da mesma forma, como personalidades irredutíveis. É o caso, por exemplo, de Carlos Drummond de Andrade ou de Ascenso Ferreira. Augusto Frederico Schimidt também não poderia nascer sem o movimento modernista, a que desde início aderiu e se acamaradou. Mas, embora admirando e amando muito, viveu numa espécie de sombra vários anos observando, discutindo e infecundo. E quando apareceu, só pôde criar como reação. A sua espécie era outra, e o seu individualismo "anti-moderno", tinha de essencial o ser ao máximo de uma impessoalidade riquíssima. Como brasileiro, ele reagia em sua racialidade de judeu. Mas com isso abria as fontes do homem ao poeta nacional. Como ser social, ele reagia exigindo em nossa temática um lugar para o seu catolicismo. Mas com isso, com o seu catolicismo vago e sentimental, muito mais que reivindicando para o poeta o direito de "trair" e de dedicar aos proselitismos sociais, ele reimpunha em nossa temática de poesia os grandes assuntos gerais humanos: Deus, a Morte, a Amada, a Dor, a insolubilidade da vida. Seria ridículo afirmar que estes assuntos tinham sido abandonados pela poesia anterior ao vate do *Navio Perdido,* e até seria bem curioso comparar com os temas da *Tarde* de Bilac, os assuntos tal como os trata Augusto Frederico Schmidt. Também Bilac, ambiciosa e generosamente, buscava em *Tarde* resolver por meio de sonetos filosofantes os graves e mais profundos assuntos humanos. Mas no seu formalismo irredutível, na sua poética excessivamente diurna e esfomeada de inteligência lógica, é quase trágica a insuficiência com que tudo ele reduzia a temas curtos, a problemas demasiado nítidos, humanos sempre, mas como que transitórios e individualistas em sua tradução imagística. Sob o sofrimento humano do poeta, transparecia sempre a gralha demagógica. Os simbolistas, apesar de muito mais bem postos dentro da essencialidade poética e embora de grande valor alguns deles, na realidade não tiveram nenhuma espécie de destino fecundante: formavam um igrejó alcandorado, de que a gente se aproximava com muito respeito, alguma curiosidade fatigada e quase nenhuma simpatia adesista. Quanto aos poetas de 22, converteram sistematicamente todos os grandes assuntos gerais humanos a temas de relação individualista. Basta, neste sentido, comparar a morte por doença, pela doença tal, cantada por um Manuel Bandeira, e a morte pela morte, a obsessão da morte, de um Augusto Frederico Schmidt e os poetas mais novos que ele. E é preciso ainda comparar o nacionalismo histórico de *Raça,* o americanismo descritivo de um livro como *Toda a América,* com o internacionalismo... nacional do *Canto do Brasileiro.* Mas se observe, antes de mais nada, que nestas frases comparativas, não estou absolutamente tomando a medida de valor de cada um destes poetas. Verifico apenas que Augusto Frederico Schmidt, pelas suas próprias qualidades e também pelas suas deficiências pessoais, com despudor ingênuo felicíssimo, e ainda uma ambição que só a posteridade poderá ratificar, vinha tratar os assuntos humanos, não mais como experiências vividas, mas com ares de vaticínio generalizador. Nisto é que estava o seu proselitismo. Um proselitismo generoso que não absorvia as personalidades, mas antes, em sua profecia nebulosa e capaz de mil e uma exegeses, era muito mais uma proposição de lirismo que uma solução formalista de poesia.

Sob este aspecto, vale estudar o individualismo de Augusto Frederico Schmidt, aquilo em que ele solucionou numa forma, isto é, em poesia, as suas idiosincrasias e tendências pessoais. Nisto é que o grande poeta do *Canto da Noite* não poderia ter existido sem os modernistas que o antecederam e cuja experiência ele soube aplicar e desenvolver admiravelmente. Não me lembro quem foi que disse (talvez tenha sido eu mesmo...) que os chamados "modernistas", foram os primeiros, no Brasil, a se utilizarem do subconsciente em sua poesia. Não será exatamente bem isso, porque em boa poesia sempre a subsconsciência é largamente usada. Mas os modernistas, ao invés das outras escolas anteriores, não só se preocuparam de mudar os processos psicológicos, estéticos e técnicos de "fazer" poesia, como especialmente em saber o que é poesia. Basta pegar qualquer estudo, ensaio ou livro, a este respeito anterior ou contemporâneo do Modernismo, pra verificar que o problema se modificara fundamentalmente. Ora os modernistas, vítimas de suas próprias ou de alheias teorizações necessárias, se aplicaram muito mais a pesquisar sobre o subconsciente em experiências múltiplas, fazendo assim, muitas vezes, uma poesia que, embora de muita essencialidade poética, era em especial uma exploração descritiva, crítica e até mesmo científica da subconsciência. É incontestável que em vários dos seus aspectos e obras, a poesia modernista do Brasil e do mundo não passa de uma verificação experimental do subconsciente.

De Augusto Frederico Schmidt, vencido pelas circunstâncias especiais da sua personalidade, pode-se dizer que atirou no que viu o matou o que não viu. Depois do *Canto do Brasileiro*, livro de grande lucidez consciente, verdadeira crítica de personalidade, verdadeira exploração descritiva de circunstâncias pessoais, por sinal que muito bem exploradas, o poeta desmentia essa atitude crítica, pobre de filões fecundos, e se partia para uma exploração, não mais descritiva, mas sentida, vivida, da subconsciência. E derivam disso as suas melhores qualidades e contribuições.

Disso derivam, de fato, a sua corajosa e perigosa volta ao sentimental romântico brasileiro, em que felizmente não teve imitadores; a sua força poderosa de generalização dos grandes assuntos; a sua anti-síntese langorosa e luxuriante, que é uma das características do seu verbalismo numeroso, suave, ondulante, prolixo, sensual em ritmo e som; e principalmente esse profundo, intenso, vibrantíssimo estado de poesia, esse viver em poesia, que é qualidade especial, o valor mais admirável dos seus livros. Eu creio que em toda a arte brasileira só mais Murilo Mendes em sua poesia e Carlos Drummond de Andrade no esplêndido *Sentimento do Mundo*, conseguiram obter e realizar com idêntica intensidade e pureza o estado de poesia. Além destes, voltando os olhos para o passado, eu só poderia lembrar, com idêntica intensidade, mas menor pureza, um Alphonsus de Guimaraens, entre os simbolistas, um Álvares de Azevedo e um Fagundes Varela entre os românticos, e um Gonzaga entre os árcades.

Com uma intuição poderosamente definidora do ser, logo após seu primeiro livro, Augusto Frederico Schmidt estourava em nossa poesia moderna com um canto vago, que abandonava toda espécie de descritividade exterior e ultrapassava os dias e os momentos, para definir generalidades e converter os estados de sensibilidade às suas mais graves permanências. Pouco embora pobres de feição artística, eram poemas estranhamente libertos da quotidianidade. Schmidt, muito mais que o antimoderno que pretendera falsamente ser, era o antiquotidiano por excelência. E, como Varela, aparentemente paisagístico e se servindo dos valores da natureza exterior, as suas descrições da natureza, as suas utilizações da natureza, as suas imagens-símbolos tiradas com passiva frequência da natureza ambiente, são puros valores de alma, são generalizações embrionárias, têm todo o primarismo, a vagueza fecunda e a profundeza impessoal das "representações coletivas". Na verdade é o mais antipaisagístico dos nossos poetas, este poeta que já se utilizou de todos os substantivos comuns encontradiços na paisagem. E com a força, a pureza, a ingenuidade e o impudor dos perfeitos inocentes, Augusto Frederico Schmidt pode com isso tocar algumas das cordas mais recônditas e profundas do coração humano.

Eu disse atrás que só a posteridade poderá ratificar a ambição com que este poeta se manifesta em suas intenções estéticas. Isso não é ressalva de covardia com que eu pretenda disfarçar minha opinião pessoal. Considero Augusto Frederico Schmidt um grande poeta, embora já tenha feito e sustente graves objeções à sua poética.

II

Augusto Frederico Schmidt, se não nos oferece com a *Estrela Solitária* um dos seus livros de maior valor artístico, sempre é certo que conservou dentro dele uma unidade intensa de clima poético e nele pôs algumas das obras-primas admiráveis da sua poesia.

Tecnicamente é sempre aquele mesmo poeta luxuorioso, transbordante de versos, de fatura desleixada, que se contenta de poucos processos e se estratifica num pequeno grupo de receitas. Mas é tal a força lírica do poeta, tamanha a densidade impetuosa da sua mensagem, que a pobreza dos seus recursos não chega exatamente a ser defeito nele, é antes caráter, como já falei uma vez. Ou melhor: quando a poesia criada é menos feliz e não consegue nos convencer os processos se acusam, monótonos e fáceis, como receitas de pobreza artística; mas quando o poema nos convence, os processos não apenas se justificam ou se esquecem, como ainda acrescentam ao poema um valor irradiante de personalidade. Mesmo quando não são exclusivamente pessoais. É raro a gente observar uma pobreza técnica se transformar assim em força valorizadora, como acontece com Augusto Frederico Schmidt.

A mais abusiva das receitas do poeta é o processo musical da repetição. Infelizmente não tenho aqui comigo, jogado como estou na estreiteza de um apartamento malaconselhado, os livros anteriores do poeta, mas creio que jamais ele sistematizou este processo, o desenvolveu e abusou dele tanto, como em *Estrela Solitária*. Me lembro porém nitidamente que em seus primeiros livros, o sistema do poeta consistia sobretudo em repetir integralmente um verso, que funcionava como refrão, em geral colocado no início das estâncias. Para um lírico derramado, como o autor do *Canto da Noite*, o processo era muito propício, porque o fazia periodicamente retornar ao clima lírico, ao tema inicial, não lhe permitindo transbordar para o campo dispersivo das associações sentimentais.

Mas hoje Augusto Frederico Schmidt desenvolveu o seu processo às últimas conseqüências e tudo repete. Repete assuntos que transbordam de um pra outro poema; repete imagens que também transbordam de um pra outro poema; repete as suas imagens-símbolos, e de tal forma que estas se restringem a um número pequeno, de curta, embora sugestiva invenção, e avassalam a liberdade lírica; repete versos-refrãos inteiros; repete frases pequeninas no interior dos versos; repete palavras! Num poema de 41 versos vem 33 vezes repetida a palavra "perfume", e noutro de 51 versos, 40 vezes "lua". Mais rica de efeitos é a repetição de pequenas frases dentro dos versos, formando constantes rítmico-melódicas de grande musicalidade. É um dos elementos, de certo, que permitem ao poeta a sua estranha e encantada suavidade de dicção. O artista não recusa embates desagradáveis de sílabas:

"*Ser poeta é ter liberdade*
Ser poeta é ter sua música.
Ser poeta é ter..." etc.

Sem perder, por isso, a meiga doçura do seu dizer. Na primeira estância da *Revelação da Lua*, temos a repetição de palavras e de pequenas constantes fraseológicas, num exemplo típico:

"*A lua quase plena, enorme e de ouro,*
Está debruçada sobre os mares!
Oh! é a lua, a velha lua,
Há tanto escondida, há tanto perdida de nós, é a lua!
É a lua que, de repente, surpreendeu os nossos olhos indiferentes
    aos céus,
Os nossos olhos cansados, os nossos olhos pregados nas ruas, nas
    casas,
Os nossos olhos voltados para as fisionomias inquietas,
Os nossos olhos inquietos e ausentes da beleza, ausentes da poesia".

Como se vê: "lua" está repetida cinco vezes; também a constante principal, "os nossos olhos" acompanhada de uma qualificação, se repete cinco vezes; "há tanto" se repete duas vezes e também duas vezes "ausentes" e "inquietos".

Muito mais fecundo de observar, porque não interessa apenas à técnica, mas vai delimitar a própria fisionomia lírica do poeta, são as suas repetições de imagens-símbolos. Já não me preocupa uma imagem-símbolo explicada, como o caso de *Estrela Solitária* que, para o poeta, é a sua poesia. Muito mais característico são as imagens de que ele se serve pra definir seus estados líricos, e que substitui a estes. A imagem do mar, por exemplo, não é para o poeta apenas uma atração, uma obsessão, mas um verdadeiro estado lírico, o símbolo de um sentimento quase feroz de insolubilidade, de mistério terrível, de fim: "Estrela que o mar convida — Para um encontro fatal"... A noite é um símbolo de sentimento trevoso, grandiosamente irrevelada em sua escureza. O sentimento da escureza insolúvel persegue o poeta, e o qualificativo "escuro" é dos que ele mais usa. A intuição das fatalidades ásperas e convulsionantes é caracterizada pela imagem-símbolo do vento. E a morte então, quer como palavra-imagem, quer como clima lírico, a bem dizer, visita todos os poemas deste livro forte. A imagem-símbolo mais constante que se tem deste poeta é a dum mar noturno em ventania, levando à morte irremediável, senão definitiva, pelo menos insensível à transição para o Além. Mas voltarei a esta concepção da morte, em Schmidt, mais adiante.

Está claro que indigito um defeito, mas principalmente verifico um processo lírico do poeta. O que me assusta um bocado, pelas suas conseqüências, é constatar que essas imagens-símbolos são em número muito diminuto. O poeta restringe a sua simbólica imagística. Se é verdade que outras imagens freqüentam vários poemas como a do pássaro, as rosas e a música: a insistência da noite, do vento, do mar e da morte necessariamente a sensação do processo, da pobreza de invenção, de monotonia. Absolutamente não estou acusando as grandes obsessões líricas dos poetas, Vicente

169

de Carvalho com o seu mar ou Alphonsus de Guimarães e sua noiva morta. A obsessão pode ser uma apenas, sem monotonizar um poeta, sem virar receita de lirismo. E o mesmo reconheço e louvo em Augusto Frederico Schmidt, no caso da idéia da morte, em *Estrela Solitária*. Mas quando a idéia-imagem adquire assim um valor simbólico, é um valor expressional, uma transfiguração da realidade e não mais uma realidade lírica por si mesma ela carrega consigo todos os perigos da monotonia e da pobreza. É certo que Augusto Frederico Schmidt vence estes perigos pela volúpia lírica excepcional da sua poesia, porém mesmo dentro dele é possível verificar que o seu processo aparece integral geralmente nos poemas menos convincentes. E mais: o processo o leva muitas vezes a uma certa banalidade. Com efeito neste livro tenebroso, o poeta despargiu alguns poemas de alegria, alguns dos quais são de uma beleza extraordinária. Veja-se como ele nos dá a imagem simbólica da sua alegria:

"Alegria dos sinos e dos ninhos,
Dos sons e dos pássaros, (...)
Alegria nos rebanhos na madrugada,
Dos mergulhos nas águas noturnas dos lagos,
Alegria do pão e das fontes,
Alegria das primeiras flores dos campos..." etc.

Já, por si mesmo, me parece difícil negar a vulgaridade desta simbólica, muito parecida com as óleo gravuras da alegria que estamos acostumados a ver, nas folhinhas. Ora, noutro poema de alegria (página 75) todas estas imagens se repetem ou estão implícitas nele. Voltam textualmente as flores, os sons os sinos, os ninhos. E nem mesmo a imagem da madrugada ("esplendor da manhã") escapou, num poema que se coloca "neste princípio de noite"!...

Outro caso curioso de observar é o dos poemas que Augusto Frederico Schmidt intitula "sonetos". Sem a confissão do poeta, é muito difícil a gente decidir a razão que o levou a criar mais esse processo, se uma intenção coercitiva de seu natural transbordamento, se apenas ainda aquela intenção "anti-moderna" que o tem levado a imitações ora felicíssimas, ora menos felizes, de coisas do passado. Na verdade se trata de um puro processo e não de uma forma, porquanto o simples fato de limitar o poema ao número de quatorze versos livres, sem outros elementos de arquitetura construtiva, não me pareceu suficiente para criar uma forma tão maravilhosamente nítida como a do soneto. Augusto Frederico Schmidt criou, não uma forma, mas uma fórmula evasiva de soneto, que lhe vai admiravelmente bem, porque ao mesmo tempo que concorda com o seu desleixo natural e o seu romantismo irritado com as formas e as perfeições formais, por outro lado exerce, com sua limitação arbitrária uma ação corretiva contra as suas tendências de derramamento verbal, que mais lhe engordam as idéias que as desenvolvem ou enriquecem. Se é certo que às vezes, mesmo nesta sua fórmula limitada, o poeta volta às suas eternas receitas de repetição verbal, ela lhe deu alguns poemas admiráveis, dos mais perfeitos como equilíbrio neste poeta pouco preocupado de perfeição artística. Ou impaciente demais pra adquiri-la...

À medida que os anos e a vida passam, enriquecendo o poeta de graves, felizes ou desgraçadas experiências, a poesia de Augusto Frederico Schmidt adquire uma profundeza humana extraordinária. É certo que desde o seu surpreendente livro de estréia (aliás, mais um achado de combate para o momento em que apareceu, que uma verdade), o poeta se apresentava excepcionalmente sensitivo e desejoso de aprofundar os grandes problemas do ser. Mas à medida que os seus livros se sucedem, as experiências vitais aprofundadas lhe dão maior intensidade. Com a *Estrela Solitária*, Augusto Frederico Schmidt nos apresenta o seu livro mais trágico, uma larga deploração sobre a imagem da morte. Dos intermédios mais felizes ou de vário assunto que intercalou a esse tema absolutamente dominante no livro, há que destacar uma das suas maiores criações, o *Ciclo de*

Josefina. Esta série de poemas é admirável, do melhor e do mais puro Augusto Frederico Schmidt. Aqui os seus cacoetes se abrandam, os processos, mais discretamente usados, se justificam plenamente, os desleixos de dicção e de rítmica desaparecem. E de outro lado, toda aquela ternura delicada, aquele sentimento dolorido e a sua mais grave e íntima nota religiosa se aliam àquela poderosa intuição do trágico, que é a contribuição mais original de Augusto Frederico Schmidt à nossa poesia contemporânea.

III

Eu afirmei que com a *Estrela Solitária*, Augusto Frederico Schmidt nos deu o seu livro mais trágico, uma larga deploração sobre a imagem da morte. Vou citar, deste logo, um dos belos poemas do volume, o que situa liricamente um pássaro morto. Já disse que o poeta se serve de umas tantas imagens-símbolos, pra expressar, seus estados líricos dominantes; a noite, o vento, o mar, o pássaro, o escuro e poucas mais. Veremos que neste poema quase todas estas imagens se repetem, para melhormente dar o sentido trágico, o sentimento de fatalidade final que o poeta demonstra diante da idéia atual que tem da morte.

"*Era um grande pássaro. As asas estavam em cruz, abertas para o céu.*
A morte, súbita, o teria precipitado nas areias molhadas.
Estaria de viagem, em demanda de outros céus mais frios!
Era um grande pássaro, que a morte asperamente dominara.
Era um grande e escuro pássaro que o gelado repentino vento sufocara.
Chovia na hora em que o contemplei.
Era alguma coisa de trágico,
Tão escuro, e tão misterioso, naquele ermo.
Era alguma coisa de trágico. As asas que os azues queimaram,
Pareciam uma cruz aberta no úmido areal.
O grande bico aberto guardava um grito perdido e terrível".

No ainda mais belo poema seguinte, *São Ruídos de Orações*, as vozes que o poeta escuta, perguntam desoladamentes a causa da morte, e é o próprio poeta católico, Augusto Frederico Schmidt, que conclue, com grande força lírica: "E nada mais foi possível ouvir, por que meu coração silenciou de súbito e as luzes que nele se continham, se apagaram".

É incontestável que, fiel ao seu catolicismo finalista, Augusto Frederico Schmidt reconhece numerosas vezes, no livro, a existência de uma vida em Deus depois da morte; mas, felizmente para a poesia, uma força de maior confissão pessoal faz o poeta blefar singularmente a sua catolicidade, e nos oferecer um sentimento da morte bem mais fatal, bem mais trágico que o cristão. Talvez seja mesmo isto o que enfraquece muito a possibilidade do trágico, ao finalismo cristão; serem as desgraças humanas meras transições pra uma vida melhor... O que faz a densidade humana da arte, seja esta materialista ou espiritualista, é ser ela justamente essa aspiração de uma vida melhor, o propor ela justamente essa aspiração de uma vida ao perfeito na própria terra. Deste ângulo, o Cristianismo se apresenta pobremente conformista, aceitando a vida como um tirocínio, uma experiência que, levada a bom porto, nos oferece essa vida melhor. Ora, no conceito mesmo do trágico, está implícita a impossibilidade dessa vitória futura, a fatalidade da predestinação terrível. E é justamente na obediência a este conceito que o sentimento do trágico, tão admiravelmente expresso agora nos poemas de Augusto Frederico Schmidt, escapole da lição cristã.

Como vimos no poema citado e do comentário sobre o *São Ruídos de Orações,* o que domina na imagem da morte que o poeta exprime nestes poemas da *Estrela Solitária,* é o sentimento de que a morte é um fim, um fim final. Livro de noite e de morte. Há no poeta, é difícil decidir lhe conhecendo a existência, se o desespero ante a proximidade da morte, ou se o ansiado desejo de aniquilamento, uma espécie amarga de pressa de... "acabar com isto!", que nada tem de mística, e muito menos, de religiosa. Apesar de todos os seus compromissos com o Além, a gente percebe que Augusto Frederico Smichmidt ou quer acabar logo com isto ou se desespera de acabar tão cedo com isto. Devo confessar que esta minha dúvida nada tem de invejosa nem de depreciativa para o poeta, é exatamente um louvor. Por que, de uma maneira ou de outra, o que ressalta evidentíssimo é que este poeta da morte não se conformava com a vida, e pouco importa cante ele seus versos num mosqueiro ou num palácio, é um revoltado contra as fatalidades do ser. E isto me parece curiosíssimo na personalidade do poeta. Sendo ele pessoalmente religioso, como prova ainda em vários poemas deste livro, especialmente de maneira feliz no *Retrato do Desconhecido*, não se percebe na sua obsessão da morte nenhum anseio de vida futura, nenhum grito de Esperança ou de Caridade em transe. A morte que Augusto Frederico Schmidt canta é um fim, um ponto final, um como que terror paralisante de acabar. E principalmente a visão seca do acabado. É mesmo estranho que um poeta religioso se permita essa profecia do *Nascimento do Sono:*

"*Do fundo do céu virá o sono.*
O sono virá crescendo pelos espaços,
O sono virá pela terra caminhando,
E surpreenderá os passarinhos cansados,
E as flores, os peixes e os velhos homens.
O sono virá do céu e escorregará,
Se encorpando, nos vales abandonados.
O sono virá macio e terrível,
E suas mãos gelarão as águas dos rios
E as pétalas das rosas.
Suas mãos despirão as roupas das árvores
E o corpo dos pequeninos.
Do fundo do céu virá o sono,
E das gargantas de todos partirá um grito sem som,
E tudo adormecerá,
As cabeças voltadas para o abismo".

(Se observe a imagem do grito sem som, que já veio no final do pássaro morto).

Não creio se possa dar como "impressionismo" ou instintivismo de momento um poema destes, num poeta que desde o seu inicial *Canto do Brasileiro,* se mostrou tão dirigido, tão voluntário em sua personalidade intelectual. E por isso considero tanto mais importante esta conceituação inesperada da morte, desfigurada de seu verdadeiro sentido espiritualista, considerada apenas em sua realidade de fim, em sua trágica predestinação de acabamento da vida. Há mais. E esta é uma das grandezas de Augusto Frederico Schmidt: ele ser, como poeta, superior às suas vontades e atitudes. Talvez não haja em nossa poesia contemporânea um poeta tão assumidor de atitudes, como Augusto Frederico Schmidt. Mas a sua poesia lhe desmente a personalidade de currículo, da maneira mais formal. A poesia vence! A poesia vence, neste grande poeta que a matou!...

O que estará se passando na personalidade deste poeta? O que estará se passando em quem no *Retrato do Desconhecido*, ao lhe descrever o maravilhoso olhar, ainda hesita decidir... se:

"*...era d'Ele esse olhar,*
Ou se nasceu de mim mesmo, num rápido instante de paz e de libertação..."?

O poeta se mostra cada vez mais amargo. A vida parece que o irrita cada vez mais e lhe pesa, e ele quer que tudo acabe. E tem a visão "escura" do acabamento. Ora o que me parece mais curioso nesta irritação, neste desejo de acabamento, é que ele denuncia sempre aquele mesmo conformismo que já uma vez indiquei no poeta. Não se trata de uma força dinâmica de luta, mas de uma aceitação da fatalidade. As virtudes teologais, para o poeta, são apenas duas, Fé e Caridade. Lhe falta a Esperança e com ela o não-conformismo do existente e a luta contra o real.

Quero insistentemente observar ainda uma poesia tradicionalizada no espírito cristão, aquele poema que abre com o bonito decassílabo "As almas sobem para os céus sozinhas". A noção da morte total, indiscretamente se entrelaça às vozes que consentem na finalidade em Deus, a principiar pelo sentimento quase sacrílego de deplorar os que "Deus acolherá e ficarão saciados", mas que viveram sem amar e que "olharam a vida através das vidraças". Parece o pagão Bilac... O poema termina pelo grito positivamente anticristão de exprimir a Deus o "desejo de morrer como as criancinhas misteriosas, cuja lembrança nem sequer marcou os corações maternos". Se bem compreende toda a extensão deste pensamento, pede o poeta a terminação da vida ainda no estado embrionário, ou talvez mesmo antes, no período dos óvulos e dos espermatozóides desperdiçados na espera frustada da união. Homem... pode bem ser que não seja isto, que estes poetas de agora, e até esses romancistas, andam difíceis de interpretar.

Ainda curiosíssimo, embora escorragadio de interpretação, é o lindo soneto que principia "Oh meu Deus, a consciência da tua presença". Nos quartetos, usando os seus habituais verbos no futuro, de profeta ou pitonisa trágica, o poeta garante que a presença de Deus "em breve se diluirá", reconhece que "a noite chegará de novo" para o seu ser, e que ficará de novo na ignorância e na ausência de Deus. É verdade que esta "escuridão" pode ser transitória, uma próxima e reconhecida queda no pecado, mas o importante é que o poeta, de sopetão, muda os seus verbos do futuro para o presente, sente "neste momento" a luz divina e reconhece a presença da Divindade. Ora justamente pra terminar, ele afirma que "o sobrenatural é um instante (sic) de claridade nas almas", e que, na simplicidade perfeita da consciência de Deus, ele, poeta, reconhece "neste instante" o seu Destino (com maiúscula) e o "fundo da noite eterna". Positivamente os religiosos são muito "escuros", pra usar o qualificativo mais amado do poeta. (Tudo ele vê "escuro", o que já não não é muito do finalismo cristão). Mas macacos me lambam se não é estranhíssimo este sentimento trágico e fatalista do poeta que afirma ser o sobrenatural apenas "um instante (sic) de claridade nas almas", prediz no futuro a ausência de Deus, e ajunta ao seu Destino com maiúsculas, o fundo escuro de uma "noite eterna" (sic). Ou terá Augusto Frederico Schmidt desesperado de se salvar?... Nada impede! nada impede!... O preferível é sentir os poetas brasileiros (No belíssimo poema da *Noite de Amor,* Augusto Frederico Schmidt nos diz, de início, se tratar duma noite de incertezas, o que a descrição em seguida, nos prova ser de certeza lúcida e admiravelmente bem definida no poeta...) Nem eu quis assinalar contradições entre Augusto Frederico Schmidt e a sua *Estrela Solitária*. Quis apenas verificar que o poeta se supera a si mesmo. O sentimento trágico da morte, como finalidade do ser, persegue atualmente o grande poeta do *Canto da Noite,* e lhe deu o tom e a densidade excepcional da sua *Estrela Solitária.* Foi o que lhe deu a força convincente do livro, foi o que lhe deu o seu caráter. Augusto Frederico Schmidt poderá não ter mais aquela glória virgem da mocidade que provocou o deslumbramento um pouco fácil dos seus primeiros livros. Para os que olham "com os olhos de ver", como lá diz o clássico, sempre semelhante a si mesmo nos seus processos e na sua abundância, Augusto Frederico Schmidt adquire cada vez mais, na sedimentação das experiências vividas, uma essencialidade, uma intuição do trágico da vida, que lhe preserva a grandeza.

IV

A estréia de Alphonsus de Guimaraens Filho é nitidamente paradoxal. Com *Lume de Estrelas* se afirma um poeta bastante forte num livro ainda bastante fraco.

O que mais quero desde logo louvar neste volume é que, demonstrando ele um verdadeiro poeta dotado de rico lirismo interior, prova também abundantemente que esse poeta procura se munir de grande técnica e é movido por segura vontade artística. Basta ler poucas páginas de *Lume de Estrelas* pra verificar que Alphonsus de Guimaraens Filho não se acredita preliminarmente grande poeta, antes, se quer grande poeta; e por isso, desconfia dos azares pintassilgantes da espontaneidade e, ainda mais, do tabu das mensagens interiores que a gente não deve corrigir nem melhorar. Eis um poeta que acredita no trabalho, na reflexão estética; na cultura. Deus queira ele profetize, para a sua geração novíssima, tempos mais completos de arte. Mais honestos.

Para estréia, *Lume de Estrelas* apresenta uma firmeza técnica notável. Livro bem escrito, com raríssimos descuidos de sonoridade (*quanta ternura no peito teu*), rico de recursos variados. Os versos-livres são sempre expressivos no movimento, os alexandrinos excelentemente cadenciados, as rimas, quando surgem, sempre felizes, como discreção e adequado. Não só em certas concepções líricas, mas ainda na maneira de dizer e na rítmica, o poeta mostra fortes ligações com o Simbolismo de escola. Se observe esta pulsação da febre, no *Hospital:*

"*Febre e frio... Febre e frio...Lentas horas, lentas horas,*
Febre e frio... Noites lentas, lentos dias vagarosos,

Tardes mansas, mansas tardes como olhares dolorosos,
Lentos dias, lentas noites e o olhar frio das auroras".

Embora eu seja sensível a essa modesta voz do sangue que levou o artista a fundear suas técnicas no Simbolismo, onde tem genial ascendência, preferia que, de futuro, ele se lançasse mais livremente na procura e no exercício de si mesmo.

Dos versos que citei se percebe um dos processos rítmicos mais usados pelo artista, a constante rítmica. Geralmente a sua constante rítmica, é quaternária, e não ternária, como no exemplo. O poeta a emprega com bastante habilidade. A elasticidade com que sabe passar do verso livre pra os dotados de constante rítmica é de uma segurança positivamente extraordinária. Outras vezes o poeta sabe, com finura de virtuose intercalar uma leve variação de movimento que disfarça a monotonia das constantes rítmicas muito repetidas. Em todo caso, às vezes a excessiva repetição do metro curto não consegue se eximir da monotonia. Creio que o artista ainda não pode evitar certos inconvenientes da constante rítmica obrigatória, tais como os hiatos forçados. E num caso, o movimento quaternário o levou a construir a interrogação "Porque tu choras?", que se não tem lei gramatical que condene, é um verdadeiro erro de sensibilidade linguística.

Estes pequeninos deslizes não impedem porém que Alphonsus de Guimaraens Filho se apresente como verdadeiro artista, seguro e rico na sua técnica. Já como personalidade lírica me parece que o poeta ainda não soube se caracterizar suficientemente nem conquistar a sua identidade. É mesmo, estranho que um poeta tão moço e de tão viva inteligência, como Alphonsus de Guimaraens Filho, se interesse tão pouco pelo exercício da liberdade pessoal. Ele se apresenta conformistamente tradicionalista, avesso às formas, às dicções, aos temas, às imagens ainda não consagrados pelo tempo. Se tem a impressão pouco feliz de que o poeta não quer experimentar a sua originalidade natural. Tudo ele tradicionaliza. São freqüentes, no livro, dicções estratificadas e até mesmo convencionais, como esta, em que o poeta se dirige aos parentes mortos:

"*Lavrei a vossa terra, a terra que deixastes*
Aos que iriam depois provar desta saudade
E no peito sentir a chaga da miséria...
Lavrei a vossa terra e vi na terra eterna
Germinar meu vinhedo e florir o meu pão".

Creio impossível negar o artificialismo, o convencionalismo de semelhantes dicções e semelhante vocabulário. Noutro passo o poeta não hesita em dizer: "Por campos vim cantando ao vento frio, e olhando o trigo morto".

Acho que em grande parte a nova libertação poética de após o pragmatismo nacionalista da minha geração, em vez de conseguir com isso maior intensidade lírica, está voltando, não nos superando não, mas voltando a certos artificialismos tradicionais. Aceito perfeitamente que o poeta esteja livre do tempo e dos espaços. Reconheço também que certos assuntos de alta envergadura exigem uma certa nobreza expressional que impede a linguagem comezinha. Mas é uma facilidade e mesmo uma verdadeira falsificação voltar, por causa dessas verdades incontestáveis, a um vocabulário de estudante de Coimbra, a entonações de oratória convencional, a fraseologia parnasianas ou simbolistas. Infelizmente não consigo descobrir a verdade, mesmo intelectual, de um poeta moço, mineiro da gema, vivendo em Belo Horizonte, inaugurando a avenida do Contorno que, no momento de ser poeta vem me falando em frases que reconheço pertencentes a escolas passadas, e usando como suas imagens o trigo, os pinheiros, os pastores e os peregrinos.

Pra se verificar que não se trata de uma exata liberdade, mas de um grave engano, basta transpor o problema. Se imagine um grande lírico como Rilke ou um grande artista como Stefan George. Seria possível conceber um deles falando em canaviais, cafezais ou bananais? A menos que situassem imediatamente o seu poema no espaço, como Claudel empregando a palavra "Corcovadô" na *Messe là-bas*, que até a mim me leva para...as Antilhas? Considero grave engano os nossos poetas das gerações mais novas se acreditarem livres por se libertarem da sua realidade brasileira. Estão com isso se prendendo outra vez a uma imagística de fundo europeu, que se não os identifica ao Brasil, os situa na Europa. Numa Europa convencional e falsa, puro *métier* arqueológico. Apesar de todo o trigo já plantado no Brasil, em verso brasileiro "trigo" é arqueologia. Assim como "Germinar meu vinhedo e florir o meu pão".

Não para aí porém o conformismo tradicionalista de *Lume de Estrelas*. Lida a terceira ou quarta poesia do livro começa a nos perseguir um extremo ar de igualdade, que não tarda a fatigar. É que o poeta, não contente de tradicionalizar sua fraseologia e vocabulário, começa a se tradicionalizar a si mesmo, com a repetição imoderada das mesmas imagens e dos mesmos símbolos. E isto ainda se torna mais perigoso porque estas imagens e símbolos são exatamente os mesmos de uns tantos outros poetas das gerações pós-modernistas. Noite, morte, vento, mar, caminho ou estrada, pássaro, rosas, túmulos, assim como certos qualificativos tais como frio ou gelado, distante, ausente, etc. se repetem assombrosamente quase todos em quase todas as poesias. Na primeira estância que abre o livro, encontro o pássaro, Deus, a estrada, o vento, e as lápides dos cemitérios, que logo na segunda estância se dirão "geladas". E é abrir ao acaso o livro:

> "*Sofro o delírio do vento e nas estradas clamo.*
> *Bem de longe me vem a carícia da morte!*
> *E curvado na noite,*
> *Como uma sombra, a sós; no meu silêncio pesa*
> *Tôda a dor das distâncias estreladas,*
> *Todo o frio pungente das estradas*".

Nesta outra passagem, parece que o poeta quer recensear as suas imagens-símbolos :

> "*Mas que frio intenso! Mas que desamparo!*
> *Céus, areias, mares, aves, praias, astros,*
> *Clamam, gemem, uivam no nordeste amargo*" (sic)!

O que concluir destas observações? O fenômeno não se apresenta como repetição de assuntos gerais poéticos que o poeta persegue ou antes, que perseguem o poeta, o atraem, o obsessionam, e de que ele busca se libertar, lhes impondo uma definição, uma solução divinatória. São, muito mais restritamente, apenas imagens-símbolos a que ele reverte os mais variados estados da sua sensibilidade lírica. Dentro dessa mesma imagística um poema de amor, outro de solidão ou de religiosidade se confundem. O que as minhas observações me parecem provar de mais justo é que se o artista já se mostra muito voluntarioso e vencedor no poeta, este ainda está bastante desatento aos fluxos da sensibilidade, e por isso os converte sempre às mesmas imagens e símbolos. Não é, felizmente, a sensibilidade de Alphonsus de Guimaraens Filho que é pobre. Pelo contrário é rica e muito comunicativa. Basta ler isoladamente um só dos poemas de *Lume de Estrelas* pra nos vermos de chofre transportados para um legítimo clima poético.

Alphonsus de Guimaraens Filho como que herdou os dramas de seu pai. Lhe endolora amargamente o lirismo a obsessão da Amada perdida pra sempre e inatingível, assim como, muito mais agravado pela consciência de sua imperfeição, o desejo de Deus. Quer numa quer noutra "estrada", a sensualidade do poeta, apesar de muito bem definida, se mostra delicadíssima e extremamente sensível, sem a menor sombra de perversão, de malícia, de curiosidade ou requinte voluptuoso. O que já não é pouco na pornofilia escancarada da nossa poesia atual. E o poeta, batido pelos seus fantasmas insolúveis, e ainda virgem de experiências sedimentadas, em tudo sente partidas e adeuses, lenços brancos e mãos agitadas de despedida, imprimindo a todo o livro o sentimento vivo da sua solidão.

Mas se a sensibilidade do poeta é rica e efusiva, se temos diante de nós um verdadeiro poeta de verdadeiro lirismo que tem o que nos contar: por outro lado, preso a preconceitos e maneiras tradicionais, e principalmente inábil ou preguiçoso ainda no auscultar mais finamente em toda sua riqueza, os seus estados de lirismo, ele os traduz com pressa desatenta, os escravizando a um pobre círculo estreito e convencional de imagens e de símbolos.

Talvez eu tenha sido muito severo nesta crítica. Mas é que me prende a este poeta moço uma tripla responsabilidade: a adoração que tenho pelo pai dele, a admiração muito amiga por João Alphonsus, seu mano, e a melhor das lembranças, a mais grata imagem de um rapaz sério, leal pra consigo mesmo e de sustância. A condescendência, no caso, seria um desrespeito. Aliás, eu só exerço a verdadeira severidade com os bons...

V

A coincidência de certas observações feitas sobre Augusto Frederico Schmidt e a importante estréia de Alphonsus de Guimaraens Filho, me obriga a insistir sobre o assunto, pra fixar melhormente as minhas dúvidas. Garanto que o faço de maneira absolutamente geral, e que as minhas reservas se referirão a todo um grupo de poetas e jamais a nenhum deles em particular.

Já várias vezes tenho sido de indiscreta impertinência com os nossos poetas católicos que, para ao mesmo tempo se conservarem católicos e se realizarem em boa poesia, mergulham acintosamente nas nebulosas convulsivas do misticismo. Dentro deste, protegidos pela escureza confusionista e escapulidos da inteligência lógica, podem eles mais facilmente se entregar às liberdades da intuição, e às adivinhações e apelos, do eu profundo. Que têm, com isso, realizado ótima poesia, me alegro em afirmar. Mas que hajam realizado ótimo Catolicismo já me parece bem mais duvidoso. Dirão talvez que não tenho nada com isso, pois meu destino é buscar neles a poesia. Não apenas; pois é meu direito procurar também neles uma forma de verdade que me garanta a expressão total de mim mesmo. Principalmente porque reconheço e afirmo ser a arte um processo de conhecimento muito mais pânico e efusivo que a ciência, pois que esta se circunscreve aos sempre interessados e terrestremente transitórios campos da inteligência lógica.

Faz mais de ano afirmei considerar, como aspecto importantíssimo e perigoso dos nossos poetas, católicos ou de tradição católica, a declarada e satisfeita de si colaboração do pecado. Há na ostensiva colaboração do pecado que transparece nos poemas de alguns dos nossos poetas católicos, uma tal ou qual complacência com a culpa, um tal ou qual consentimento — menos que o instinto de auto-punição: uma espécie de viver no pecado. Pela repetição, se torna um verdadeiro requinte de malícia, em poemas de sensualidade, evocar de repente a lembrança de Deus e suas leis. Sempre há dois poetas católicos, que escaparam desse cultivo do pecado: Tasso da Silveira rigorosamente e Augusto Frederico Schmidt com freqüentes escapadas felizes para as blandícies terrenas. Entenda-se: não estou exigindo que os nossos poetas católicos, virem versejadores de cromos pra revistas paroquiais. Me assusta apenas verificar que, excetuados dois ou três, a conjugação que está se fazendo de Catolicismo e lirismo, não me parece sadia, não é varrida por uma clara consciência católica nem por nenhuma ideologia mística pessoal. O misticismo de tais poetas não deriva de nenhum sistema orgânico; é, na verdade, sentimentalismo. Estamos vivendo de arroubos místicos, em que se percebe bastante malícia e alguma perversão. Uma literatura mórbida. O que prova em nossos poetas católicos como nos de qualquer outro credo religioso ou social, a incultura vasta, a ignorância vastíssima, a total indelimitação espiritual do ser. Não tem um homem, na ficção brasileira, que apresente em sua obra, uma qualquer concepção filosófica da vida. Somos uns primários.

 Mas o que me interessa é apontar outro aspecto mais geral, derivante dessa literatura religiosa e que ameaça impor um novo e falso condoreirismo de escola à nossa poesia contemporânea. Como poética o Modernismo já conseguira algumas ótimas conquistas, que estavam nos fazendo voltar a um mais verdadeiro sentido de poesia. A principal delas foi a libertação do pensamento lógico, as pesquisas feitas pra realizar o subconsciente, a destruição do tema poético dirigido e desenvolvido. Embora sem ter havido propriamente influência dos nossos simbolistas, já bem orientados neste sentido, o Modernismo reagira violento contra a temática pensamentosa do Parnasianismo e adjacências, substituindo a nitidez curta do tema pela disciplina mais livre e mais profunda do assunto.

Mas o Modernismo ainda conservava, no geral, uma pesada objetividade no emprego da palavra. As pesquisas sobre rítmica, e principalmente as mais espirituais, sobre a coisa brasileira e veracidade de linguagem, o levaram a esse empobrecimento. Houve até coisas engraçadas mas irritantes, sendo a mais ridícula de todas o descobrimento das palavras comezinhas. Basta lembrar o emprego da palavra "você". O coitado do primeiro poeta modernista, que na poética nova empregou ingenuamente o "você", em substituição dos imperativos grandíloquos do "tu" e do "vós", não podia supor o achincalhamento, a devastação do meigo "você" que se desencadearia em seguida. Era "você" pra cá e "você" pra lá, numa repetição impudica, em que se percebia que muitos poemas de revistas eram exclusivamente construídos pra empregar a palavra "você"! Os brasileirismos então, vocabulares, sintáxicos, anedótico-psicológicos chegaram mesmo a dominar tanto que se deu um retorno sub-reptício da poesia temática, com verso-de-ouro no fim, com o chamado poema-piada. Se as suas próprias pesquisas levaram o Modernismo a dizer as coisas pelos seus nomes, a maioria da carneirada começou dizendo apenas os nomes das coisas.

Coube à geração seguinte tirar essa objetividade brutal da palavra e reintegrá-la em sua fluidez lírica. Este intenso mérito se deve especialmente a dois grandes poetas católicos, Augusto Frederico Schmidt e Murilo Mendes, seguidos de perto por outro grande poeta, Jorge de Lima. Todas as reações precisam necessariamente pecar por exagero pra que se tornem evidentes à turba, e os três poetas citados, quer pelo messianismo obrigatório da religião, quer por tendências pessoais, são do gênero dos condutores e construtores de escolas. A poesia andava baixa, no rés-do-chão. Eles a transportaram a um trigésimo andar, junto das nuvens. E do condor também. Porque o mal não residiu no universalismo libertário do judeu Schmidt, no essencialismo apologético de Murilo Mendes ou na religiosidade bíblica de Jorge Lima, tudo grandes elevações que vieram dar à poesia brasileira riqueza muito larga e realidade mais completa. O mal não estava no trigésimo andar, mas no se ter aproveitado essa

187

altitude pra uma criação de condores. E com isso está se formando uma nova escola condoreira, mais falsa e confusionista que a romântica. Me explico. As tendências, a "seriedade" muito respeitável desses poetas católicos, a necessidade de voltar aos grandes símbolos essenciais, Deus, a Amada, a Morte; o valor invocatório e também oratório da poesia-oração, de mistura com as teorizações importantíssimas dos dois Maritains, de Bremond, de Renéville; e ainda as qualidades pessoais dos três poetas citados, o romantismo carpideiro de Augusto Frederico Schmidt, a veemência explosiva de Murilo Mendes e o proselitismo inato de Jorge de Lima, levaram estes poetas a uma natural, admirável e fatal eloqüência. Que neles estava muito bem. O engano, foi a sistematização dos processos novos, a estratificação das receitas novas, e a criação de uma falsa eloqüência nova. Eloqüência bastante sutil, porque nem sempre clama e discursa, mas consiste especialmente no abuso das altitudes.

Na técnica sistematizou-se o emprego do solene verso claudeliano. A Bíblia foi largamente devastada, não só pela utilização do versículo, como fornecendo vasta parte da fraseologia e da terminologia do Velho Testamento... lido em português. Por outro lado o condor fornecia um novo processo de antítese, muito curioso, que consiste em juntar a um substantivo um qualificativo ou apêndice qualificador que mais ou menos lhe contrasta com o sentido. Se observe estas expressões: "caminhos inúteis" (Maria Duarte), "ilhas desabrigadas", "rumo abandonado" (Alphonsus de Guimaraens filho), " pulsações perdidas" (A. Frederico Schmidt). Se eu ajunto a "caminho" que é direção, a idéia da inutilidade, ou a "ilha" que é pouso, a, idéia do desabrigo, eu formo imediatamente um juízo, ou melhor um símbolo complexo, violentamente antitético dentro de si mesmo. É incontestável a esplêndida força sugestiva desta invenção, que aliás não é propriamente nova. Mas quando ela se sistematiza, vira logo receita de vasta facilidade. E está se criando com isso um preciosismo novo, de natureza escolasticamente antitética, que leva a frases possivelmente líricas, não discuto, bastante apocalípticas também, e em última análise tão fáceis quanto a antítese hugoana: "Felizes os que partiram antes dos tempos chegarem" (Schmidt), "Chorais talvez a carne que foi. Ou chorais a carne que jamais voltará" (Vinicius de Morais), "O corpo do que não veio estaria naquele navio inexistente" (Maria Duarte), "a franzina favorita do seu serralho fugiu com o aviador inglês", "tua voz existiu antes da tua forma" (Jorge de Lima), "Ela tanto se via que não poude me ver" (Murilo Mendes).

Mas o que há de mais perigoso, a meu ver, é a sistematização dos assuntos enormes, que teve como conseqüência desatenta afixação de um pequeno número de palavras enormes que se fixaram com o valor de imagens-símbolos enormes e são usados a torto e a direito. Disto, aliás, se ressalva imediatamente Murilo Mendes, que a cada livro novo com admirável riqueza, cria novos mitos e símbolos novos. Aliás, Murilo Mendes escapa muito destas observações pela sua esplêndida variedade. Mas a reação contra o Modernismo, em boa hora iniciada por Augusto Frederico Schmidt, por sua vez inspirado no Antimoderno de Maritain, caiu numa nova imagística que não era mais a metáfora eloqüente ("exércitos verdes dos cafezais" etc.) mas a substituía, com igual pobreza e igual facilidade, por um pequeno número de imagens-símbolos, enormes, enormíssimos, eloqüentes e grandiloqüentes. É o mar, é a noite, é o vento, é o túmulo ("túmulos vazios...") é o pássaro. É a poesia psicanalítica! Não porque se possa fazer dela uma análise psicológica, mas porque justamente esta análise é que não tem mais grande força de certeza. Hoje, depois da vulgarização da psicanálise, qualquer poeta espertinho pode habilmente entrançar nos seus versos uns tantos complexos que lhe agradem, e camuflar com isso a personalidade. Mas não são apenas esses pseudo-complexos novos que se eloqüentizaram, mas a própria adjetivação que os circunda. Tudo virou "ausente", "distante", "gelado", "escuro", etc. no mesmo empobrecimento preguiçoso e na mesma grandiloqüência banal. E assim como os modernistas (que, principalmente com Manuel Bandeira, Augusto Meyer e Carlos Drummond de Andrade também nos deram alguma grande poesia), criaram uma facilidade de canal por onde as gotinhas dos poetas menores se escoaram fundidas no anonimato da corrente: o mesmo está se dando agora, e por certo muito mais confusionistamente em toda essa poesia esfomeada de profundeza e dos grandes assuntos humanos. Criou-se um falso essencial, que se move dentro de um escasso número de imagens-símbolos.

Há que argumentar contra mim que estas reservas demonstram falta de sensibilidade. Porque se as mesmas imagens-símbolos aparecem em todos os poetas e em quase todos os seus poemas, a entrosagem delas nunca é a mesma e o poeta consegue com isso matizar com perfeição todas as diferenças sutis dos seus estados líricos de obsessão. Ainda há mais: basta a introdução duma só imagem nova em cada poema, que lhe determine o assunto motriz, pra que variedade se dê. Mas é que não se trata de um só poeta que assim se personaliza, mas de uma nova convencionalização do essencial *ad usum Delphini*. Não se trata de obsessões que fatalizem um poeta, mas de símbolos restritos com que todo um exército néo-condoreiro leva irrecorrivelmente para o grandioso os mais diversos estados de sensibilidade. Não é o estado de sensibilidade que varia, no caso, é a definição dos diversos estados de sensibilidade que se tornou invariável. E justamente uma semelhante utilização de cambiantes de sensibilidade é que mais depõe contra o fenômeno, que mais depõe contra essa espécie de preguiça lírica que em vez de se auscultar e se traduzir mais atentamente, se satisfaz em voltar à mesma e eterna simbólica. É uma delimitação que cria a mais vagarosa e nevoenta das indelimitações. O convencional humano, em vez de se personalizar, fica ao máximo despersonalizado, se restringindo a um convencionalismo tão vasto, tão descaracterizantemente convencional, que os símbolos perdem qualquer força de definição. Não é mais personalidade, é nebulosa. Não é ainda a riqueza interrogativa do recém-nascido: é a igualdade monótona dos embriões. Mas o que têm com isso os grandes poetas que criaram o novo condor? Mas eu é que não estou censurando e muito menos negando grandes poetas, estou indicando o perigo das tendências novas.

E como a religião entrou com voracidade no samba, aí é que ninguém mais pode falar na pedra do meio do caminho, no beco e no sorriso de Bilú — essas vulgaridades. Tudo se eloqüentizou, o beco virou caminho perdido, a pedra virou túmulo vazio. E se deu a perigosa substituição de Bilú pelo Amado, pelo Amor Desconhecido (Schmidt), pela Noiva Ausente, por Eros-Cristina, por Ariana, a mulher da primeira fase de Vinicius de Morais, e mais uma notável freqüência de maiúsculas. Reconheço sempre que os melhores, em geral, cada um cria seu apelativo; e não esqueço que de uma Eros-Cristina, Murilo Mendes tirou um livro que está entre os maiores poemas de amor da atualidade. Mas não há negar que é toda uma criação nova de condores, de que os discípulos estão usando e abusando, renegando a poesia do pequeno e do chão, na suave crença de que com isso é que se faz grande poesia. Se os criadores deste condoreirismo nos deram algumas admiráveis formas líricas, estas formas já viraram assombrações. E hoje está se fazendo por aí tudo, até nos vilejos onde não chega o trem-de-ferro, uma poesia de nova facilidade, com elefantíase verbal, tão carregada de Sentido (com maiúscula) que o sentido se amassa, se rompe todo. Não é mais a fluidez da palavra que está em jogo, mas a convenção da fluidez. No Modernismo os poetas menores davam apenas raiva. Os de agora dão medo.

Com efeito: onde iremos parar com esta nova eloqüência, que se nem sempre usa frases retumbantes, usa sempre uma imagística que retumba da mesma forma? Onde iremos parar com este novo convencionalismo do profundo, que tudo reduz à Morte, a Deus, à Amada Ausente, num novo encurtamento irônico do assunto ao tema? Se trata na verdade, de uma escola literária, nada mais. Se os criadores se salvam pela forte organização lírica que possuem, está se alastrando pelo Brasil um grandioso livresco e de escrivaninha: uma detestável macaqueação do profundo do essencial, do eterno, sem nenhum contacto mais com a realidade. Quem não traz Deus, a Morte e a Amada na sacola, não pode mais distribuir versos nesse mundo. Escamoteou-se do conceito da poesia a modéstia do ser. E criou-se em substituição o preconceito de que fazendo "grande" poesia se fica grande poeta. Um condoreiro engano...

O ATENEU

(1941)

Raul Pompéia foi um revoltado e isso lhe ditou a vida penosa e a obra irregular. Mas no meio desta eleva-se um marco do romance brasileiro e legítima obra-prima, *O Ateneu*. Não é possível negar, as provas são fortes, que neste livro de ficção o escritor vazou a sua vingança contra o seu internamento no colégio Abílio. *O Ateneu* é uma caricatura sarcástica e, relativamente a Raul Pompéia, dolorosíssima, da vida psicológica dos internatos. Digo "caricatura" no sentido de se tratar de uma obra em que os traços estão voluntariamente exagerados numa intenção punitiva. Nem sequer se trata dessa denunciação castigadora de causas e realidades, em que se manifesta geralmente o romance de intenção social. É provável que Raul Pompéia tivesse esta intenção no espírito, mas quem quer leia com maior intimidade *O Ateneu*, percebe logo que o romancista se vinga. Atira-se com um verdadeiro furor destrutivo contra tudo e todos do colégio, numa incompreensão, numa insensibilidade às vezes absurda e mesmo odiosa dos elementos que formam a difícil máquina da vida. Raul Pompéia se vinga. Se vinga do colégio com uma generalização tão abusiva e sentimental que chega à ingenuidade. Realmente era preciso que o grande artista tivesse excessiva consciência da sua constituição de tímido e irrealizado, enorme falso respeito dos princípios morais da família pra botar toda a culpa de sua tragédia pessoal no processo educativo do internato (do *seu*, internato) e, mais que odiá-lo, se vingar dele com tamanha e tão fogosa exasperação. Há trechos no romance em que esta exasperação chega a desesperada. É procurar ao acaso e se topa a cada passo brilhações furiosas como esta : "Nos grandes armários havia melhor: peças anatômicas de massa, sangrando verniz vermelho, legítima hemorragia; corações enormes latejantes, úmidos à vista, mas que se destampavam como terrinas; olhos de ciclope, arrancados, que pareciam viver ainda estranhamente a vida solitária e inútil da visão; mas olhos que se abriam como formas de projéteis de entrudo. Mas eu queria a realidade, a morte ao vivo". Ou esta sobre o Bento Alves, talvez a única figura masculina que o escritor buscou tratar mais carinhosamente: "As simpatias do excelente companheiro não tinham diminuído. Durante as férias, fora ver-me em casa, travando relações com a minha família. Fui recomendado insistentemente ao amigo, que me valesse nas dificuldades da vida colegial, contra o constante perigo da camaradagem perniciosa. Durante o mês de janeiro não nos vimos. Por ocasião da abertura das aulas, notei-lhe um calor novo de amizade, sem efusões como dantes, mas evidentemente testemunhado por tremores da mão ao apertar a minha, embaraços na voz de amoroso errado, bisonho desviar dos olhos, denunciando a relutância de movimentos secretos e impetuosos. Às vezes mesmo, um reflexo assustador de loucura acentuava-se-lhe nos traços.

Interessava-me aquela agonia comprimida. Estranha coisa, a amizade que, em vez da aproximação franca dos amigos, podia assim produzir a incerteza do mal estar, uma situação prolongada de vexame, como se a convivência fosse um sacrifício e o sacrifício uma necessidade."

E aqui entramos num dos traços conceptivos mais absurdos e mais trágicos deste livro: a insensibilidade de Raul Pompéia ante a idade da adolescência e o sentimento da amizade.

É curioso observar que fazendo da vida colegial do protagonista Sérgio uma tragédia sem remanso, Raul Pompéia não tenha sequer um momento de revolta contra o pai que o encafuou lá. "Doidinho" no colégio de Itabaiana saberá mais humanamente se revoltar por momentos contra o velho Zé Paulino, que era, no entanto, a sua adoração mítica de rapaz. Raul Pompéia respeita preconceituosamente o pai e não terá contra ele a menor palavra de amargura. Mas esse será realmente o único personagem masculino que o livro poupa. Os outros, desde a caricatura imortal do Aristarco, professores e colegas e criados, Raul Pompéia os desenha com malvadez, grotescos, invejosos, insensíveis, perversos ou brutais. Em sua timidez e fraqueza física, o contacto com os machos, a ausência natural de ternura acariciante neles, lhe deve ter causado uma imagem rupestre, animalmente lutadeira, socos e patadas, da existência. O homem o horroriza em sua brutalidade de macho. São todos uns monstros papões. E sobre eles Raul Pompéia descarrega a audácia desesperada da sua vingança, sem nenhuma coragem legítima, nos mesmos gestos temerários da sua literatura jornalística de combate. Nem o próprio Sérgio se poupa, fazendo de si mesmo um animalzinho ruim, despeitado, perverso, gato de unhas inalteravelmente prontas pra arranhar a vida e os veludos do sentimento. Só que, o livro nos ensina, Sérgio ficou assim principalmente por causa do internato, por causa de Aristarco, dos professores e dos adolescentes seus colegas.

Essa fúria contra os personagens masculinos se manifesta comprobatoriamente na maneira com que Raul Pompéia compreende e trata a adolescência. A exasperação é tamanha que nem a menina do colégio, a filha de Aristarco, se livra dos maus tratos do escritor. Pode ser bonita em seus largos olhos, mas é uma emproada, uma bobinha reles que vive num falso mundo de orgulho e de adoração de si mesma. Também a moçoila canarina que é criada de casa do Aristarco, se viva e sensualmente descrita (numa sensualidade talvez um bocado preocupada demais em se manifestar sensual) Ângela não passa de uma verdadeira prostituta, uma carmem de *cavallerias rusticanas*, que Raul Pompéia nem se esquece de reduzir a portadora de assassínios, em pleno Verismo. "Os olhos riam, destilando uma lágrima de desejo; as narinas ofegavam, adejavam trêmulas por intervalos, com a vivacidade espasmódica do amor das aves (pobres aves!); os lábios, animados de convulsões tetânicas, balbuciavam desafios, prometendo submissão de cadela e a doçura dos sonhos orientais. Dominava então pela oferta abusiva, de repente; abatia-se à derradeira humilhação, para atrair de baixo, como as vertigens. Ali estava, por terra, a prostituição da vestal, o himeneu da donzela, a deturpação da inocente, três servilismos reclamando um dono; apetite, apetite para esta orgia rara sem convivas!"

Só há, sem rebuços, uma figura carinhosamente tratada no romance, Ema, já em pleno esplendor da mulher e que terá com Sérgio enfermo um idílio bastante dúbio de carícias. E Raul Pompéia a fará fugir de casa, no final apoteótico, insensível ao incêndio que acabrunha Aristarco. E essa é a figura bem tratada, em que o desejo de acarinhar é manifesto!...

Há outra aliás, a priminha invisível, doadora de imagens de Santa Rosália, que por um delicado jogo de transferência, Sérgio adorará algum tempo e esquecerá com estranha facilidade. Mas essa priminha, embora adolescente na idade, era já uma espécie de Ema bem madura, na recordação de Sérgio. Eis como Raul Pompéia a descreve, eu grifando os elementos caracterizadores da imagem: "Era boa a priminha. Mais velha do que eu três anos, *carinhosa, maternal* comigo. Brincava pouco, *velava pelos irmãos, pela ordem da casa, como uma senhora*". E essa morre, predestinada a morrer, "sentia-se com aperto de coração, que não pertencia ao mundo aquela criança: buscava, errante na vida, buscava apenas o repouso da forma, sob a campa, em sítio calmo de muito sol, onde chorassem as rosas pela manhã — *e a liberdade etérea do sentimento*".

Raul Pompéia chama-lhe "criança", apesar de mais velha que Sérgio, trocando a sua terminologia realista por um velho lugar-comum romântico... As crianças, os meninos ainda manchados de infância, ele procura tratar bem e às vezes consegue. Eis um trecho admirável, em que se percebe o estilete do naturalismo de então esfolar os adolescentes, mas poupar as crianças. Também aqui surge mais uma vez a imagem materna, como com Ema e com a priminha: "Os colegas, tranquilos, na linha dos leitos, afundavam a face nas almofadas, palejante da anemia de um repouso sem sonhos. Alguns afetavam um esboço comovedor de sorriso ao lábio;

alguns, a expressão desanimada dos falecidos, boca entreaberta, pálpebras entrecerradas, mostrando dentro a ternura embaciada da morte. De espaço a espaço, os lençóis alvos ondeavam do hausto mais forte do peito, aliviando-se depois por um desses longos suspiros da adolescência, gerados, no dormir, da vigília inconsciente do coração. Os menores, mais crianças, conservavam uma das mãos ao peito, outra a pender da cama, guardando no abandono do descanso uma atitude ideal de vôo. Os mais velhos, contorcidos no espasmo de aspirações precoces, vergavam a cabeça e envolviam o travesseiro num enlace de carícias. O ar de fora chegava pelas janelas abertas, fresco, temperado da exalação noturna das árvores; ouvia-se o grito compassado de um sapo, martelando os segundos, as horas, a pancadas de tanoeiro; outros e outros, mais longe. O gás, frouxamente, nas arandelas de vidro fosco, bracejando dos balões de asa de mosca, dispersava-se igual sobre as camas, doçura dispersa de um olhar de mãe".

Os adolescentes, os colegas... "contorcidos no espasmo de aspirações precoces", nenhum deles é inteiramente compreendido com afeição e sensibilidade. Às vezes apenas escapa um traço de carinho, outras vezes, de piedade, logo apagado por outras formas ásperas, grosseiras, grotescas. A descrição de Franco, um infeliz, o bode expiatório do colégio, chega a ser magistralmente angustiosa, na sua mistura de piedade e impiedade. Nas duas e mais páginas da doença e morte do infeliz há notas assim: "Lembrava-se (...) da timidez baixa das maneiras, da concentração muda de ódios, dos movimentos incompletos de revolta, da submissão final de escorraçado que se resigna. Tive "pena". (É possível imaginar que Raul Pompéia às vezes pensasse isso mesmo ao seu respeito...) "Vinham-lhe náuseas, ele corria à janela. Embaixo havia um pé de magnólias, copado como um bosque; ele no intervalo dos arrancos entretinha-se em aprumar o fio visguento do vômito contra as amplas flores alvas". "Perguntei ao Franco como passava. Ele agitou devagar as pálpebras e sorriu-se. Nunca lhe conheci tão belo sorriso, *sorriso de criança à morte*".

Essa insensibilidade ante a adolescência provinha aliás, no escritor, de uma infelicidade maior: a inexistência do sentimento da amizade. Parece hoje verdade assentada que Raul Pompéia não teve nenhum amigo íntimo, que lhe freqüentasse a casa e a alma nua. Só teve "amigos de rua" diz Eloy Pontes. Rodrigo Otavio que morou paredes meias com ele, conta que tinham ambos, de sacada a sacada, conversas longas, que iam noite adiante até muito tarde. Às vezes, quando Pompéia, por alguma ocupação noturna, se via obrigado a faltar a esses encontros, deixava um bilhetinho de aviso ao amigo de conversa fiada. E viveram tempos nesse lerolero sem que jamais Pompéia abrisse ao companheiro as portas de casa. E muito menos de seu coração.

Assim guardado, assim escondido em si mesmo, é possível que ele arrastasse consigo algum segredo mau, uma tara, uma desgraça íntima que jamais teve forças pra aceitar lealmente e converter a elemento de luta e de realização pessoal. E por isso jamais pôde conquistar para seu completamento e aperfeiçoamento, a sublime graça de um amigo íntimo. E o reflexo dessa falha está no *Ateneu*, na maneira insensível com que ele trata as relações entre adolescentes. Não há dois que se entreguem a um sentimento puro de amizade. As próprias camaradagens, sempre rápidas, sempre efêmeras no livro, são determinadas por ambições quase sempre aviltantes. E se acaso surgem as formas da amizade, Pompéia não tem força pra descrevê-las com perfeição, reforça-as de carinhos dúbios e análises comprometedoras, como no caso do Bento Alves e especialmente do Egbert. A descrição da amizade entre este e Sérgio, literariamente muito bela, chega a ser espantosa de fraqueza moral e incompreensão. É incontestável que Raul Pompéia quis aí descrever um sentimento puro de amizade. O livro já ia pelas três-quartas partes e talvez preocupado realisticamente com só ter descrito até então relações imperfeitas, o artista quisesse cantar, se esforçasse por cantar o sentimento verdadeiro da amizade. A maneira porque o faz é talvez o momento psicológico mais curioso de observar no escritor. Ressumbra a confusão dos sentimentos esse capítulo. Sérgio atira-se a uma verdadeira exaltação, cheia de sentimentos, de idéias, de carícias refinadas, em que as transferências sentimentais são sensíveis, desde os sonhos, os desejos de sacrifício, os objetos em comum, os passeios solitários, até os grandes silêncios cismarentos, um com a cabeça nos joelhos do outro, até o romance preferido para a leitura em comum, *Paulo e Virgínia*, até dialogação dos trágicos franceses em que, se um dos parceiros era Chimène, Elmira ou Ester, os dois amigos precisavam tirar a sorte, ambos desejando "a parte mais enérgica do recitativo". Tirada a sorte, porém, o sorteado se acomodava fácil, "enfiava sem cerimônias a saia de qualquer dama e ia perfeita a *toilette* do sentimento". E essa amizade que Raul Pompéia se esforçou por fazer nobre e sem segundas intenções, se acaba em pouco tempo e por uma causa muito concludente. Sérgio, estimulado pelo amigo, consegue com este o maior prêmio do Ateneu, o convite pra jantar na casa do diretor. Surge Ema e... "não sei mais nada do que se passou na tarde". De volta ao colégio "olhava agora para Egbert como para uma recordação e para o dia de ontem. Daí começou a esfriar o entusiasmo da nossa fraternidade".

Era assim Raul Pompéia e o livro é todo assim. O caso do Bento Alves, essa espécie de Grand Meaulnes frustrado, por certo bem mais belo e interessante de estudar que o Egbert, a gente percebe que Pompéia se entusiasma pela beleza moral e a nobre força física do rapaz. Ele confessa mesmo ser a recordação mais bela de adolescente que Sérgio conservará do colégio. Mas tudo se reduz a pó de traque. A atitude de Sérgio é a dum hábil pervertido, coisa que ele não é, e o nítido e forte Bento Alves se transforma em cinza mole, cruelmente desfeito por temores e ardores sem franqueza. Pompéia terá pretendido mostrar um caso de domínio do fraco sobre o forte. Não o consegue, e as relações entre os dois rapazes, sem calor dramático, parecem se reduzir a mais um exemplo comum e corriqueiro de homossexualismo. E no mais, todas as relações íntimas, todas as "amizades" entre adolescentes do Ateneu, se reduzem a casos grosseiros de homossexualidade. Estamos a mil léguas daquela poderosa compreensão humana da adolescência que teríamos contemporaneamente com o romance de Otávio de Faria. Também este estudará no seu livro um caso de homossexualismo. O fará, porém, com uma intensidade, uma força do trágico bem rara na literatura nacional. É que Otávio de Faria trata com aproximação, simpaticamente, os colegas, até os predominantemente ruins, buscando-lhes descobrir as tendências todas, a luta do bem e do mal inatos, e a profunda seriedade humana com que são adolescentes. Época da vida em que todos reformamos o mundo pra melhor... Raul Pompéia, ao contrário, maltrata com impiedade os colegas, distante, sem a menor simpatia, sem a menor compreensão esclarecida da juventude. O *Ateneu* é um livro de vingança pessoal. Contra a vida?...Contra o internato que lhe desorientou o desejado destino?...Contra si mesmo?...

E é na descrição do mal que Raul Pompéia se torna absolutamente um mestre. Temperamento de auditivo, consegue no entanto descrições físicas e psicológicas que são de uma visibilidade contundente. É admirável neste sentido, a página em que Sérgio retrata os colegas de aula, no segundo capítulo, com a mesma energia e mais naturalidade que a descrição da canarina citada atrás. Sempre que se trata da descrição do mal e do mau, do ser moralmente defeituoso, de um caso ruim, a idéia acorda, a imagem se avigora, o toque é nítido, o traço atinge o centro do alvo.

Então quando é momento de estudar o Aristarco, não raro Raul Pompéia atinge as raias da genialidade. Não há talvez nenhuma página sobre Aristarco que não seja magistral. A violência é prodigiosa, as imagens saltam inesperadas, de um vigor de realismo e de uma beleza de imaginação absolutamente excepcionais. Já foi observado que a ficção brasileira não cria tipos sociais e Aristarco é um dos únicos que possuímos com a consubstanciação psicológica de um ser de classe. Este será sempre um dos maiores méritos de Raul Pompéia e a sua invenção genial. Aristarco ficará como o tipo heróico e sarcástico do diretor de colégio de uma unidade e um poder de convicção como não conheço outro congênere na literatura universal. E no entanto não são raros os livros que descrevem a vida dos colégios.

O tempo da adolescência colegial é por certo um dos grandes dramas da formação do indivíduo e isso atrai os romancistas. A crermos estes, o internato é mais um mal que um bem. E assim Raul Pompéia. Que ele toma atitude crítica não me parece possível contestar. O *Ateneu* castiga o regime dos internatos. Dos internatos exatamente? Não. Um internato errado que se individualiza logo, é o Ateneu — em grande parte o colégio Abílio que é a base de inspiração do livro. Além dos desenhos de Raul Pompéia que parecem dar ao Ateneu a fisionomia arquitetônica do colégio Abílio, outras provas ajuntaram os críticos, especialmente Elói Pontes. Este fornece ainda uma, curiosa, que não quis salientar: No nº 4 de O *Archote*, jornalzinho manuscrito que Raul Pompéia redigiu no quinto ano do Abílio, "critica-se a conduta de um aluno que se bateu com o vice-reitor, sendo expulso debaixo de pancadas. O *Archote* reprova a atitude do vice-reitor, lançando a criadagem contra o adversário, e censura este por se ter batido com um velho", nos conta *Elói Pontes*. Este caso dará uma das páginas mais emocionantes do Ateneu, a briga de Sérgio com Aristarco, onde as mesmas censuras aparecem. Por onde se vê, de resto, que Sérgio é quando muito uma autobiografia psicológica, na qual podemos viver e encorporar ao nosso drama os dramas alheios.

Raul Pompéia, com rara habilidade, consegue fazer do Ateneu o personagem principal do seu romance. Mas talvez tenha individualizado por demais o colégio, em sua sede porventura inconsciente de vingança. A horas tantas, no cap. XI, faz o professor Cláudio, um dos raríssimos que elogia pelo valor intelectual, defender o princípio do internato. A defesa é cálida, muito embora bem fraca em seus argumentos conhecidos. Essa parece ser a opinião crítica de Raul Pompéia sobre os internatos, pois, da mesma forma, noutro capítulo, ele se permite, pela boca do mesmo Dr. Cláudio, uma digressão estética visivelmente pessoal, esposando as idéias evolucionistas do tempo. Essa discordância entre a opinião do inteligente e estudioso Dr. Cláudio sobre os internatos e a pintura que Raul Pompéia nos faz do Ateneu, prova ainda o sentimento vingativo que inventou o assunto e ditou o livro. Se é possível generalizar por vezes e se os casos e dramas psicológicos vividos no *Ateneu* são eternamente os mesmos tratados por um Jules Vallè, um Gabriel Chevalier, um Otávio de Faria e quantos descrevem colégios de rapazes, O *Ateneu* se restringe às proporções menos sociais e mais individualistas de um "caso" .O Raul Pompéia fechado não conseguiu abrir o seu "caso" para o campo mais fecundo das generalizações: há uma desumanidade vasta no *Ateneu*. O grande artista não realizou essa forma de naturalismo crítico que pouco tempo antes Aluísio de Azevedo alcançara na *Casa de Pensão e no Cortiço*.

O grande artista... Quem quer leia os veementes artigos de jornal de Raul Pompéia e mesmo as suas mais discretas *Canções sem Metro*, se surpreenderá com a distância inexplicável que medeia entre estes e a escritura do Ateneu. As *Canções sem Metro* foram trabalhadíssimas no estilo refundidas várias vezes. Mas sempre no sentido da nitidez da idéia, e conseguem alguma naturalidade de expressão. Quanto aos artigos de jornal, mesmo os que mais satirizam qualquer tema, são em geral diretos, simples no dizer, vivos mas despidos de galas de retórica. Neles é a clareza, a incisividade da idéia que torna a frase causticante, e jamais a riqueza e o imprevisto. O *Ateneu* é outro mundo expressivo, outro estilo. Agora não se desdenha a pompa, a eloqüência do dizer é largamente usada, e o brilho das imagens, a raridade vibrante das comparações, o ritmo opulento atingem o abuso e algumas vezes o mau gosto. Observe-se a mistura estranha do vivaz e do mau gosto neste passo: "Entrei pela geografia como em casa minha. As anfratuosidades marginais dos continentes desfaziam-se nas cartas, por maior brevidade do meu trabalho; os rios dispensavam detalhes complicados dos meandros e afluiam-me para a memória, abandonando o pendor natural das vertentes; as cordilheiras, imensa tropa de amestrados elefantes, arranjavam-se em sistemas de orografia facílima; reduzia-se o número das cidades principais do mundo, sumindo-se no chão, para que eu não tivesse de decorar tanto nome; arredondava-se a quota das populações, perdendo as frações importunas, com prejuízo dos recenseamentos e maior gravame dos úteros nacionais; uma mnemônica feliz ensinava-me a enumeração dos Estados e das províncias. Graças à destreza do Sanches, não havia incidente estudado da superfície terrestre que se me não colasse ao cérebro como se fosse minha cabeça, por dentro, o que é por fora a esfera do mundo"...

Estamos em pleno domínio do "como" comparativo que, a gente percebe muito bem, menos que processo legítimo de pensamento e aproximação esclarecedora, é um mero cacoete de retórica, a volúpia da brilhação. Mas é incontestável que raramente o espírito metafórico alcançou tais lucidações, que chegam a convencer muitas vezes pelo apropositado e o raro da invenção. " As condecorações gritavam-lhe no peito como uma couraça de grilos"... "O anúncio confundia-se com ele, suprimia-o, substituía-o, e ele gozava como um cartaz que experimentasse o entusiasmo de ser vermelho"...

E é nesse brilho, discutível em tese, que Raul Pompéia consegue as suas páginas mais vibrantes, principalmente se se entrega ao sarcasmo, à caricatura exasperada, ao vigor mais resplandecente do mal. Dante já não obtivera muito maior vigor no Inferno que no Paraíso. Agrada-lhe no tratamento que deu ao seu estilo romanesco a frase berrante de ritmo e número, empregada discricionariamente na descrição simples, na análise psicológica, no caricatural ou no dramático. Só o raro o atrai. Elói Pontes transcreve de um caderno de notas de Raul Pompéia a observação: "Encontro de idéias, vá lá — encontro de imagens, salvo coincidência excepcional, é plágio". E conta mais que o burilador rasgara irritado um seu escrito porque um companheiro encontrara nele vaga analogia com outro escritor. Agrada-se das palavras bombásticas, do inútil substantivo latino e não desdenha mesmo o brasileirismo, se utilizando dele com mestria em páginas de ridículo, estourando no vernáculo com o berro do termo chulo ou familiar. Como do passo delicioso em que relata a prova de ginástica do Nearco.

José de Alencar inaugurara no romance a linguagem poética. Raul Pompéia, conhecedor dos Goncourt, inaugura entre nós a "écriture artiste". Chegou a escrever que só no didático é admissível o estilo simples; e ao verificar que as qualidades estilísticas de Merimée são clareza, precisão e sobriedade, comenta depreciativamente: "outro não seria o elogio de um tratado de química". Por onde se vê que ele confundia o simples com o simplório. Para ele a prosa de ficção é ainda um aspecto do verso. " A prosa tem de ser eloquente, para ser artística, tal qual os versos. E não se vá crer que eloquência é só ardor turbulento dos meridionais, a expressão abundante e violenta, é também e mais dificilmente o que se denomina particularmente poesia". Mas sempre é certo que há no livro menos poesia, menos a eloquência que ele concebe como poesia e será porventura o direito às confissões íntimas ("a franqueza, o impudor da alma, só na estrofe pode fazer-se ouvir"...) que a eloquência ardorosa do verbalismo sonoro, das imagens e das raridades fulgurantes. Desta eloquência Raul Pompéia usou à larga e abusou muitas vezes no Ateneu. Mas conseguiu o que pretendia, a escritura artista, artificial, original, pessoal, tão sincera e legítima como qualquer simplicidade. Não é apenas uma questão de gosto, é uma questão de beleza. Raul Pompéia inconscientemente foi a última e derradeiramente legítima expressão do barroco entre nós ; e por muitas vezes, no seu grande livro, atingiu com a palavra a beleza estridente dos ouros da Santo Antônio carioca ou da São Francisco baiana.

E o princípio em que se baseou me parece incontestável esteticamente. A arte, por mais sincera e confessional, por mais virilmente combativa que seja, não deverá jamais esquecer a existência do seu coturno. Ou deixará de ser arte pra se conspurcar na preguiça do artesão e na inconsistência do ignorante. Pura mistificação pessoal, quando a arte terá sempre que ser uma mistificação social. E isso Raul Pompéia soube compreender e realizar. Deu-lhe a idéia do seu romance a incompetência de viver adquirida ou pelo menos arraigada nele pelo drama do internato; vazou no livro o seu ódio por um passado que culpou, por uns professores e colegas que o supliciaram, vingando-se de tudo com furor; fez do Ateneu uma tese contra um dos possíveis erros da dieta educacional : mas de tanta miséria, de tão trágicos suplícios, saiu-se com uma obra-de-arte esplêndida, filigranada, trabalhada, magnificente de graças e belezas. Não será sempre perfeito. Mas alcançou a obra-prima. A obra essencial em que a beleza imortaliza as deficiências dos atos humanos e das formas sociais. Abílio Cesar Borges pode ter sido um homem de valor. Mas Aristarco transcende a quaisquer contingências e permanecerá presente, figura das mais vivas do romance, símbolo de uma das nossas imperfeições.

Já se disse que *O Ateneu* é o menos naturalista dos nossos romances do Naturalismo. Não penso assim. Ele representa exatamente os princípios estético-sociológicos, os elementos e processos técnicos do Naturalismo. É sempre aquela concepção pessimista do homem-besta, dominado pelo mal, incapaz de vencer os seus instintos baixos — reflexo dentro da arte das doutrinas evolucionistas. É sempre aquele exagerar inconsciente e ao sério das manifestações destrutivas do ser, baseado numa psicologia do terror, que concebe os homens como bestas e ignora a "parte do anjo". É sempre aquela crítica ardorosa e deformadora das formas sociais mal ajustadas e infamantes que, contrastando romanticamente com o pessimismo evolucionista, acredita na melhoria do ser e num futuro mundo ideal — novo avatar de romantismo que, apenas substitui a imagem lírica e sentimental pelas imagens igualmente sentimentais do abjeto. Se ainda existem visões de delicadeza no livro, elas derivam muito mais do próprio assunto que de uma fuga anti ou extranaturalista do autor. E este transvazou o seu temperamento na obra, e de maneira dolorosíssima, se demonstrando incapaz do exercício da amizade e, conseqüentemente, de uma cruel incompreensão ante a adolescência. E quanto à expressão, ecoa no Brasil, e de maneira singularmente brilhante e eficaz, a "écriture artiste" aparecida no naturalismo francês. E português também, pois carece não esquecer que Eça já aparecera, e nos tempos da publicação do *Ateneu*, dava nos folhetins cariocas da *Gazeta de Notícias A Relíquia*. *O Ateneu* não é menos naturalista que os seus êmulos brasileiros. E admiravelmente, com hábil consciência técnica, Raul Pompéia soube ajustar a brutalidade de escola ao seu assunto, que era, por natureza, menos brutal. Porém, mesmo assim, não deixou de botar inutilmente no livro um assassínio e um incêndio. O *Ateneu,* representa um dos aspectos particulares mais altos do Naturalismo brasileiro.

A ELEGIA DE ABRIL

(1941)

Poucas vezes me vi tão indeciso como neste momento, em que uma revista de moços me pede iniciar nela a colaboração dos veteranos. Seria mais hábil lhe ceder um desses estudos especializados, que salvasse em sua máscara os meus louros possíveis de escritor. Mas ainda conservo das minhas aventuras literárias, aquela audácia de poder errar, com que aceitei de um dos moços que me convidaram a este artigo a sugestão de falar sobre a inteligência nova do meu país. E confessarei desde logo que não a sinto muito superior à de minha geração.

Nós ainda tínhamos muito presentes, e praticadas mesmo em nossos anos de rapazes, as tradições da cabeleira. Ainda ouvíramos, e usáramos um bocado, a boêmia dos cafés e a cor nevosa do absinto. Mas de um acorde de Debussy, de uma opinião de Wilde ou de Gide, da corte de Guilherme II, para um ritmo batido de Strawinski, um assunto de Rivera e os companheiros de Hitler, vai tal antagonismo, que as melhoras da inteligência brasileira não me parecem satisfazer às exigências do tempo e da nacionalidade.

É certo que sob o ponto-de-vista cultural progredimos bastante. Se em algumas escolas tradicionais há muito atraso junto aos núcleos de certas faculdades novas de filosofia, ciências e letras, de medicina, de economia e política, já vão se formando gerações bem mais técnicas e bem mais humanísticas. Há um realismo novo, um maior interesse pela inteligência lógica, que se observa muito bem nisso de serem agora mais numerosos os escritores que iniciam carreira escrevendo prosa e interessados só por ela, quebrando a tradição do livrinho de versos inaugural.

Esta melhoria sensível de inteligência técnica se manifesta principalmente nas escolas que tiveram o bom-senso de buscar professores estrangeiros, ou mesmo brasileiros educados noutras terras, os quais trouxeram de seus costumes culturais e progresso pedagógico uma mentalidade mais sadia que desistiu do brilho e da adivinhação. A modos que sempre fui um subalterno Cherubini, desconfiado dos geniais e dos meninos-prodígios... Sempre é certo que as poucas vezes em que fui chamado a servir publicamente, só o preparo das coletividades em mais alto nivelamento me preocupou. Assim agi quando foi da reforma do Instituto Nacional de Música. Assim agi no programa de expansão cultural do Departamento de Cultura e por isso tanto me detestaram os geniosos do *a solo* resplendente. E ainda faz pouco, tendo o Sr. Ministro da Educação me pedido um anteprojeto para uma escola de belas-artes, se já, mais pacificado em minhas experiências, cedi um jardinzinho de exceção aos gênios em promessa, o pressuposto que determinou meus conselhos e formas, foi o de um alto nivelamento artesanal. Sou sim pelo nivelamento das coletividades. Não pelo nivelamento por baixo, que se percebe a cada *close-up* do nosso ramerrão educativo, mas por um elevado nivelamento cultural da nossa inteligência brasileira, que evite a falsa altura, tão comum entre nós, dos arranha-céus... em taipa de mão. E por isso não me desagrada a modesta consciência técnica com que a escola de São Paulo se afirma em sua macia lentidão, na pintura como nas ciências sociais, ajuntando pedra sobre pedra, amiga das afirmações bem baseadas, mais amorosa de pesquisar que de concluir. Mas esta primeira diferença grande me parece pouco.

Da minha geração, de espírito formado antes de 1914, para as gerações mais novas, vai outra diferença, esta profunda, mas pérfida, que está dando péssimo resultado. Nós éramos abstencionistas, na infinita maioria. Nem poderei dizer "abstencionistas", o que implica uma atitude consciente do espírito : nós éramos uns inconscientes. Nem mesmo o nacionalismo que praticávamos com um pouco maior largueza que os regionalistas nossos antecessores, conseguira definir em nós qualquer consciência da condição do intelectual, seus deveres para com a arte e a humanidade, suas relações com a sociedade e o estado. A pressão dos novos convencionalismos políticos posteriores ao tratado de Versalhes, mesmo no edênico Brasil se manifestou. Os novos que vieram em seguida já não eram mais uns inconscientes e nem ainda abstencionistas. E tempo houve, até o momento em que o Estado se preocupou de exigir do intelectual a sua integração no corpo do regime, tempo houve em que, ao lado de movimentos mais sérios e honestos, o intelectual viveu de namorar com as novas ideologias do telégrafo. Foi a fase serenatista dos simpatizantes.

Desse período curto mas suficientemente longo para afetar qualquer noção moral de inteligência, é que estamos sofrendo os efeitos. Favorecida pela ignorância e pelo despoliciamento cultural, a verdadeira tradição nova que a fase dos simpatizantes nos deixou, foi essa maldição que poderá se chamar de "imperativo econômico da inteligência"! Estarei por acaso muito escuro e desconhecedor das realidades, afirmando ver gorda maioria dos intelectuais de agora tomar esse imperativo econômico por sua norma de conduta e única lei?

O Estado proibira as serenatas com que o simpatizante acordava a sua vizinhança e lhe deixava na insônia o retrato das Rosinas adventícias. Mas a intelectualidade se ajeitou fácil. Tirou das terminologias em moda sua nova fantasia arlequinal de conformismo: esta dolorosa sujeição da inteligência a toda espécie de imperativos econômicos. A inconsciência de minha geração, se não a absolve, a fataliza — homem de um fim-de-século em que, meu Deus! no Brasil não repercutia nada! Mas para o intelectual de agora não é possível mais invocar o estado-de-graça da fatalidade. Pois então rebatizaram à maluca, lhe deram sexo mais dominador: são Imperativos Econômicos que passam! E chuviscam agora esses cômodos voluntários dos abstencionismos da complacência. Ia acrescentando "e da pouca vergonha", mas me refreei a tempo. Na verdade os homens de pouca vergonha aparecem em qualquer época, muito embora as condições sociais do intelectual contemporâneo e o adubo dos imperativos econômicos estejam se demonstrando muito favoráveis à proliferação de semelhantes cogumelos.

Com efeito: alguns, e serão por acaso os melhores?... desgostados da vida, malferidos em seu sentimento humano pelas guerras, se retiram para o seu rincão de ciência, pagam como é dever o imposto sobre a renda, apenas mui gratos se alguém lhes concede publicar algum documento precioso ou descobrir uma nova estrelinha do céu. Outros, menos abstencionistas e bem mais complacentes, gostam de pagar a quem lhes paga, trocando primogenitura e muitos elogios falados e escritos, pelos tomates de alguma situação vitaminosa. Não são bois alçados, como os primeiros, se preferem pingos ensinados.

Os terceiros, não existe vivente que se lhes compare no reino animal. Mudam de ideais a qualquer notícia, não resistem ao sopro de qualquer brisa. Mas que podem fazer se carecem de pão, se precisam pagar o médico da família? Pão e doença, filho gripado e mulher grávida, são hoje para a inteligência os mais fáceis avatares do cinismo moral. E um forte número desses pretensos intelectuais são verdadeiros vácuos de ignorância. Mas como se cultivar se lutam pela vida!... A luta pela vida não é mais, como no dicionário oitocentista, um propósito de trabalho e de vitória do mais forte: é a glorificação da incompetência. A tanto chega o predomínio das palavras sobre os homens... E se vê intelectuais, sem o menor respeito pelas glórias conquistadas, mudarem de diretrizes, da meia-noite para o meio-dia, servindo aos interesses mais torvos. No sentido da sua dignidade moral, a inteligência brasileira se transformou muito, passando da inconsciência social, para a consciência da sua condição. Mas não creio tenha havido melhoras. Se do meu tempo o mais que se possa dizer é que foi amoral, hoje grassa na inteligência nova uma freqüente imoralidade.

Se contemplamos a paisagem artística o que salta abundantemente aos olhos é a imperfeição do preparo técnico. O experimentalismo dos "modernistas" de minha geração já por várias partes se confundia com a ignorância e foi defesa de muitos. Mas ainda a maioria dos meus contemporâneos vinha de costumes mais enérgicos em que não se passava por decreto. E todos os que resistiram ou parecem resistir à filtragem dos anos, foram técnicos honestos de suas artes.

Mas a esse experimentalismo artístico veio logo se ajuntando um perigo ainda mais confusionista e sentimentalmente glorioso, a tese da "arte social". Amontados nesta minerva (minerva ou mercúrio?...) da fase dos simpatizantes, não houve mais ignorância nem diletantismo que não se desculpasse de sua miséria, como se a arte, por ser social, deixasse de ser simplesmente arte.

Foi bem fatigante a experiência que tive, fazendo da técnica o meu cavalo de batalha nas críticas literárias do *Diário de Notícias*. Não deixei de ser compreendido, o fui até muito bem pelos culposos, embora eles não pudessem atingir toda a extensão do meu pensamento. Muito poucos perceberam a lógica de quem, tendo combatido, não pela ausência, mas pela liberdade da técnica num tempo de estreito formalismo, agora combatia pela aquisição de uma consciência técnica no artista, ou simplesmente de uma consciência profissional, num período de liberalismo artístico, que nada mais está se tornando que cobertura da vadiagem e do apriorismo dos instintos.

Outro forte caso a lembrar seria o do surgimento de numerosa poesia católica que outra coisa não faz senão se comprazer do pecado, mas isto já me parece mais um efeito que causa. A causa é mais grave e mais tradicional também: esta absurda e permanente ausência de pensamento filosófico, de uma atitude filosófica da inteligência, entre os nossos intelectuais. Os cientistas se refugiam no laboratório ou na exposição sedentária das doutrinas alheias. Os artistas não têm onde se refugiar, mas se disfarçam com ingenuidade no padrão da arte social. Se acaso pretendemos saber o que os nossos intelectuais pensam dos problemas essenciais do ser, se fica atônito: não há o que respigar nas obras de quase todos e muito menos em suas atarantadas atitudes vitais.

Não existe uma obra, em toda a ficção nacional, em que possamos seguir uma linha de pensamento, nem muito menos a evolução de um corpo orgânico de idéias. E por isso causou enorme mal-estar e logo travou-se em torno dele a conspiração do silêncio, mesmo dos que o deviam atacar, o aparecimento, a verdadeira aparição fantasmal, de um Otávio de Faria que, certo ou errado, se apresentava romanceando sobre um núcleo de idéias organizadas em sistema. E é por esta falha várias vezes secular de espírito filosófico que são tão raros os "casos" na inteligência do Brasil, e ela se manifesta com vasta fraqueza de poder dramático e ausência quase total de concepção satírica. Ninguém castiga. Ninguém previne. Ninguém sofre.

Isto é, sofre sim! Me esquecia do sofrimento humano criado, ou pelo menos largamente desenvolvido na ficção contemporânea do Brasil, esse herói novo, esse protagonista sintomático de muitos dos nossos melhores novelistas atuais: o fracassado. De uns dez anos pra cá, sem a menor intenção de escola, de moda literária ou imitação, numerosos escritores nacionais se puseram cantando (é bem o termo! ...) o tipo do fracassado.

Observo mais uma vez não estar esquecido de que pra se dar entrecho, há sempre um qualquer fracasso a descrever, um amor, uma terra, uma luta social, um ser que faliu. Um Dom Quixote fracassa, como fracassam Otelo e Madame Bovary. Mas estes, como quase todos os heróis da arte, são seres dotados de ideais, de ambições enormes, de forças morais, intelectuais, físicas, representam tendências generosas ou perversivas. São enfim seres capazes de se impor, conquistar suas pretenções vencer na vida, mas que no embate contra forças maiores são dominados e fracassam. Mas em nossa literatura de ficção, romance ou conto, o que está aparecendo com abundância não é este fracasso derivado de duas forças em luta, mas a descrição do ser sem força nenhuma, do indivíduo desfibrado, incompetente pra viver, e que não consegue opor elemento pessoal nenhum, nenhum traço de caráter, nenhum músculo como nenhum ideal, contra a vida ambiente. Antes, se entrega à sua conformista insolubilidade. Quando, ao denunciar este fenômeno, me servi quase destas mesmas palavras, julguei lhe descobrir algumas raízes tradicionais. Hoje estou convencido de que me enganei. O fenômeno não tem raízes que não sejam contemporâneas e não prolonga qualquer espécie de tradição.

Talvez esteja no Carlos do *Ciclo da Cana de Açúcar* a primeira amostra bem típica deste fracassado nacional. Nos lembremos ainda do triste personagem de *Angústia*... Já numa crônica a respeito, pude enumerar mais um herói de Cordeiro de Andrade, nada menos que seis outros num romance de Cecílio Carneiro; e além destes fracassados cultos, outro caipira, do escritor Leão Machado, e um nordestino do povo, figura central do *Mundo Perdido* de Fran Martins. Poucos tempos depois topava outra vez com o homem nos *Fragmentos de um Caderno de Memórias*, do contista mineiro Francisco Inácio Peixoto. Logo após vinha o Eduardo, de Menotti del Picchia, e alguns dos personagens de *Saga*. Em seguida era o fazendeiro, de Luís Martins. E com os últimos meses, posso acrescentar mais três retratos ilustres a esta galeria pestilenta : um, impressionantemente exato, descrito por Osvaldo Alves na maior estréia de 1940, *Um Homem fora do Mundo;* e os dois principais "inocentes" de Gilberto Amado, num livro bem irregular mas de grave importância : o Emílio e essa estranha criação, figura realmente apaixonante em seu mistério, Faial, o moço que dotado de todas as forças a tudo renuncia da vida existente e foge, criar o seu imaginário mundo num sertão fora do mundo.

Não é possível aceitar esta freqüência de um tipo moral, em nossa ficção viva, sem lhe reconhecer uma causa. E fui grosseiro no enumerar apenas os retratos mais francos do protótipo. Com alguma sutileza, era ainda possível recensear mais delicadas modalidades dele nas obras de outros importantes escritores nacionais. Os que indiquei me bastam para afirmar que existe em nossa intelectualidade contemporânea a preconsciência, a intuição insuspeita de algum crime, de alguma falha enorme, pois que tanto assim ela se agrada de um herói que só tem como elemento de atração, a total fragilidade, e frouxo conformismo. E se o Carlos, de

Lins do Rêgo, é o mais emocionantemente fraco, se o Cristiano, de Osvaldo Alves, o mais irrespiravelmente irresoluto: eu creio que o Faial, como Gilberto Amado o propôs nas análises que fez da sua criatura, é o que mais convida a pensar, forte, belo, dominador, com todas as probabilidades de vitória, mas que se anula numa conformista desistência e vai-se embora. Vai-se embora pra Pasárgada?...

Porque os poetas, por isso mesmo que mais escravos da sensibilidade e libertos do raciocínio, ainda são mais adivinhões que os prosistas. Já em 1930, a respeito do *Vou-me embora prá Pasárgada* de Manuel Bandeira, pretendi mostrar que esse mesmo tema da desistência estava freqüentando numerosamente a poesia moderna do Brasil. Se o complexo de inferioridade sempre foi uma das grandes falhas da inteligência nacional, não sei se as angústias dos tempos de agora e suas ferozes mudanças vieram segregar aos ouvidos passivos dessa mania de inferioridade o convite à desistência e a noção do fracasso total. E não é difícil imaginar a que desastrosíssima incapacidade do ser poderá nos levar tal estado-de-consciência. Toda esta literatura dissolvente será por acaso um sintoma de que o homem brasileiro está às portas de desistir de si mesmo?

Eu sei que há diferenças e melhoras na inteligência nova do meu país, mas não consigo percebê-la mais enérgica nem muito menos dotada de maior virtude. Nós, os modernistas de minha geração, sacrificávamos conscientemente, pelo menos alguns, a possível beleza das nossas artes, em proveito de interesses utilitários. A arte se empobrecia de realidades estéticas, dissolvida em pesquisas. Experimentações rítmicas, auscultações do subconsciente, adaptações nacionais de linguagem, de música, de cores e formas plásticas, de crítica — tudo eram interesses que deformavam a isenção e o equilíbrio de qualquer mensagem. Então fomos descobrir, mais nas revistas de combate que nos livros de filosofia, a palavra salvadora (sempre o perigo das lustrosas palavras...) que acalmava as nossas ambições estéticas maltratadas: pragmatismo. Aquilo, gente, eram pragmatismos também! Eram as necessidades da hora, as verdades utilitárias por que nos sacrificávamos, tão mártires como os que se iam cristianizando chineses.

O mal não era assim tamanho pois que a nossa consciência permanecia eminentemente estética, mas a desgraça é que a palavra deslumbrou. E deslumbrou demais numa terra e coletividade pouco afeita a estudos conscienciosos e que, se libertando aos poucos de suas tradições religiosas, não se preocupava de preencher o vazio ficado com uma qualquer outra conceituação moral da inteligência. Só é verdade o que é útil, e toca o zabumba ensurdecedor dos pragmatismos. Pragmatismo ou displicência nova? E o intelectual se passa de galho em galho, de árvore em árvore, na estilização mais nacionalista possível da dança do tangará. Isso: uma intelectualidade coreográfica, inspirada na quadrilha dos "imperativos econômicos", onde, só se executa, com desilusória monotonia, o passo do *changez de places e o tour au vi-à-vis*.

A minha pífia geração era afinal das contas o quinto ato conclusivo de um mundo, e representava bastante bem a sua época dissolvida nas garoas de um impressionismo que alagava as morais como as políticas. Uma geração de degeneração aristocrática, amoral, gozada, e, apesar da revolução modernista, não muito distante das gerações de que ela era o "sorriso" final. E teve sempre o mérito de proclamar a chegada de um mundo novo, fazendo o modernismo e em grande parte 1930. Ao passo que as gerações seguintes, já de um outro e mais blindado realismo, nada têm de gozadas, são alevantadas mesmo, e já buscam o seu prazer no estudo e na discussão dos problemas humanos e não... no prazer. Mas não parecem agüentar o tranco da sua diferença. A severidade dos costumes, a rusticidade dos amores e tendências, o número pequeno de preceitos-tabus, próprios das civilizações em começo, e de que são exemplos próximos, o início da civilização norte-americana, e em nossos dias a Rússia e a Alemanha, nada disto se percebe em nossa geração atual. Antes, por muitas partes, ela continua a devassidão genérica do meu tempo. Nós, enfim, éramos bem dignos da nossa época. Ao passo que vai nos substituindo uma geração bem inferior ao momento que ela está vivendo.

Talvez seja necessário que as inteligências moças mais capazes se esqueçam por completo das elásticas verdades transitórias e revalorizem o ideal da verdade absoluta. Não será este o mais patriótico...pragmatismo nacional? É possível acreditar sem fé. Acreditar é muitas vezes um ato de caridade. E se o homem não pode viver sem seus mitos, imagino que seria sublime os mais capazes, mesmo sem fé, se porem na religião da uma só verdade. Fazerem da verdade absoluta o seu mito e o seu estágio de purificação. Ou de superação. Não convém à inteligência brasileira se satisfazer tão cedo de suas conquistas. A satisfação, como a felicidade, é um empobrecimento. E a palavra de Goethe não deverá jamais ser esquecida: superar-se.

Imagino que uma verdadeira consciência técnica profissional poderá fazer com que nos condicionemos ao nosso tempo e os superemos, o desbastando de suas fugaces aparências, em vez de a elas nos escravizarmos. Nem penso numa qualquer tecnocracia, antes, confio é na potência moralizadora da técnica. E salvadora... Essa mesma técnica que se salvou Sócrates e Rikiú pela morte, salvou Fídias, salvou o Bach da *Missa em Si Menor*, salvou os medievais, os egípcios e tantos outros, dentro da mesma vida. O intelectual não pode mais ser um abstencionista; e não é o abstencionismo que proclamo, nem mesmo quando aspiro ao revigoramento novo do "mito", da verdade absoluta. Mas se o intelectual for um verdadeiro técnico da sua inteligência, ele não será jamais um conformista. Simplesmente porque então a sua verdade pessoal será irreprimível; Ele não terá nem mesmo esse conformismo "de partido", tão propagado em nossos dias. E se o aceita, deixa imediatamente de ser um intelectual, para se transformar num político de ação. Ora, como atividade, o intelectual, por definição, não é um ser político. Ele é mesmo, por excelência, o *out-law*, e tira talvez a sua maior força fecundante justo dessa imposição irremediável da "sua" verdade.

Será preciso ter sempre em conta que não entendo por técnica do intelectual simploriamente o artesanato de colocar bem as palavras em juízos perfeitos. Participa da técnica, tal como eu a entendo, dilatando agora para o intelectual o que disse noutro lugar exclusivamente para o artista, não somente o artesanato e as técnicas tradicionais adquiridas pelo estudo, mas ainda a técnica pessoal, o processo de realização do indivíduo, a verdade do ser, nascida sempre da sua moralidade profissional. Não tanto o seu assunto, mas a maneira de realizar o seu assunto. Que os assuntos são gerais e eternos, e entre eles está o deus como o herói e os feitos. Mas a superação que pertence à técnica pessoal do artista como do intelectual, é o seu pensamento inconformável aos imperativos exteriores. Esta a sua verdade absoluta.

E junto desta técnica intelectual, talvez devêssemos obedecer mais à sensibilidade. Uma circunstância incontestável da vida é que, premidos por ela, nós exercitamos quotidianamente a nossa inteligência, não pra elevarmos a vida às suas alturas filosóficas, a uma qualquer interpretação dela, mas pra justificarmos os nossos próprios atos. A diferença quotidiana entre o exercício da inteligência e o da sensibilidade, é que esta se quotidianiza, vira costume, se esquece de si, se esquece do amor, dos sentimentos, ao passo que a inteligência jamais esquece de se exercer, na justificação malabarística dos nossos quotidianos descaminhos. O sentimento, em nós, vira "costume", e é por causa deste enfraquecimento da sensibilidade que se criou o dia ritual do aniversário, em que nos relembramos, no ar de festa, que o amor existe e o sentimento existe. E então nesse dia, não é só o *te-deum* e a seda que o homem oferece aos seus amores divinos e profanos, mas uma aproximação mais grave e mais sentida. Imagino que será de muito benefício para o intelectual brasileiro, especialmente nos momentos decisórios de suas atitudes vitais, ele auscultar mais vezes a sua sensibilidade. Desde que, entenda-se bem, não continuem esse conselho da sensibilidade, considerações justificadeiras da inteligência quotidiana e seus imperativos. Neste sentido, é possível afirmar que, pelo menos em períodos tão precários de integridade humana como o que atravessamos, a sensibilidade é que é insensível, metalicamente ditatorial em seus mandos, ao passo que a inteligência é a mais enceguecedora das paixões. Porque mais pervertida e mais fácil de se perverter a si mesma.

Não tive a menor pretensão de dar nestas linhas, um remédio às angústias novas da inteligência brasileira contemporânea e mesmo de alguns aspectos e problemas dela não tratei por não poder fazê-lo. Lembrei apenas alguns motivos de pensamento e análise que talvez a possam levar a maior dignidade. Há vinte anos atrás, se me perguntassem o que valia mais, se o autor, se a idéia, eu responderia sem hesitar que o autor. Agora já não sei mais, vivo incerto. O homem é coisa sublime, porém se as idéias prevalecessem sobre os homens, já de muito que a paz teria pousado sobre a terra. E ando saudoso da paz.

SEGUNDA PARTE

AMOR E MEDO

Entre os cacoetes históricos que organizaram o destino do homem romântico, um dos mais curiosos foi o de morrer na mocidade. Morria-se jovem porque isso era triste, e sobretudo lamentável. Mais lamentável que penoso... A imagem do rapaz morto está entre as pouco humanamente penosas, e é sempre a mais imensamente lamentável. Homem que não se completa, paisagem vazia que a imaginação tem espaço pra voar — grande assunto para invocações, para discursos pipocantes de "ohs!", Oh morte! etc. Secreta ou confessadamente o homem romântico se inclinava a morrer moço. E quantos, mas quantos não terão morrido apenas vítimas desse pressentimento, nem vale a pena imaginar!... Entre os maiores poetas do nosso Romantismo tal pressentimento foi de praxe. E a morte em plena juventude também.

Estas minhas afirmativas, sei que são um bocado cínicas, porém não são primárias, nem pretendo com elas dar a explicação do Romantismo. O que me parece incontestável é que, assim como existe pandemia de suicídio, de tempo em tempo tomando uma cidade, um país, o mundo: certas outras formas aparentemente naturais de morte, são suicídios também. Suicídios camuflados com que o homem, si não consegue burlar o juízo dos seus deuses, burla pelo menos a sua própria boa-intenção. Suicida-se o mais bem intencionadamente possível, certo de que a morte veio naturalíssima, com a mesma fatalidade com que o ar move os seus ventos.

Os nossos poetas românticos foram muito vítimas dessa imagem do rapaz morto. Não só a cantaram às vezes, especialmente Álvares de Azevedo, como viram suas vidas encurtadas, alguns colhidos mesmo numa ainda rapazice irritantemente inacabada o caso ainda especialmente de Alvares de Azevedo. E tendo morrido moços, no geral poetaram como moços, muito embora finjam às vezes formidável experiência da vida. Como ainda especialmente é o caso do nosso Macário. Assim, é agradável a gente buscar na poesia deles os temas preferidos da mocidade, e entre estes escolho, pela sua importância, o do medo do amor.

Não tem dúvida nenhuma que um dos mais terríveis fantasmas que perseguem o rapaz é o medo do amor, principalmente entendido como realização sexual. Causa de noites de insônia, de misticismos ferozes que depois de vencidos se substituem por irreligiosidades igualmente ferozes e falsas; causa de fugas, de idealizações inócuas, de vícios, de prolongamentos de infantilismo, de neurastenia, o medo do amor toma variadíssimos aspectos. No geral poucos o denunciam claro, guardam-o no segredo de si mesmos, porque o mundo caçoa disso, converte o medo do amor numa inferioridade fisiológica risível. Mas na verdade as suas causas ora são puramente históricas, provenientes de educação, de convívios; ora são temperamentais, provenientes da nossa psicologia, da nossa fisiologia da nossa sensibilidade e suas delicadezas e respeitos.

Nos românticos brasileiros, que foram preciosamente derramados, esse medo do amor aparece ricamente.

Antes de mais nada, lembremos o poema de Casimiro de Abreu, *Amor e Medo*.

Dizem as primeiras estrofes:

> *Quando eu te fujo e me desvio cauto*
> *Da luz de fogo que te cerca, oh! bela,*
> *Contigo dizes, suspirando amores:*
> *— "Meu Deus! que gêlo! que frieza aquela!"*
>
> *Como te enganas! meu amor é chama*
> *Que se alimenta no voraz segrêdo,*
> *E si te fujo é que te adoro louco...*
> *És bela — eu moço; tens amor — eu medo!...*
>
> *Tenho medo de mim, de ti, de tudo,*
> *Da luz, da sombra, do silêncio ou vozes,*
> *Das folhas secas, do chorar das fontes,*
> *Das horas longas a correr velozes.*

Embora Casimiro de Abreu tenha inventado o título mais apropriado ao nosso tema, o sentido deste *Amor e Medo:* logo se desvia e fixa noutro assunto. O poeta, em vez de ter medo do amor, tem medo mas é de macular a virgem:

> *Ai! si abrasado crepitasse o cedro,*
> *Cedendo ao raio que a tormenta envia,*
> *Diz: — que seria da plantinha humilde*
> *Que à sombra dele tão feliz crescia?*

E aqui entra a primeira grande lateralidade em que a timidez de amar, se fixa nos românticos: o respeito à mulher. Parece até cômico se denunciar respeito à mulher, na taverna em que os nossos românticos hospedaram os Heine, Musset e Byron, que tinham no coração, porém a própria maneira desabusada com que Álvares de Azevedo às vezes trata a mulher, ou a cretina safadeza das minúsculas libertinagens de Casimiro de Abreu, são provavelmente procuras de libertação conscientes e por isso exageradas, daquele respeito. Nos versos, a mulher vira *anjo, virgem, criança, visão*, denominações que a excluem da sua plenitude feminina[1]. Ao passo que perseveram bem mulheres as Anardas, através dos designativos *Pastora, Vênus, Amor*, etc., da pastoragem árcade.

Varela, num passo do *Evangelho nas Selvas* (IV, 11), funde as virgens e as crianças, pra chamar-lhes "aves de Deus"!

> Aves de Deus, as virgens e as crianças
> Adormecem risonhas, ocultando
> Nas asas da inocência as frontes santas.

Mas apesar do emprego muito de "criança" para designar a mulher, sente-se ela por assim dizer mais fisicamente, mais objetivamente em muitos poemas de Varela. Não esqueçamos que ele casou duas vezes... A mulher é tratada com uma certa franqueza macha, que foi o tom com que ela se sensualizou no texto das modinhas, quando estas passaram da espineta dos salões pro violão das esquinas.

---

1. "Contudo, Luís, não sinto que eu ame nenhuma delas. A N. pareceu-me um anjo num momento de fascinação. A Q. parece uma santa; e não poderia eu sentir amor por ela: às santas adora-se, mas não se ama". — (Carta de Álvares de Azevedo a Luís Antonio da Silva Nunes, em 1848).

Gonçalves Dias tem um soneto de mocidade em que o destemor de amar está deliciosamente expressado:

> *Pensas tu, bela Anarda, que os poetas*
> *Vivem de ar, de perfumes, de ambrosia,*
> *Que vagando por mares de harmonia*
> *São milhores que as próprias borboletas?*
>
> *Não creias que eles sejam tão patetas,*
> *Isso é bom, muito bom, mas em poesia,*
> *São contos com que a velha o sono cria*
> *no menino que engorda a comer pêtas.*
>
> *Talvez mesmo que algum desses brejeiros*
> *Te diga que assim é, que os dessa gente*
> *Não são lá dos heróis mais verdadeiros.*
>
> *Eu, que sou pecador — que indiferente*
> *Não me julgo ao que toca aos meus parceiros,*
> *Julgo um beijo sem fim coisa excelente.*

Mas o cômico nesse poema é decidir si ele prova destemor real, ou justamente amor e medo. Me inclino pelo segundo juízo, e me parece que Gonçalves Dias ao caçoar da literatice dos poetas é que está fazendo literatice, libertando-se duma preocupação por meio duma comicidade que não era própria dele, garganteando o que não sentia. Ele seria mais tarde, já bem vivido, dos poetas que mais sentiram o prestígio romântico da mulher, e entre nós o que deu uma das expressões mais comoventes do amor e medo, com o *Ainda uma vez, adeus!*

Quanto a Álvares de Azevedo, sofreu como nenhum, apavoradamente, o prestígio romântico da mulher. Pra ele a mulher é uma criação absolutamente sublime, divina e...inconsutil. O amor sexual lhe repugnava, e pelas obras que deixou é difícil reconhecer que tivesse experiência dele. Raríssimas passagens, uma no romance inédito *O Livro de Fra Gondicario*, aquela nítida expressão de Solfieri (*Obras*, Garnier, 7ª ed., vol. III, p. 339), e poucas mais, escapam da falta de objetividade das suas frases sobre o amor. De resto, mesmo estas poderiam ser explicadas por experiência de leitura, ou solitária, ou pura intuição de artista. Na verdade, além da vagueza com que o rapaz trata do amor, a própria desarrazoada, irritada repugnância com que julga a parte sexual do amor, parece determinar, nele, si não mais, pelo menos uma inexperiência enorme[1].

1. É mesmo de espantar a insensibilidade, a indiferença sexual com que ele trata a mulher nas suas cartas de São Paulo. "Enquanto aos meus pares, idem, pois resolvi-me a dançar aqui com pares certos, dos quais não prescindo, e em desdouro meu ou de São Paulo, seja dito que não são da terra — são Xavieres — Olimpia — e Milliets que são todas Santistas. Enquanto a gente daqui só uma vez na vida danço com as Brigadeiras (Pinto) ou com a filha do Pacheco que vai aos bailes de calças..."; "Segunda-feira fui a um baile dado pelo Sr. Souza Queiroz. Todas as salas estavam com lustre, o ar embalsamado de mil cheiros, tanto de flores como de essências, mas contudo, São Paulo nunca será como o Rio. Ali estavam o que chamam por cá moças bonitas, haviam com vestidos de veludo a Presidenta e a Viscondessa de Montalegre. Haviam além destes, vestidos de cetim sem ter escumilha por cima, haviam de chita e cassa com listas de seda, de chalim, etc."; " Agora que vieram as luvas é que me acharão pouco disposto para bailes, tanto que, não pretendia ir tão cedo a bailes em São Paulo. A razão é muito simples. A terra de São Paulo, tirando-se quatro ou cinco famílias, pode chover-lhes o dilúvio da grandíssima injustiça - só com essas famílias danço eu. Pela morte de dona Joana 3 — a saber, do Cláudio, os Xavier e os Milliets não irão a bailes tão cedo — e ir a bailes para dançar com estas bestas minhas patrícias, que só abrem a boca para dizer asneiras acho que é tolice. Não julgue Vmcê que falo com exageração — a moça senão a mais bonita, a estátua a mais perfeita em tudo uma Belisaria (Mineira) é uma estúpida que diz — Nós não sabe dançá proquê, etc."; "Enquanto às moças bonitas, as mais bonitas não são daqui, são as Santistas ou as de Minas — e as bonitas que ha daqui, são como as bestas chucras na extensão da palavra"; pra enfim, já em 1851, afirmará definitivamente: "Na mesma lista pode incluir todas essas moças bonitas cujos nomes por modéstia omito, mas que não posso esquecer, no *meu panteismo,* (o grifo é meu), à vista da irresistível fealdade das minhas patrícias. É singular que numa terra onde o céu é tão bonito, as caras sejam tão pardacentas e as mulheres tão..." nem diz "tão" o quê! Tudo isto é muito *curioso* e de certo muito malumoradamente visto. A fama de beleza da mulher paulista era já então proverbial, e tradicional mesmo fora do Brasil. La Harpo a repetirá na sua *História das Viagens.* São aliás vários os viajantes estranhos que afirmaram essa boniteza. O Dr. Gustavo Beyer, três décadas antes de Álvares de Azevedo, por exemplo; e ainda mais próximo do poeta, Schlichthorst perde as estribeiras entusiasmadíssimo com a beleza feminina desta província. Poucas regiões da Terra, ele afirma, terão direito como São Paulo, a dizer que só possuem moça bonita, "in dieser Provinz findet man nur schoene Frauen; es giebt wohl wenig Gegenden der Welt, wovon man das mit Recht sagen kann". Se pasma sério ante dona Domitila, então ainda Viscondessa de Santos. .. "sie ist eine wahrhaft schoene Frau, wie der groesste Theil der Paulistinnen es seyen soll", aliás tão bonitas como a maioria das Paulistas. Mas Álvares de Azevedo numa grosseria de pedra, só enxerga "estas chucras" sem perceber que dança de salão não foi feita pra conversar mas pra... E no momento em que se dispõe a descrever as mais bonitas, tem um engano curioso: "Ali estavam o que chamam por cá moças bonitas. Haviam com vestidos de veludos...", femininamente presta mais atenção a cetins e escumilhas, que a corpos gostosos da gente apertar na valsa.

Talvez nem mesmo Musset haja expressado com tanta frequência e intensidade, o contraste entre o amor idealizado e a rápida realidade. Todas as mulheres que vêm na obra de Alvares de Azevedo, si não são consanguineamente assexuadas (mãe, irmã), ou são virgens de quinze anos ou prostitutas, isto, é intangíveis ou desprezíveis[2].

Alvares de Azevedo fez tudo em suas obras, pra passar por libertino e farrista. Blasona de conhecedor dos vícios. Mas dentre os vícios escolhe o que não é vício: entre álcool e fumo, tem marcadíssima preferência pelo segundo, como demonstrou Luís da Camara Cascudo pela *Revista Nova* (ano I, n. 3).

Também se arrota manchado por todas as maldades do Mundo. Mas a verdade é que, si pra Macario as mulheres que não têm cabelo na cabeça o têm no coração (III, 259), si "não pôde haver inferno com senhoras" (II, 230) , si na estância do *Poema do Frade,* aquele tipo tão puro de Madona era um lago a dormir, "porém sua água azul tinha veneno" ; si ainda pra Macário (III, 268), as mulheres paulistanas "são mulheres, isto é, são lascívas": tudo isso são falsificações sistematizadas inconscientemente, de quem soube achar expressões delicadas mesmo pra designar a mulher prostituída, "vagabunda do amor", "mulher da noite", "anjo da noite", "rainha da noite".

Suas grosserias eram mais um desvio, mais ilusão, mais inverdade, que o transpunham pra fora de sua existência natural e de si mesmo. Daí o tédio em grande parte, uma fadiga prematura, cujos acentos são as mais das vezes ferintemente sinceros. Spleen, fadiga, não de blasé propriamente, mas de artista dramático que não representava apenas nas noites de espetáculo (as farras em que possivelmente andou com outros estudantes de Paulicéia) , porém, que fizera da própria vida que cantou em verso e prosa, e imaginava ser a dele, uma falsificação de teatro.

---

2. A respeito da mana Maria Luíza, que Álvares de Azevedo muito amou, de cujo amor fraternal teve experiência, tanto nos versos a ela, como nas cartas, o poeta gravou com intensa objetividade, com admirável violência mesmo, o amor fraternal que sentia. E isso contrasta em prova boa com a falta de objetividade na descrição dos seus amores sexuais.

Em Castro Alves se sente sempre, ou pelo menos mais que nos outros, a mulher. Ele foi de fato um sexual perigoso, duma sexualidade animal bem correta. É exatamente o contrário de Casimiro de Abreu, que irrita pelas perversõezinhas com que recama a sua burguês dulcidão.

Casimiro de Abreu é mestre nesse gênero de poesia graciosa, própria dos assustados familiares, que a gente vive esquecendo que no fundo é bem pouco inocente.

Por exemplo, a ritmicamente deliciosa *Moreninha,* em que o poeta à "meiga" "inocente" "gazela" segue "calado",

> Como o pássaro *esfaimado*
> Vai seguindo a juriti;

e quando ela oferece as flores, engana a "rosa da aldeia" com esta safadeza:

> Eu disse então: — Meus amores,
> Deixa mirar tuas flores,
> Deixa perfumes sentir!
> Mas naquele *doce enleio*
> Em vez das flores, no seio,
> *No seio te fui bulir!*

Nessas gracinhas ele é mestre, como na *Scena Intima,* em que pede beijos por castigo e no *Juramento.* Mais típica ainda é uma certa constância de perversão que lhe percorre a obra curta: a do choro da virgem desarmando o "pássaro esfaimado". São longes de sadismo, porque de fato o poeta se compraz em ver a pequena chorando.

Quando no *Lar* ele pede amor, se observe este detalhe de como quer a amada:

> Quero amor! quero vida! um rosto virgem,
> Alma de arcanjo que me fale amores,
> *Que ria e chore, que suspire e gema,*
> E doure a vida sobre um chão de flores.

Mais típico ainda, se possível, é o *Perdão*:

> *Choraste?! — E a face mimosa*
> Perdeu as cores da rosa

> E o seio todo tremeu?!
> Choraste, pomba adorada?!
> ....
>
> Choraste?! — De envergonhada,
> No teu pudor ofendida,
> Porque minha alma atrevida
> No seu palácio de fada.
> — No sonhar da fantasia —
> Ardeu em loucos desejos,
> Ousou cobrir-te de beijos
> E quis manchar-te na orgia!

Poesia toda dum carioquismo seresteiro[1] que nem texto de samba praceano, já é espantoso que a pomba chore pelo que a alma do poeta desejou apenas "no sonhar da fantasia". Pois não é tudo. Se veja como o poeta persegue em seguida, e esmiúça, o arrependimento em que ficou. Isso lhe permite repisar bem o que queria fazer para a coitadinha da pomba...

> Perdão pro pobre demente
> Culpado, sim — inocente! —
> Que si te amou foi demais!
> ....
>
> Perdão, oh! flor dos amores,
> Si quis manchar-te os verdores,
> Si quis tirar-te do hastil!
> Na voz que a paixão resume
> Tentei sorver-te o perfume...
> E fui covarde e fui vil...

---

1. É só lembrar a recente marchinha carnavalesca — (disco Victor, 33397-B):

> Eu quero ver você chorar! Faz uma vontade minha!
> Diz — que quando estás chorando
> Ficas mesmo uma gracinha
>   Oh! Meu amor,
> Chora, chora, por favor!

E não é só. O poeta inventa ainda o requinte de beber as lágrimas desarmadoras da pomba. Neste mesmo *Perdão*:

> *Choraste?!* — *e longe não pude*
> Sorver-te a lágrima pura
> Que banhou-te a formosura!

No *Canto de Amor*:

> Si rires — rio, se chorares — choro,
> E bebo o pranto que banhar-te a tez.

E guardei para o fim, o poema *Quando tu choras*, em que tudo vem claramente confessado. Os grifos são sempre meus. E se note que a poesia é dirigida a uma virgem e gentil donzela:

> Quando tu choras, meu amor, teu rosto
> Brilha formoso com *mais doce encanto*,
> ....
>
> Oh! nessa idade da *paixão lasciva*,
> *Como o prazer é o chorar preciso.*
> ....
>
> Depois o *Sol*, como sultão brilhante.
> De luz inunda o seu gentil serralho,
> E às flores todas — *tão feliz amante!* —
> Cioso sorve o matutino orvalho.
>
> Assim, *si choras inda és mais formosa,*
> Brilha teu rosto com mais doce encanto
> —Serei o Sol e tu serás a rosa...
> Chora, meu anjo, — beberei teu pranto
> *(Chora, chora, por favor!* ...)...

Em Castro Alves não tem dessas coisas. Sensualidade sadia, marcadamente viril, mesmo nas mais estilizadas metáforas, como no *Gesso e Bronze*. Não será preciso documentar a objetividade com que ele tratou o amor e a mulher. Todos sabem disso. Apenas não me furto a lembrar como não o satisfazia falar em "anjo", "virgem", etc., conforme a constância do tempo. É no *Hino ao Sono*:

> Mas quando ao brilho rútilo
> Do dia deslumbrante
> Vires a minha amante
> Que volve para mim,
> Então ergue-me súbito...
> É minha aurora linda...
> *Meu anjo... mais ainda...*
> *É minha amante enfim!*

Assim, Castro Alves é dentre os grandes românticos, o que mais esgarçadamente poetou de amor e medo. Está claro: também versou o tema nesse seqüestro precário e geral, com, que o amor e medo se mostra na poesia de todo rapaz que verseja: o tema do "amar sem ser amado". É de fato esta, a maneira mais fácil da gente escapar do medo de amor; e por ela deverá se explicar sessenta por cento das trovas com que os rapazes se queixam da útil "ingrata". Se afastam da experiência de amor, criando o amor irrealizável por ingratidão, não correspondência, infidelidade, e outras escapatorias assim. Castro Alves, que mais tarde e com outro vigor, se queixará da Trinei Murri (e notar a masculina propensão dele pelas artistas, que por maior liberalidade de vida, são mais fáceis de se realizar em amor...) — Castro Alves rapazola também não escapou do tema do amar sem ser amado (v. *Martírio, Noite de Amor*). No engraçado *Cansaço*, se percebe o menino que está fugindo do amor:

> Pois eu sou como o nauta... Após a luta
> Meu amor dorme languido no peito.
> Cansado...*talvez morto*, dorme e dorme
> Da indiferença no gelado leito.
> ....
> E que durma... E que durma... Oh virgem santa,
> Que criou sempre pura a fantasia,
> Só a ti é que eu quero que te sentes
> Ao meu lado na última agonia.

Porém mesmo isso é mínimo nele e perderá cedo porque na verdade não hesitou no amor. No *Amemos* ele fala em ter medo, e apesar da palavra vir como rima de "segredo" é expressiva, cai muito bem como detalhe psicológico. É o único medo possível pros que não têm medo de amor: aquele caótico paroxismo sensual em que o gozo verdadeiro do amor se obumbra na ânsia dum temperamento caudaloso por demais. Que treme, não de timidez, mas de impaciência, incapaz de esperar:

> Ah! fôra belo unidos em segrêdo.
> Juntos, bem juntos... *trêmulos,* de medo
> De quem entra no céu;
> Desmanchar teus cabelos *delirante*
> Beijar teu colo...Oh! vamos minha amante,
>
> *Abre-me o seio teu!*

Casimiro de Abreu, que aliás preferia a tremedeira por timidez, uma feita descreveu esse tremor de ansiedade, que Castro Alves tão bem expressou.

É nos *Segredos,* quando galopa:

> Trememos de medo... a boca emudece
> Mas sentem-se os pulos do meu coração!
> Seu seio nevado de amor se entumece...
> E os lábios se tocam no ardor da paixão!

Dois passos por onde a gente percebe que os nossos românticos quando queriam, eram bem realistas e expressivos...[1].

Mas Casimiro preferia tremer por timidez. Na *Pobre criança que te afliges tanto...* escolhendo adorar a amada como se adora a Deus, ele reconhece:

---

[1]. Alvares de Azevedo (II,210) também toca, muito mais inexpressivamente na mesma tecla:

> Desmaio-me de amor, descoro e tremo...
> Morno suor me banha o peito langue...
> Meu olhar se escurece e eu te procuro
>   Com os lábios sedentos.

Aliás, todo esse poema da *Minha Amante* é tão fraco, tão inventado como essa estrofe pálida. Incontestavelmente o poeta vivera muito pouco o amor. Em todo caso, é curioso observar os elementos novos que o poeta acrescenta a esse estado psicológico. São todos fortemente... fracos, pouco masculinos. O poeta descora, desmaia, sua, e sente o peito "langue".

> Não serei triste; se te ouvir a fala
> Tremo e palpito como treme o mar...;

em *Quando?*, é a Maria que ele se compraz de ver tremendo:

> Como tremias, oh vida!
> Si em mim os olhos fitavas!

pra finalmente no *Baile* espesinhar a própria timidez, fazendo dela um dos argumentos da amada pra não gostar dele. Ela está falando:

> Tremia quando falava
> E — pobre tonto — chamava
> O baile "alegrias falsas"!
> Eu gosto mais dessas falas
> Que me murmuram nas salas
> No ritornello das valsas.

Alvares de Azevedo, que foi quem mais realmente sentiu e versou o amor e medo, a não ser na passagem citada atrás, raríssimo se confessou tremendo de amor. Minha convicção é que o paulista não teve apenas temor, mas uma verdadeira fobia do amor sexual. Não é, como os outros, nos quais o assunto, por isso mesmo que mais temático, mais assunto poético que realmente sentido, não teve dúvida em se confessar com franqueza. Álvares de Azevedo seqüestrou o seu medo de amor. E disso vem o tema do amor e medo se manifestar nele numerosíssimas vezes, mas sempre camuflado, inconsciente. Assim: como que numa transposição do medo dele à amada, si ele jamais confessa tremer de medo, como os que já citei (e ainda Varela numa estrofe das *Estâncias*, em que reconhece que a amada tem um não-sei-quê de grande e imaculado que o faz estremecer...), é repetidamente grato a Alvares de Azevedo reconhecer que a amada treme.

> Porque, palida inocência.
> Os olhos teus em dormência
> A medo lanças em mim?
> No apêrto de minha mão

>   Que sonho do coração
>   Tremeu-te os seios assim ?

Nas *Saudades,* a imagem da estrela faz ele sentir que a alma da amada está tremendo:

>   Eu sentia a tremer e a transluzir-lhe
>   Nos olhos negros a alma inocentinha...
>   E uma furtiva lágrima rolando
>   Da face dela umidecer a minha!;

ao que ajunta ainda o tremer das mãos dela, nas estrofes do *Quando falo contigo...*:

>   Oh! nunca em fogo teu ardente seio
>   A meu peito juntei que amor definha!
>   A furto apenas eu senti medrosa
>   Tua gélida mão tremer na minha!...

Mas deixemos duma vez os tremores, e voltemos a estudar Castro Alves. Ainda tem uma vez em que ele falou de amor e medo. É no *Meu Segredo,* onde veremos mais uma vez "segredo" rimar com "medo". Mas não faz mal, a estrofe é muito mais viva: que a da *Minha Amante,* do Álvares descrevendo idêntica situação:

>   Uma noite tentei fechar as pálpebras,
>   Debalde revolvi-me sobre o leito...
>   A alma adejava em fantasias de ouro,
>   Arfava ardente o coração no peito.
>   A imagem que eu seguia? É meu segredo!
>   Seu nome? Não o digo...tenho medo.
>   ....
>   E si um dia entre as cismas de tua alma.
>   Minha imagem passar um só momento,
>   Fita meus olhos, vê como eles falam
>   Do amor que eu te votei no esquecimento :
>   Recorda-te do moço que em segrêdo
>   Fez-te a fada gentil dum sonho ledo...
>   ....

> Sagra ao menos uma hora em tua vida
> Ao pobre que sagrou-te a vida inteira,
> Que em teus olhos, febril e delirante,
> Bebeu de amor a inspiração primeira,
> *Mas que de um desengano teve medo*
> E guardou dentro d'alma o seu segrêdo!

Está se vendo pra que aspecto novo se desvia o medo de amor agora. É, não medo de amar, porém de encontrar o desengano, a ingratidão da amada — o mesmo medo de amor que Juvenal Galeno pleiteou no *Medroso de Amor*:

> Moreninha, vai-te embora!...
> Com teus enganos maltratas;
> Eu fui mártir das ingratas
> Quando amei...Oh, vai-te embora!
> Hoje fujo das mulheres
> Com medo das insensatas!

E não descubro outro aspecto, pelo qual o amor e medo se tenha manifestado na obra de Castro Alves.

Pra terminar também com Casimiro de Abreu que, como já vimos, desviava o amor e medo pro perigo dele "machucar com o dedo impuro as pobres flores da grinalda virgem", a verdade é que sofreu muito pouco o medo de amar, embora tenha dado numerosas frases referíveis a ele e inventado o título apropriado a esse estado-de-alma juvenil: Ramalho Ortigão, também impressionado por esse título, descobriu que no poema "a timidez adorável, que é sempre inseparável do amor impetuoso em tenros anos, está retratada com invejáveis tintas"... Não me parece. Casimiro de Abreu desvia o tema, pra se comprazer em quase todas as lindas estrofes do *Amor e Medo,* em descrever com bastante vivacidade o que sucederia prá virgem si. O lado mais exato e gracioso de Casimiro de Abreu manifestar algum medo de amor, está numa tal ou qual preferência do sonho sobre a realidade. Por três vezes ao menos, nas *Primaveras,* refere visões de mulheres que ama, ou que amaria si fossem realidade. Na *Ilusão*:

> Julgo vêr sobre o mar sossegado
> Um navio nas sombras fugindo,
> E na popa esse rosto adorado,
> Entre prantos p'ra mim se sorrindo.

Como se vê, também nesse passa a amada "chora e ri". E desaparece. Mas:

> E depois... quando a Lua ilumina
> O horizonte com luz prateada,
> Julgo ver essa fronte divina
> Sobre as vagas cismando, inclinada.

Nos *Desejos* também descreve pormenorizadamente uma "mulher formosa que me aparece em visão", pra dar a definitiva forma dessa constância nas estrofes da *Visão,* em que conta amores apenas iniciados num baile, troca dum olhar, ela acompanhando ao piano a lira simbólica do poeta, pra nunca aparecer mais, mesmo que um sonho.

Quanto a Fagundes Varela, ainda em duas páginas fala em medo de amor. No *Diário de Lazaro,* assim que casa com Lucilia, a felicidade é tamanha, que ele se volta pra Deus, atemorizado:

> Meu Deus! Senhor Meu Deus! eu tenho medo
> Desta dita inefável que derramas
> Sobre minha existência em almos dias,
> Em noites sem iguais! Sim, quase sempre
> No romance da vida a desventura,
> Os desastres cruentos se anunciam
> Por um sublime prólogo!...

O medo de amar aqui se resume a um receio, a um pressentimento da visita de Nemesis. Mas na *Juvenília* que aliás respira todinha amor e medo, do mais delicado e tênue, encontramos no poema sétimo, uma das expressões mais nítidas do medo de amar. Não me furto a citar esse poema lindo, a que deturpa só uma impropriedade ("Soberba criatura"). Varela foi, dentre os grandes românticos, o que mais intimamente amou e sentiu a natureza. Castro Alves, Alvares de Azevedo, Casimiro de Abreu, a bem dizer pouco a sentiram. Gonçalves Dias deixou, inspiradas por ela, uma ou outra raras páginas bonitas e mais numerosas mornidões. Varela tinha a obcessão da natureza, a que aliás, com a beleza sonora um pouco açucarada do seu verso, ele dá um polido de oliogravura, em que setenta por cento das vezes a gente encontra uma eterna e irritante cascata. Mas nesse poema sétimo ele funde e confunde vigorosamente a natureza com a mulher amada:

>Ah! quando face a face te contemplo,
>E me queimo na luz do teu olhar,
>E no mar de tua alma afogo a minha,
>   e escuto-te falar:
>
>Quando bebo teu halito mais puro
>Que o bafejo inefável das esferas,
>E miro os róseos lábios que aviventam
>   Imortais primaveras,
>
>Tenho medo de ti!... Sim, tenho medo
>Porque pressinto as garras da loucura,
>E me arrefeço aos gelos do ateísmo,
>   Soberba criatura!
>
>Oh eu te adoro como adoro a noite
>Por alto mar, sem luz, sem claridade,
>Entre as refregas do tufão bravio
>   Vingando a imensidade!
>
>Como adoro as florestas primitivas,
>Que aos céus levantam perenais folhagens,
>Onde se embalam nos coqueiros presas
>   As rêdes dos selvagens!
>
>Como adoro os desertos e as tormentas,
>O misterio do abismo e a paz dos ermos,
>E a poeira de mundos que prateia
>   A abóbada sem termos! ...
>
>Como tudo o que é vasto, eterno e belo,
>Tudo o que traz de Deus o nome escrito!
>Como a vida sem fim que além me espera
>   No seio do infinito!

Não é admirável ? E temos aí o tema do amor e medo, sem desvio, na sua mais exata realidade da psicologia do moço. Varela faz da amada um dos elementos furiosos da natureza e tem medo que a tempestade, o furacão, o mato virgem, o deserto, vençam ele na luta.

Chegamos a Gonçalves Dias. Gonçalves Dias versou pouco o medo de amor, porém, nas igualmente admiráveis estâncias do *Ainda uma vez, Adeus!* dá mais um aspecto do tema. O poeta ama e é amado, porém sacrifica o seu amor porque um motivo qualquer, posição social provavelmente, o induz a isso:

...mas devera
Expôr-te em pública praça,
Como um alvo à populaça,
Um alvo aos diterios seus!
Devêra, sim; mas pensava !
Que de mim te esquecerias...

Mas agora ele percebe que, apesar de ser de outro e pra sempre, ela também não se esqueceu dele. E pede perdão :

"Ela é feliz (me dizia),
Seu descanso é obra minha".
Negou-mo a sorte mesquinha...
Perdoa que me enganei!

....

Dói-te de mim, que te imploro
Perdão a teus pés curvado;
Perdão! *de não ter ousado*
Viver contente e feliz!

Perdão da minha miseria,
Da dor que me rala o peito,
E si do mal que te hei feito,
Também do mal que me fiz!

É a modalidade nova, com que o grande poeta entra vigoroso nesse jogo-floral da timidez. Os medos o assaltaram, não "ousou" sacrificar nada, preferiu amar em silêncio, pois que assim já fizera, e tudo se passara tão bem, nas estrofes da *Como eu te amo*. Nesta poesia, a amada só saberá do grande amor do poeta, D'Arvers, depois da vida, quando estiver insexuada e angélica, nos lugares "onde a luz nunca falece".

Si chamo a atenção pra este consolo de amor dentro da morte, é porque Gonçalves Dias tem uma filosofia pessimista do amor, bem wagneriana, pra não dizer shopenhaueriana. E parece mesmo ser esse o lado por onde o medo de amor melhor aparece na obra dele. Acha frequentissimamente que a mulher é infiel (*Poesias,* Garnier: I, 60, 61, 69, 75, 93, 107, 167, 184, 188, 190, 199, 205, 230, 237, 256; II, 46, 64), mas se acaso ela corresponde sinceramente ao amor, em vez de preferir que este se realize, deseja, ou acha preferível morrer de amor. Ninguém ignora o entusiasmo dionisiado com que ele provou que "se morre de amor". Amar é...

> ...ser no mesmo ponto
> O ditoso e o misérrimo dos entes :
> Isso é amor, e desse amor se morre!

Na *Analia* o poeta diz para a amada :

> Não sabes! por te amar daria a vida,
> Até a gota extrema que em meu peito,
> Que inda em meu coração girar sentisse;
> E quando a própria vida me faltára,
> *Minha alma,e o que me espera além da morte*
> Daria por te amar.

É bem já uma concepção ansiosa de aniquilamento, dita com vigor, a gente percebe que o poeta não está apenas fazendo madrigal. É uma concepção intimamente dele. E de fato, si ainda morre por amar nos versos do *Protesto* e dos *Olhos Verdes*: a morte de amor lhe percorre toda a parte mais consciente, mais conceptiva da ficção, o teatro, ruim teatro[1].

No drama *Patkull* o alquimista pede apenas a Namry que diga que o ama e só por isso dará a vida bendizendo o nome dela. Muito mais tipicamente ainda, quando Patkull vence definitivamente o amor de Namry, eis só o que almeja: "Eu quisera morrer aqui nos teus braços, deixando no teu peito meu último suspiro, e gravando na memória o teu nome intercortado, que acabar não poderia".

Na *Leonor de Mendonça*, Alcoforado renuncia a qualquer possibilidade de conquista da duqueza, e quer partir pra guerra da África, só pra morrer de amor. Recusa as cartas de proteção do duque, porque elas lhe podem dar postos bons e ele quer é posto perigoso, de morte certa. Também não pretende alcançar nome e glórias belicosas que conquistem a amada pra ele, quer mais exclusivamente morrer de amor. É a renúncia, a ânsia de aniquilamento. E tanto mais típica para o nosso tema do medo de amor que, por se considerar um morto-vivo, o que vai partir e não voltará mais nunca, ele se predispõe a (ia dizer: sente coragem pra...) confessar à duqueza o seu amor.

Ainda na *Beatriz Censi*, no dueto de amor do segundo ato, temos antecipadamente o segundo ato do *Tristão e Isolda*, neste passo: "Tua voz, Beatriz!(...) Oh! ouví-la uma vez, somente, uma vez! ouvir-lhe os acentos de branda ternura, que o coração derrama nos lábios, e depois morrer! Certo, minha doce Beatriz, que o instante em que me disseste — eu te amo — foi o melhor instante de me cravarem um "punhal no coração! *Doce me seria viver contigo, só contigo; porém mais doce — oh mil vezes mais doce — morrer aqui a teu lado, em teus braços...*

---

1. *Macario*: "...e por que não se morre de amor! (...) Seria tão doce inanir e morrer sobre o seio da amante enlanguecida! no respirar indolente do seu colo confundir um último suspiro!"; *Penseroso*: "Amar de joelhos, ousando *a medo* nos sonhos roçar de leve num beijo os cilios dela, ou suas tranças de veludo! ousando *a medo* suspirar seu nome!"; *Macário*: "Morrer numa noite de amor! Rafael no seio da sua Fornarina... nos lábios perfumados da italiana, adormecer sonolento... dormir e não acordar!"

E pra mostrar que o tema medroso do morrer no amor percorre toda a obra dramática de Gonçalves Dias, temos no *Boabdil*, o mais sucinto e firme *Tristão e Isolda*, naquela frase de Aben-Hamet (que aliás já fora pra guerra, como Alcoforado, só pra morrer de amor...) quando Zoraima lhe cai nos braços: "Allá porque não me fulminas neste momento!"

Assim, na concepção pessimista que Gonçalves Dias tem do amor, ele foge sintomaticamente da realização, não quer a "minha amante enfim" de Castro Alves. Aspira morrer amando e amado, no instante apenas do reconhecimento mútuo de amor, na evitação sistemática daquilo que o inglês da anedota achava que era dispendioso como gasto, instantâneo como prazer, e ridículo como atitude.

Alvares de Azevedo. Cheguei ao ponto culminante do tema do amor e medo, que até rima com o nome do poeta. Já disse: Alvares de Azevedo foi o que parece ter realmente sofrido dos pavores juvenis do ato sexual. A educação dele foi excessivamente entre saias, o que já é prejudicial pro desenvolvimento masculino dos rapazes[1].

A mãe teve por ele uma adoração muito infeliz; e o outro grande estímulo familiar do poeta foi a mana Maria Luisa.

Como também disso decorre o tema de amor e medo, saliento de passagem que todos os nossos grandes românticos amaram intensamente mãe e irmã e falaram muito nelas. Bem sintomático: Castro Alves não. Ele, que foi o mais sexuado do grupo, quase ignora nos versos, o que nos outros poetas é uma constância. Se lembra da mãe (mãe dum amigo) em versos chochos. Se lembra da irmã, só pra gostar do piano dela, ou, na *Mocidade e Morte*, pedindo pra ela consolar o pai, quando o poeta morrer. Pelo contrário, Junqueira Freire, que também amou muito mãe e irmã, detestava o pai, o "Sr. José Vicente", desfalquista e vadio. Varela, reproduzindo o Casimiro de Abreu dos *Meus Oito*

---

1. O livro sobre Alvares de Azevedo e Manuel Antonio de Almeida, publicado por Luís Felipe Vieira Souto, contemporaneamente a este meu estudo -*(Dois Românticos Brasileiros*, Bol. do Inst. Hist., e Geog. Brasileiro, 1931) — traz contribuição importante ao meu assunto. Aí ressaltam a feminilidade adquirida na educação entre saias, como o amor deslumbrante de Alvares de Azevedo pela irmã. É típica de tudo isso, principalmente a anedota de 1851, em que ele se vinga dum namorado

Anos, no poema oitavo da *Juvenilia,* também evoca as delícias de ter mãe e irmã. Gonçalves Dias também versa por várias vezes o tema, e dedicou à mana um dos seus mais belos poemas, as *Saudades.* Tanto neste, como no "Lá, bem longe daqui...", em que celebra a morte da irmã dum amigo, deixou expressões sentidas sobre a felicidade de ter irmã. É curioso lembrar ainda que na *Mendiga* ele faz imagem com irmão e irmã:

>...Uma tristeza
>Simpática, indizível, pouco a pouco
>Do anjo nas feições se foi pintando:
>Qual tristeza de irmão que a irmã mais nova
>Conhece enferma e chora...

Ainda Casimiro de Abreu, e mais tipicamente, maneja o tema por várias vezes.

>De minha mãe as caricias
>E beijos de minha irmã,

todos se lembram disso. Na *Poesia e Amor* acha:

>Os grossos mais ternos,
>Os beijos maternos
>E as vozes da irmã...

pra *No Lar,* em duas estâncias seguidas, inda evocar mãe e irmã sempre fundidas...

>Oh! primavera! oh! minha mãe querida!
>Oh! mana!..

com desperdício de interjeições.

---

de Maria Luisa, ao mesmo tempo que a espesinha num ato de ciúme. "Nesta época, o seu gênio alegre começa a sofrer modificações, apesar de brilhar de vez em quando a veia satírica, tal como em um baile do Carnaval do ano de 1851, em que apresentou-se fantasiado de mulher, a intrigar ministro europeu aqui acreditado e pretendente à mão de uma das suas irmãs: Mariana Luísa. Neste baile o ministro apaixona-se pela mascarada e, crendo-a dama de costumes fáceis, proporciona-lhe belíssima ceia, à espera de maiores favores. Alvares de Azevedo continua representando seu papel feminino até que alta madrugada, os dois a sós. ...desvenda o mistério". Ao que se poderá juntar as conversas mais ou menos entendidas do poeta sobre crivos e bordados; as preocupações com toaletes femininas, principalmente a bonita descrição do vestido da condessa de Iguaçu; e o profundo desfervor sexual com que, além de se confessar "panteísta" na contemplação da moça bonita, insultou de bestas chucras as moças piratininganas. Tudo isso está nas cartas reveladas por Vieira Souto.

Mas é sempre, e agora sintomaticamente, Alvares de Azevedo o que evoca e versa o tema de mãe e irmã numa quase obcessão. Um dos momentos esplêndidos do *Macário,* a coisa mais genial que o poeta criou, é quando o estudante escuta um ai, e pergunta de quem é.

Satan: — De certo que não é por mim...Insensato! não adivinhas que essa voz era de tua mãe, que essa oração era por ti?

Macário: — Minha mãe! minha mãe !

Satan : — Pelas tripas de Alexandre Borgia, choras como uma criança!

Macário : — Minha mãe! minha mãe !

Satan: — Então... ficas aí?

Macario: — Vai-te, vai-te, Satan! Em nome de Deus! Em nome de minha mãe! eu te digo: Vai-te. .

Nas *Ideas Intimas,* talvez o que fez de maior como poesia, diz que venera igualmente pai e mãe, mas é certo que essa igualação é puramente bem educada e artificial. A mãe é que o obceca furiosamente. E variadamente. À mãe ele dedica a *Lira dos Vinte Anos,* e o faz em versos de grande importância psicológica, indicando que o livro oferecido é a volta do poeta ao seio materno, pela imagem da árvore cujas flores esfolhadas tombam sobre o chão que deu vida a ela. Essa aspiração de retorno ao seio materno me parece fundamentalmente característica da matéria psicológica de Álvares de Azevedo complexo de Édipo, dirão os psicanalistas... Mas a mãe de Álvares de Azevedo entrou também no jogo muito...Talvez menos inocentemente do que era lícito esperar daquele tempo discreto, Joaquim Norberto de Sousa e Silva acha que "mãe e filho *eram vítimas* dos seus tão puros amores" (I,45).

Ninguém ignora o importante caso da cama. A mãe de Alvares de Azevedo tivera um pesadelo em que vira o filho morrendo na própria cama dela. Todos os interessados em psicologia hão de naturalmente reconhecer a importância dum detalhe exquisitíssimo: ela relata ao filho o pesadelo que teve! É o que afirma Jací Monteiro. E menos de três meses depois, quando o filho adoece pra morrer, ela lhe oferece a própria cama, afirmando ainda Jací Monteiro (e é psicologicamente aceitável este esquecimento *em consciência)* que ela estava completamente esquecida do que sonhara.

Alvares de Azevedo recusa no momento, pra dias depois pedir o leito da mãe, onde morre.

Não me parece possível, diante de certas noções contemporâneas de psicologia, aceitar como simples dados de sentimentalismo romântico os pormenores que dei desse caso. Tanto mais ajuntando-se a isso a dedicatória da *Lira dos Vinte Anos*. Aceitemos lealmente, com Joaquim Norberto, que tanto a mãe como o filho, foram vítimas de seus puríssimos amores.

Ainda tem mais. Nos *Boemios,* com bastante mau-gosto, encontramos a idéia do feto fazendo imagem:

...na minha mente
Fermenta um mundo novo que desperta.
Escuta, Puff: eu sinto no meu crânio,
Como em seio de mãe, um feto vivo...

Essa imagem do feto, que foi Álvares de Azevedo, creio, o único a sentir dentre os nossos grandes românticos, inda lhe volta no *Macário* (III, 310).

Na descrição dos amores sexuais, Álvares de Azevedo ainda encontra repetidamente imagens de maternidade. Tanto no *Poema do Frade,* como na *Glória Moribunda,* a amante *embala ao colo* o rapaz morto. E, ainda no *Poema do Frade,* os versos dizem :

Dorme ao colo do amor, pálido amante,
Repousa, sonhador, nos seios dela,
Qual em seio de mãe, febril infante!

para repetir em seguida (I, ps. 289 e 363), e com mais vigor, mesmíssima idéia :

Ai!... todos vos sonhei, candidos seios,
Onde amor pranteára delirante...
Onde gemera em derretido enleio,

Como em seios de mãe, sedento infante...

A imagem lhe foi tão grata, que a decorou e repetiu, plagiando-se... E noutro passo (II, 91), chama a amante fundidamente de mãe e irmã. E si pedindo perdão ao imperador pra Pedro Ivo, acha de pedir "por vossa mãe", o que aliás; e ser tomado apenas como lugar-comum, faz Bocage, (I, 237) acabar amaldiçoando a mãe, em versos cujo teor importa psicologicamente muito:

>Maldita minha mãe, *que entre os joelhos*
>*Não soubeste apertar,* quando eu nascia.
>O meu corpo infantil! Maldita!...

Nas razões que Penseroso alega pra que "se acorde o coração de Macário" (III, 314), vêm fundidos o "amor de tua mãe, as lágrimas do teu amor". Sintomaticamente: num segundo poema dedicado *À Minha Mãe,* evoca esta como nas "Madonas com a Criança", dos pintores :

>És tu, alma divina, essa Madona
>Que nos embala na manhã da vida,
>*Que ao amor indolente se abandona*
>E beija uma criança adormecida.

E, maior sonetista que foi dentre os nossos românticos, quando num soneto pede a morte pra si "trovador sem crença", inda tem umas derradeiras palavras pedindo perdão à mãe "que ele ama ainda".

Por tudo isso percebe-se que o amor pela mãe era, si não, anormal, pelo menos absolutamente excessivo e obsecante em Alvares de Azevedo. É o seu delírio, a sua maior elevação consciente, o seu maior gozo inconsciente, a razão mais importante da sua inexperiente rapazice. É curioso mesmo notar que chama à avó de "mãe de minha mãe" (III, 319), demonstrando bem que o que predomina nele é o amor pela mãe. A proteção que a mãe concede aos filhos inda fracos de vida, vem na *Noite na Taverna,* "que pela noite da desgraça amor insano de mãe consentiria que lhe sufocassem sobre o seio a criatura do seu sangue, o filho da sua vida, a esperança das suas esperanças?" (III,394)

Também a irmã o preocupou muito. No último conto da *Noite na Taverna,* admirável de urdidura romântica, o caso se passa entre irmãos: a irmã profanada pelo irmão, que ainda mata por isso outro irmão; de tudo ressaltando muito bem, e com violenta sensualidade, a esplendidez do ente irmã.

Também confunde irmã e amada (II, 34); e ajunta mãe e irmã; por várias vezes ainda (I, 267, 269; II, 160; III, 406) .

Numa outra feita (III, 260) é bem tendenciosa a pergunta que o Desconhecido faz pra Macário: "Falas como um descrido, *como um saciado! E contudo ainda tens os beiços de criança!* Quantos seios de mulher beijaste além do seio de tua ama de leite? Quantos lábios além dos de tua irmã?"

De forma que o nosso Macário faz o Desconhecido dizer do Macário que este fala *como si fosse* um saciado, mas tendo ainda os *beiços de criança.*

Essa foi, a meu ver, a maior causa que levou Álvares de Azevedo ao medo de amor. Ficou tímido, ao mesmo tempo que o amor sexual lhe repugnava.

No Cap. IX da parte III do *Livro de Fra Gondicario* isso está bem indicado: "Porque maldizê-las, essas míseras (prostitutas), a quem a *timidez de vosso coração, ou o orgulho de vossa alma* de poeta...", etc. Já falei que Alvares de Azevedo alardeava de desabusado em amor; mas Satan (III, 300), numa frase extremamente pessimista e respeitosa, acha que não tem nada de "mais sério e mais risível" que o amor. E por o poeta se falsificar de extremamente vivido em prazeres amorosos, o tema da amada ingrata ou infiel, do "amar sem ser amado", não se ajeita à teatralização que faz de si próprio. Mesmo na tão temática *Lira dos Vinte Anos* o amar sem ser amado aparece raro. Vem nas bonitas estâncias do "Fui um doido a sonhar tantos amores..." na *Porque Mentias* e pouco mais. Sem dúvida o amor não realizado é constante no poeta, e pode-se dizer que a única tecla de amor que ele sabe repetir nos seus vinte anos, porém não se realiza por causas obscuras, por causas que o poeta não diz claro, como é o caso das *Saudades,* e da "virgem que sonhou" na *Lembrança de Morrer*. Muito expressivo disso é aquele passo francamente extravagante, pra não dizer amalucado, do *Macário*, em que Penseroso faz uma gritaria danada porque a Italiana não o ama, quando ela está falando que ama sim. Mas é sempre o estragoso amor e medo que faz a personagem fugir do amor... — Te amo, Penseroso! — Qual! não me amas não! Penseroso *prefere* amar sozinho, que não tem perigo nem fantasmas de derrotas ou precariedades de qualquer espécie. Era o aspecto mais lamentável do amor, porém menos doloroso pras dúvidas e hesitações do rapaz.

Mais outra vez em que Álvares de Azevedo tange o amar sem ser amado, é no *Poema do Frade*, em que descreve a "estátua" numa posição importantíssima pro medo de amor: dormindo. Foi esse o jeito que o rapaz descobriu pra disfarçar seu medo e evitar a coreografia do amor: durmamos! O sono é a mais original invenção do seu lirismo. Adora dormir. No *Spleen e Charutos* diz pra amada:

> Amo-te como o vinho e como o sono!;

coisa que repete no *Conde Lopo* e no *Poema do Frade*:

> Amar, beber, dormir, eis o que amava.

Nas *Idéas Intimas* considera o seu "leito juvenil" como a "página de ouro da sua vida", e evoca os atos de amor que nele praticou...em sonho :

> Quantas virgens amei! que Margaridas,
> Que Elviras saudosas e Clarissas,
> Mais *trêmulo* que Faust, eu não beijava...
> Mais feliz que Don Juan e Lovelace,
> Não apertei ao peito desmaiando!
> .... e eu acordava
> Arquejando a beijar meu travesseiro

Na *Anima mea*:

> ...Um momento dormir, sonhar um pouco!
> Ninguém que turve os sonhos do mancebo,
> Ninguém que o indolente adormecido

> Roube das ilusões *que o acalentam*
> E do mole dormir o chame à vida!
> E é tão doce dormir! É tão suave
> Da modorra *no colo* embalsamado...
> .... certamente
> Que são anjos de Deus *que aos seios tomam*
> A fronte do poeta que descansa!

Grifei as imagens maternas que também neste passo freqüentam o desejo do poeta. E se observe como frequentissimamente, em quase todas estas citações, ele está expressivamente indolente, entregue, sem nenhuma iniciativa, sem atividade. Ainda no *Desalento*:

> Ah! feliz quem dormiu no colo ardente
> Da huri dos amores,
> Que sôfrego bebeu o orvalho santo
> Das perfumadas flores...

Ainda no *Livro de Fra Gondicario* repete o desejo de dormir no colo. O sono que tanto aspira, não é pra ele apenas o momento para, libertado dos perigos do amor, sonhar os atos do amor; também sabe apreciar o sono sem sonho, o sono que é ignorância da vida, como está na simbologia de *Cantiga*. Mas ainda aspira dormir filialmente no colo da amada. Arnold (III, 413), numa trapalhada que é preciso ler, pra se observar bem o quanto os sentimentos naturais de Álvares de Azevedo se sobrepunham ao que ele inventava apenas com a inteligência, pedindo pra Giorgia que lhe sente nos joelhos, que deite a cabeça no ombro dele, o que quer é passar uma hora no seio dela, derramar lágrimas no colo dela, e confessar-se, fazer confidências, contar como profanou a alma e o passado, contar filialmente ou fraternalmente tudo. Mais que o prazer ativo do amor, o que Alvares de Azevedo aspira é dormir, dormir de verdade, passivamente, no seio da amante. Dormir de verdade e até morrer, como na nota, atrás, em que Macário fala em morrer de amor.

O Conde Lopo quando abre o coração ao moço suicida que salvou, evoca as "dormidas horas com mulher"; Gennaro

(III; 396), tem coragem de profanar Laura porque, acordando do sono, a encontra na cama dele; o primeiro capítulo dos *Lábios e Sangue,* publicado na *Revista Nova* (ano 1º, n. 3), evoca Byron e os aromas (!) de Veneza, em que o "poetarei foi adormentado por teus aromas, com a fronte caída nos joelhos dessa mulher bela". O amante dormido freqüenta ainda outras páginas desse romance, que não cito mais pra não tirar os direitos justos de Homero Pires que possui o inédito.

Em *Minha Estrela,* o califa é pintado "adormecendo nos braços voluptuosos da estrangeira"; e ainda no *Poema do Frade,* o poeta aspira voluptuosamente dormir com a loura peito a peito".

Porém a mais bonita e mais medrosa criação que Álvares de Azevedo inventa, nesse desvio do amor e medo pro dormir no amor, não está na aspiração ao sono, ou na imagem do rapaz adormecido: está sim na imagem da amante dormida. Que libertação! O poeta pode gozar o seu amor, junto com a amada e ao mesmo tempo sozinho, fugido dos pavores que o perseguem. Muito provavelmente Álvares de Azevedo encontrou a imagem em Musset. É certo que *Rolla* causara impressão enorme no paulista. Fez do poema um estudo crítico; traduziu em verso algumas passagens dele, e justo a em que Rolla encontra Marion dormida.

A imagem da amada dormindo pode-se dizer que é toda a obra de Álvares de Azevedo, tão abundantemente freqüenta qualquer criação dele.

Uma poesia ele dedica exclusivamente a essa imagem (11, 36):

> Dorme, oh anjo de amor! no *teu silêncio*
> O meu peito se afoga de ternura...
> *E sinto que o porvir não vale um beijo!*

Noutro poema só pede que a amada durma no seio dele (II, 47):

> E consentiras, oh virgem dos amores,
> Descansar-me no seio um só momento!

E faz ainda o mesmo na *Cantiga do Sertanejo* :

> Se viesses inocente
> Adormecer docemente
> À noite no peito meu!

bem como na *Tarde de Verão,* e ainda em C. (II, 98) :

> Minha noiva, ou minha amante,
> Vem dormir no peito meu!

Se compraz em descrever a amante dormindo:

> ...ah! não ressona
> Uma virgem de Deus com tal pureza!
> Era um lago a dormir...(I,356);

e em mais sete estrofes seguidas do mesmo *Poema do Frade*:

> Ela dorme. Silêncio! oh noite bela !
> Fresco e perfume só derrame o vento
> Nos cabelos da languida donzela!

pra criar uma joia de lirismo e timidez ("não te rias de mim"...), com o soneto *"Palida, á luz da lampada sombria..."*

As mulheres que encontra pra amar, encontra dormindo:

> Era tão bela assim... e ela dormia! (I, 294) ;
> Candida e bela mulher aí dormia (I, 298);
> Vem comigo, mancebo, aqui sentemo-nos...
>   Ela dorme. (II. 334);

e ainda em II, 62, 114, 174, 201, 231, 249.

Entôa acalantos pra amante dormida, como no *Conde Lopo* (p. 27); lhe pede que acorde (II, 15,18) ousado; inventa que ela dorme de olhos abertos, pra estar mais proxima da vida (II, 15); gosta de charuto porque ele revela a "morena adormecida" (I, 310); faz a confusão da dormida e da morta (II, 121; *Conde Lopo,* 118); invoca as "donzelas dormidas por cem anos" (II, 216); almeja, para total aniquilamento e paz, que ambos durmam (I, 225; II, 81) ; e (II, 39) tem a invenção verdadeiramente requintada do sequestro, quando imagina que ele dormindo sonha com ela dormindo!

Sem contar que deseja ser a cruz com que ela dorme, o travesseiro sobre que ela repousa (II, 236) ! E, pois que ela: está dormida, é fácil pra ele beijá-la sem temores (II, 76, 37, 10), ou com temores, como na nota atrás sobre o morrer de amor; enquanto Macário (III, 317) quer vê-la e beijá-la de leve, embora fosse adormecida! Detalhe tanto mais importante pro amor e medo, que o poeta concebe possuir a amante dormida.

De fato Solfieri (que aliás já deixou a condessa Barbora adormecida !...) quando rouba o cadáver da igreja e quer saciar-se nele, na verdade está possuindo uma bela adormecida, pois que a moça fora apenas tomada dum sono cataléptico; e noutro conto da mesma *Noite na Taverna,* Hermann também encontra a duqueza Eleonora dormindo e p'ra possuí-la inda lhe dá um narcótico! É o climax do sequestro: o medo de amor inventa a idéia de possuir a bela adormecida.

E nem escapou a Alvares de Azevedo o confessar inadvertidamente que era bem o medo de amor que lhe fazia inventar a imagem da amante dormida.

Em duas passagens. Nos *Pensamentos Dela* o amor e medo é pegado em plena ação de criar a imagem.

Destaco trechos :

> Tu sorrias de mim *porque não ouso*
> Leve turbar teu virginal repouso,
> A murmurar ternura;

....

> Prefiro amar-te bela no segredo!
> Si foras minha tu verias cedo
> *Morrer tua ilusão!*

....

> Oh! nunca possas lêr do meu penar
> As páginas ardentes!
> Si em cânticos de amor a minha fronte
> Engrinaldo por ti, amor cantando,

> Como as rosas que amava Anacreonte,
> *É que alma dormida* palpitando...
> No raio dos teus olhos se ilumina...
> Mas quando o teu *amante fosse esposo*
> *E tu, sequiosa e languida de amor,*
> *O embalasse ao seio voluptuoso*
> E o beijasses dos labios no calor,
> Quando tremesses mais, não te doera
> *Sentir que nesse peito que vivera*
>   Murchou a vida em flor!

E na *Teresa* afirma definitivamente :

> Não acordes tão cedo! enquanto dormes
> Eu posso dar-te beijos em segredo...
> Mas quando nos teus olhos raia a vida,
> Não ouso te fitar... eu tenho medo![1]

    Creio ter demonstrado pelos seus lados vários, o sambinha de seqüestro que o amor e medo saracoteou na excessiva mocidade dos nossos maiores poetas românticos. Todos o sofreram no espírito e o venceram com maior ou menor facilidade. Menos Álvares de Azevedo, que parece não ter sofrido dele apenas no espírito, que o converteu na própria razão de ser da obra dele, e talvez da morte também. Embora lhe crescessem as esperanças, as vitórias, as felicidades, é sabido que Álvares de Azevedo foi gradativamente entristecendo, à medida que aproximava da idade do homem. Entra nos vinte e um anos e pressente que vai morrer. Quer morrer. Abusa mesmo do desejo de morrer, no caso de ajuntar a sua própria data mortuária na parede da pensão em que es-

---

1. Varela, si não me engano, apenas tocou na amante dormida numa estrofe do *Porque te afogas*. Casimiro de Abreu versa o tema três vezes (ps. 76, 83 e 93), *e* beija a adormecida *Na Rede*. Mas ainda o lado safadote dele aparece, pois que, em *Sonhando* ela, e pronunciando o nome dele, o poeta pergunta depois o que foi que ela sonhou:

> Falei-te desse soluço
> Que os labios abriu-te a medo...
> Mas tu fugindo guardaste
> Daquele sonho o segrêdo.

tavam escritos os nomes dos quintanistas mortos. Porque morrer, si tudo o predispunha à vida! Porque tamanho tédio real, que a imitação dos europeus não é suficiente pra explicar! A não ser que lhe entediasse a genialidade libérrima, tudo o que estava botando de falsificação em si mesmo e nas obras! Há várias constâncias e pormenores nos escritos de Alvares de Azevedo, que poderiam nos levar a suposições psicopatológicas que não me interessam aqui por serem apenas deste ou daquele indivíduo. Não têm o valor universal do tema do amor e medo, que é de todos. Mas não me assusta imaginar que em grande parte foi o medo de amor, a incapacidade que levou Macário a se morrer. E sob esse ponto-de-vista, inda a gente poderá estudar certos detalhes do pesadelo do *Conde Lopo:* a obsessão do frio, a capa que os diabinhos tiram do conde, a recusa de amar o esqueleto... vivo da prostituta, etc. Mais importante ainda é, no sonho do *Macário,* a mulher-anjo-homem assexuado que Satan explica assim: " Era um anjo. Há cinco mil anos que ela tem o corpo da mulher e o anátema duma virgindade eterna. Tem todas as sêdes, todos os apetites lascivos, mas não pode amar. Todos aqueles em que ela toca se gelam. Repousou o seu seio, roçou suas faces em muitas virgens e prostitutas, em muitos velhos e crianças, bateu em todas as portas da criação, estendeu-se em todos os leitos e com ela o silêncio... Essa estátua ambulante é quem murcha as flores, quem desfolha o outono, quem amortalha as esperanças". "Quem é?", Macário pergunta. Mas Satan muda de conversa.

O MOVIMENTO MODERNISTA

Manifestado especialmente pela arte, mas manchando também com violência os costumes sociais e políticos, o movimento modernista foi o prenunciador, o preparador e por muitas partes o criador de um estado de espírito nacional. A transformação do mundo com o enfraquecimento gradativo dos grandes impérios, com a prática européia de novos ideais políticos, a rapidez dos transportes e mil e uma outras causas internacionais, bem como o desenvolvimento da consciência americana e brasileira, os progressos internos da técnica e da educação, impunham a criação de um espírito novo e exigiam a reverificação e mesmo a remodelação da Inteligência nacional. Isto foi o movimento modernista, de que a Semana de Arte Moderna ficou sendo o brado coletivo principal. Dá um mérito inegável nisto, embora aqueles primeiros modernistas das cavernas, que nos reunimos em torno da pintora Anita Malfatti e do escultor Vitor Brecheret, tenhamos como que apenas servido de altifalantes de uma força universal e nacional muito mais complexa que nós. Força fatal, que viria mesmo. Já um crítico de senso-comum afirmou que tudo quanto fez o movimento modernista, far-se-ia da mesma forma sem o movimento. Não conheço lapalissada mais graciosa. Porque tudo isso que se faria, mesmo sem o movimento modernista, seria pura e simplesmente... o movimento modernista.

Fazem vinte anos que realizou-se, no Teatro Municipal de São Paulo, a Semana de Arte Moderna. É todo um passado agradável, que não ficou nada feio, mas que me assombra um pouco também. Como tive coragem para participar daquela batalha! É certo que com minhas experiências artísticas muito que venho escandalizando a intelectualidade do meu país, porém, expostas em livros e artigos, como que essas experiências não se realizam *in anima nobile*. Não estou de corpo presente, e isto abranda o choque da estupidez. Mas como tive coragem pra dizer versos diante duma vaia tão bulhenta que eu não escutava no palco o que Paulo Prado me gritava da primeira fila das poltronas?...Como pude fazer uma conferência sobre artes plásticas, na escadaria do Teatro, cercado de anônimos que me caçoavam e ofendiam a valer?...

O meu mérito de participante é mérito alheio: fui encorajado, fui enceguecido pelo entusiasmo dos outros. Apesar da confiança absolutamente firme que eu tinha na estética renovadora, mais que confiança, fé verdadeira, eu não teria forças nem físicas nem morais para arrostar aquela tempestade de achincalhes. E se agüentei o tranco, foi porque estava delirando. O entusiasmo dos outros me embebedava, não o meu. Por mim, teria cedido. Digo que teria cedido, mas apenas nessa apresentação espetacular que foi a Semana de Arte Moderna. Com ou sem ela, minha vida intelectual seria o que tem sido.

A Semana marca uma data, isso é inegável. Mas o certo é que a pré-consciência primeiro, e em seguida a convicção de uma arte nova, de um espírito novo, desde pelo menos seis anos viera se definindo no... sentimento de um grupinho de intelectuais paulistas. De primeiro foi um fenômeno estritamente sentimental, uma intuição divinatória, um... estado de poesia. Com efeito: educados na plástica "histórica", sabendo quando muito da existência dos impressionistas principais, ignorando Cézanne, o que nos levou a aderir incondicionalmente à exposição de Anita Malfatti, que em plena guerra vinha nos mostrar quadros expressionistas e cubistas? Parece absurdo, mas aqueles quadros foram a revelação. E ilhados na enchente de escândalo que tomara a cidade, nós, três ou quatro, delirávamos de êxtase diante de quadros que se chamavam o "Homem Amarelo", a "Estudanta Russa", a "Mulher de Cabelos Verdes". E a esse mesmo "Homem Amarelo" de formas tão inéditas então, eu dedicava um soneto de forma parnasianíssima... Éramos assim.

Pouco depois Menotti del Picchia e Osvaldo de Andrade descobriam o escultor Vítor Brecheret, que modorrava em São Paulo numa espécie de exílio, um quarto que lhe tinham dado grátis, no Palácio das Indústrias, pra guardar os seus calungas. Brecheret não provinha da Alemanha, como Anita Malfatti, vinha de Roma. Mas também importava escuresas menos latinas, pois fora aluno do célebre Maestrovic. E fazíamos verdadeiras *rêveries* a galope em frente da simbólica exasperada e estilizações decorativas do "gênio". Porque Vitor Brecheret, para nós, era no mínimo um gênio. Este o mínimo com que podíamos nos contentar, tais os entusiasmos a que ele nos sacudia. E Brecheret ia ser em breve o gatilho que faria "Paulicéia Desvairada" estourar...

Eu passara esse ano de 1920 sem fazer poesia mais. Tinha cadernos e cadernos de coisas parnasianas e algumas timidamente simbolistas, mas tudo acabara por me desagradar. Na minha leitura desarvorada, já conhecia até alguns futuristas de última hora, mas só então descobrira Verhaeren. E fora o deslumbramento... Levado em principal pelas "Villes Tentaculaires", concebi imediatamente fazer um livro de poesias "modernas", em verso-livre, sobre a minha cidade. Tentei, não veio nada que me interessasse. Tentei mais, e, nada. Os meses passavam numa angústia, numa insuficiência feroz. Será que a poesia tinha se acabado em mim? ... E eu me acordava insofrido.

A isso se ajuntavam dificuldades morais e vitais de vária espécie, foi ano de sofrimento muito. Já ganhava pra viver folgado, mas na fúria de saber as coisas que me tomara, o ganho fugia em livros e eu me estrepava em cambalaxo financeiros terríveis. Em família, o clima era torvo. Se Mãe e irmãos não se amolavam com as minhas "loucuras", o resto da família me retalhava sem piedade. E com certo prazer até: esse doce prazer familiar de ter num sobrinho ou num primo, um "perdido" que nos valoriza virtuosamente. Eu tinha discussões brutais, em que os desaforos mútuos não raro chegavam àquele ponto de arrebentação que... porque será que a arte os provoca! A briga era braba, e se não me abatia nada, me deixava em ódio, mesmo ódio.

Foi quando Brecheret me concedeu passar em bronze um gesso dele que eu gostava, uma "Cabeça de Cristo", mas com que roupa! eu devia os olhos da cara! Andava às vezes a pé por não ter duzentos réis pra bonde, no mesmo dia em que gastara seiscentos mil réis em livros...E seiscentos mil réis era dinheiro então. Não hesitei: fiz mais conchavos financeiros com o mano, e afinal pude desembrulhar em casa a minha "Cabeça de Cristo", sensualissimamente feliz. Isso a notícia correu num átimo, e a parentada que morava pegado, invadiu a casa pra ver. E pra brigar. Berravam, berravam. Aquilo era até pecado mortal! estrilava a senhora minha tia velha, matriarca da família. Onde se viu Cristo de trancinha! era feio! medonho! Maria Luisa, vosso filho é um "perdido" mesmo.

Fiquei alucinado, palavra de honra. Minha vontade era bater. Jantei por dentro, num estado inimaginável de estraçalho. Depois subi para o meu quarto, era noitinha, na intenção de me arranjar, sair, espairecer um bocado, botar uma bomba no centro do mundo. Me lembro que cheguei à sacada, olhando sem ver o meu largo. Ruídos, luzes, falas abertas subindo dos choferes de aluguel. Eu estava aparentemente calmo, como que indestinado. Não sei o que me deu. Fui até a escrivaninha, abri um caderno, escrevi o título em que jamais pensara, "Pauliceia Desvairada". O estouro chegara afinal, depois de quase ano de angústias interrogativas. Entre desgostos, trabalhos urgentes, dívidas, brigas, em pouco mais de uma semana estava jogado no papel um canto bárbaro, duas vezes maior talvez do que isso que o trabalho de arte deu num livro[1].

Quem teve a idéia da Semana de Arte Moderna? Por mim não sei quem foi, nunca soube, só posso garantir que não fui eu.

---

1. Depois eu sistematizaria este processo de separação nítida entre o estado de poesia e o estado de arte, mesmo na composição dos meus poemas mais "dirigidos". As lendas nacionais, por exemplo, o abrasileiramento linguístico de combate. Escolhido um tema, por meio das excitações psíquicas e fisiológicas sabidas, preparar e esperar a chegada do estado de poesia. Se este chega (quantas vezes nunca chegou...), escrever sem coação de espécie alguma tudo o que me chega até a mão — a "sinceridade" do indivíduo. E só em seguida, na calma, o trabalho penoso e lento da arte — a "sinceridade" da obra-de-arte, coletiva e funcional, mil vezes mais importante que o indivíduo.

O movimento, se alastrando aos poucos, já se tornara uma espécie de escândalo público permanente. Já tínhamos lido nossos versos no Rio de Janeiro; e numa leitura principal, em casa de Ronald de Carvalho, onde também estavam Ribeiro Couto e Renato Almeida, numa atmosfera de simpatia, "Paulicéia Desvairada" obtinha o consentimento de Manuel Bandeira, que em 1919 ensaiara os seus primeiros versos-livres, no "Carnaval". E eis que Graça Aranha, célebre, trazendo da Europa a sua "Estética da Vida", vai a São Paulo, e procura nos conhecer e agrupar em torno da sua filosofia. Nós nos ríamos um bocado da "Estética da Vida" que ainda atacava certos modernos europeus da nossa admiração, mas aderimos francamente ao mestre. E alguém lançou a idéia de se fazer uma semana de arte moderna, com exposição de artes plásticas, concertos, leituras de livros e conferências explicativas. Foi o próprio Graça Aranha? foi Di Cavalcanti?... Porém o que importa era poder realizar essa idéia, além de audaciosa, dispendiosíssima. E o fator verdadeiro da Semana de Arte Moderna foi Paulo Prado. E só mesmo uma figura como ele e uma cidade grande mas provinciana como São Paulo, poderiam fazer o movimento modernista e objetivá-lo na Semana.

Houve tempo em que se cuidou de transplantar para o Rio as raízes do movimento, devido às manifestações impressionistas e principalmente post-simbolistas que existiam então na capital da República. Existiam, é inegável, principalmente nos que mais tarde, sempre mais cuidadosos de equilíbrio e espírito construtivo, formaram o grupo da revista "Festa". Em São Paulo, esse ambiente estético só fermentava em Guilherme de Almeida e num Di Cavalcanti pastelista, "menestrel dos tons velados" como o apelidei numa dedicatória esdrúxula. Mas eu creio ser um engano esse evolucionismo a todo transe, que lembra nomes de um Nestor Vitor ou Adelino Magalhães, como elos precursores. Então seria mais lógico evocar Manuel Bandeira, com o seu "Carnaval". Mas si soubéramos deste por um acaso de livraria e o admirávamos, dos outros, nós, na província, ignorávamos até os nomes, porque os interesses imperialistas da

Corte não eram nos mandar "humilhados ou luminosos", mas a grande camelote acadêmica, sorriso da sociedade, útil de provinciano gostar.

Não. O modernismo, no Brasil, foi uma ruptura, foi um abandono de princípios e de técnicas conseqüentes, foi uma revolta contra o que era a Inteligência nacional. É muito mais exato imaginar que o estado de guerra da Europa tivesse preparado em nós um espírito de guerra, eminentemente destruidor. E as modas que revestiram este espírito foram, de início, diretamente importadas da Europa. Quanto a dizer que éramos, os de São Paulo, uns antinacionalistas, uns antitradicionalistas europeizados, creio ser falta de subtileza crítica. É esquecer todo o movimento regionalista aberto justamente em São Paulo e imediatamente antes, pela "Revista do Brasil"; é esquecer todo o movimento editorial de Monteiro Lobato; é esquecer a arquitetura e até o urbanismo (Dubugras) neocolonial, nascidos em São Paulo. Desta ética estávamos impregnados. Menotti del Picchia nos dera o "Juca Mulato", estudávamos a arte tradicional brasileira e sobre ela escrevíamos; e canta regionalmente a cidade materna o primeiro livro do movimento. Mas o espírito modernista e as suas modas foram diretamente importados da Europa.

Ora São Paulo estava muito mais "a par" que o Rio de Janeiro. E, socialmente falando, o modernismo só podia mesmo ser importado por São Paulo e arrebentar na província. Havia uma diferença grande, já agora menos sensível, entre Rio e São Paulo. O Rio era muito mais internacional, como norma de vida exterior. Está claro: porto de mar e capital do país, o Rio possui um internacionalismo ingênito. São Paulo era espiritualmente muito mais moderna porém, fruto necessário da economia do café e do industrialismo conseqüente. Caipira de serra-acima, conservando até agora um espírito provinciano servil, bem denunciado pela sua política, São Paulo estava ao mesmo tempo, pela sua atualidade comercial e sua industrialização em contato mais espiritul e mais técnico com a atualidade do mundo.

É mesmo de assombrar como o Rio mantém, dentro da sua malícia vibrátil de cidade internacional, uma espécie de ruralismo, um caráter parado tradicional muito maiores que São Paulo. O Rio é dessas cidades em que não só permanece indissolúvel o "exotismo" nacional (o que aliás é prova de vitalidade do seu caráter), mas a interpenetração do rural com o urbano. Coisa já impossível de se perceber em São Paulo. Como Belém, o Recife, a Cidade do Salvador: o Rio ainda é uma cidade folclórica. Em São Paulo o exotismo folclórico não freqüenta a rua Quinze, que nem os sambas que nascem nas caixas de fósforo do Bar Nacional.

Ora no Rio malicioso, uma exposição como a de Anita Malfatti podia dar reações publicitárias, mas ninguém se deixava levar. Na São Paulo sem malícia, criou uma religião. Com seus Neros também... O artigo "contra" do pintor Monteiro Lobato, embora fosse um chorrilho de tolices, sacudiu uma população, modificou uma vida.

Junto disso, o movimento modernista era nitidamente aristocrático. Pelo seu caráter de jogo arriscado, pelo seu espírito aventureiro ao extremo, pelo seu internacionalismo modernista, pelo seu nacionalismo embrabecido, pela sua gratuidade antipopular, pelo seu dogmatismo prepotente, era uma aristocracia do espírito. Bem natural, pois, que a alta e a pequena burguesia o temessem. Paulo Prado, ao mesmo tempo que um dos expoentes da aristocracia intelectual paulista, era uma das figuras principais da nossa aristocracia tradicional. Não da aristocracia improvisada do Império, mas da outra mais antiga, justificada no trabalho secular da terra e oriunda de qualquer salteador europeu, que o critério monárquico do Deus-Rei já amancebara com a genealogia. E foi por tudo isto que Paulo Prado pôde medir bem o que havia de aventureiro e de exercício do perigo, no movimento, e arriscar a sua responsabilidade intelectual e tradicional na aventura.

Uma coisa dessas seria impossível no Rio, onde não existe aristocracia tradicional, mas apenas alta burguesia riquíssima. E esta não podia encampar um movimento que lhe destruía o espírito conservador e conformista. A burguesia nunca soube perder, e isso é que a perde. Se Paulo Prado, com a sua autoridade intelectual e tradicional, tomou a peito a realização da Semana, abriu a lista das contribuições e arrastou atrás de si os seus pares aristocratas e mais alguns que a sua figura dominava, a burguesia protestou e vaiou. Tanto a burguesia de classe como a do espírito. E foi no meio da mais tremenda assuada, dos maiores insultos, que a Semana de Arte Moderna abriu a segunda fase do movimento modernista, o período realmente destruidor.

Porque na verdade, o período... heróico, fora esse anterior, iniciado com a exposição de pintura de Anita Malfatti e terminado na "festa" da Semana de Arte Moderna. Durante essa meia-dúzia de anos fomos realmente puros e livres, desinteressados, vivendo numa união iluminada e sentimental das mais sublimes. Isolados do mundo ambiente, caçoados, evitados, achincalhados, malditos, ninguém não pode imaginar o delírio ingênuo de grandeza e convencimento pessoal com que reagimos. O estado de exaltação em que vivíamos era incontrolável. Qualquer página de qualquer um de nós jogava os outros a comoções prodigiosas, mas aquilo era genial!

E eram aquelas fugas desabaladas dentro da noite, na cadillac verde de Osvaldo de Andrade, a meu ver a figura mais característica e dinâmica do movimento, para ir ler as nossas obras-primas em Santos, no Alto da Serra, na Ilha das Palmas... E os encontros à tardinha, em que ficávamos em exposição diante de algum raríssimo admirador, na redação de "Papel e Tinta"... E a falange engrossando com Sergio Milliet e Rubens Borba de Morais, chegados sabidíssimos da Europa. E nós tocávamos com respeito religioso, esses peregrinos confortáveis que tinham visto Picasso e conversado com Romain Rolland... E a adesão, no Rio de um Alvaro Moreyra, de um Ronald de Carvalho... E o descobrimento assombrado de que existiam em São Paulo muitos quadros de Lasar Segall, já muito admirado através das revistas alemãs... Tudo gênios, tudo obras-primas geniais... Apenas Sergio Milliet punha um certo mal-estar no incêndio, com a sua serenidade equilibrada... E o filósofo da malta, Couto de Barros, pingando ilhas de consciência em nós, quando no meio da discussão, em geral limitada a bate-bocas de afirmações peremptórias, perguntava mansinho: Mas qual é o critério que você tem da palavra "essencial"? ou: Mas qual é o conceito que você tem do "belo horrível"?...

Éramos uns puros. Mesmo cercados de repulsa quotidiana, a saúde mental de quase todos nós, nos impedia qualquer cultivo da dor. Nisso talvez as teorias futuristas tivessem uma influência única e benéfica sobre nós. Ninguém pensava em sacrifício, ninguém bancava o incompreendido, nenhum se imaginava precursor nem mártir: éramos uma arrancada de heróis convencidos. E muito saudáveis.

A Semana de Arte Moderna, ao mesmo tempo que coroamento lógico dessa arrancada gloriosamente vivida (desculpem, mas, éramos gloriosos de antemão...), a Semana de Arte Moderna dava um primeiro golpe na pureza do nosso "aristocracismo espiritual. Consagrado o movimento pela aristocracia paulista, si ainda sofreríamos algum tempo ataques por vezes cruéis, a nobreza regional nos dava mão forte e... nos dissolvia nos favores da vida. Está claro que não agia de caso pensado, se nos dissolvia era pela própria natureza e o seu estado de decadência. Numa fase em que ela não tinha mais nenhuma realidade vital, como certos reis de agora, a nobreza rural paulista só podia nos transmitir a sua gratuidade. Principiou-se o movimento dos salões. E vivemos uns oito anos, até perto de 1930, na maior orgia intelectual que a história artística do país registra.

Mas na intriga burguesa escandalizadíssima, a nossa "orgia" não era apenas intelectual... O que não disseram, o que não se contou das nossas festas. Champanha com éter, vícios inventadíssimos, as almofadas viraram "coxins", criaram toda uma semântica do maldizer... No entanto, quando não foram bailes públicos (que foram o que são bailes desenvoltos de alta sociedade), as nossas festas dos salões modernistas eram as mais inocentes brincadeiras de artistas que se pode imaginar.

Havia a reunião das terças, à noite, na rua Lopes Chaves. Primeira em data, essa reunião semanal continha exclusivamente artistas e precedeu mesmo a Semana de Arte Moderna. Sob o ponto de vista intelectual foi o mais útil dos salões, si é que se podia chamar salão àquilo. Às vezes doze, até quinze artistas, se reuniam no estúdio acanhado onde se comia doces tradicionais brasileiros e se bebia um alcolzinho econômico. A arte moderna era assunto obrigatório e, o intelectualismo tão intransigente e desumano que chegou mesmo a ser proibido falar mal da vida alheia! As discussões alcançavam transes agudos, o calor era tamanho que um ou outro sentava nas janelas (não havia assento pra todos) e assim mais elevado dominava pela altura, já que não dominava pela voz nem o argumento. E aquele raro retardatário da alvorada, parava defronte, na esperança de alguma briga por gozar.

Havia o salão da avenida Higienópolis que era o mais selecionado. Tinha por pretexto o almoço dominical, maravilha de comida luso-brasileira. Ainda aí a conversa era estritamente intelectual, mas variava mais e se alargava. Paulo Prado com o seu pessimismo fecundo e o seu realismo, convertia sempre o assunto das livres elocubrações artísticas aos problemas da realidade brasileira. Foi o salão que durou mais tempo e se, dissolveu de maneira bem malestarenta. O seu chefe, tornando-se, por sucessão, o patriarca da família Prado, a casa foi invadida, mesmo aos domingos, por um público da alta que não podia compartilhar do rojão dos nossos assuntos. E a conversa se manchava de pôquer, casos de sociedade, corridas de cavalo, dinheiro. Os intelectuais, vencidos, foram se arretirando...

E houve o salão da rua Duque de Caxias, que foi o maior, o mais verdadeiramente salão. As reuniões semanais eram à tarde, também às terças-feiras. E isso foi a causa das reuniões noturnas do mesmo dia irem esmorecendo na rua Lopes Chaves. A sociedade da rua Duque de Caxias era mais numerosa e variegada. Só em certas festas especiais, no salão moderno, construído nos jardins do solar e decorado por Lasar Segall, o grupo se tornava mais coeso. Também aí o culto da tradição era firme, dentro do maior modernismo. A cozinha, de cunho afro-brasileiro, aparecia em almoços e jantares perfeitíssimos de composição. E conto entre as minhas maiores venturas admirar essa mulher excepcional que foi Dona Olívia Guedes Penteado. A sua discrição, o tato e a autoridade prodigiosos com que ela soube dirigir, manter, corrigir essa multidão heterogênea que se chegava a ela, atraída pelo seu prestígio, artistas, políticos, ricaços, cabotinos, foi incomparável. O seu salão, que também durou vários anos, teve como elemento principal de dissolução a efervescência que estava preparando 1930. A fundação do Partido Democrático, o ânimo político eruptivo que se apoderara de muitos intelectuais, sacudindo-os para os extremismos de direita ou esquerda, baixara um mal-estar sobre as reuniões. Os democráticos foram se afastando. Por outro lado, o integralismo encontrava algumas simpatias entre as pessoas da roda: e ainda estava muito sem vício, muito desinteressado, pra aceitar acomodações. Sem nenhuma publicidade, mas com firmeza, Dona Olívia Guedes Penteado soube terminar aos poucos o seu salão modernista.

O último em data desses salões paulistas foi o da alameda Barão de Piracicaba, congregado em torno da pintora Tarsila. Não tinha dia fixo, mas as festas eram quase semanais. Durou pouco. E não teve jamais o encanto das reuniões que fazíamos antes, quatro ou cinco artistas, no antigo ateliê da admirável pintora. Isto foi pouco depois da Semana, quando fixada na compreensão da burguesia, a existência de uma onda revolucionária, ela principiou nos castigando com a perda de alguns empregos. Alguns estávamos quase literalmente sem trabalho. Então íamos para o ateliê da pintora, brincar de arte, dias inteiros. Mas dos três salões aristocráticos, Tarsila conseguiu dar ao dela uma significação de maior independência, de comodidade. Nos outros dois, por maior que fosse o liberalismo dos que os dirigiam, havia tal imponência de riqueza e tradição no ambiente, que não era possível nunca evitar um tal ou qual constrangimento. No de Tarsila jamais sentimos isso. O mais gostoso dos nossos salões aristocráticos.

E foi da proteção desses salões que se alastrou pelo Brasil o espírito destruidor do movimento modernista. Isto é, o seu sentido verdadeiramente específico. Porque, embora lançando inúmeros processos e idéias novas, o movimento modernista foi essencialmente destruidor. Até destruidor de nós mesmos, porque o pragmatismo das pesquisas sempre enfraqueceu a liberdade da criação. Essa a verdade verdadeira. Enquanto nós, modernistas de São Paulo, tínhamos incontestavelmente uma repercussão nacional, éramos os bodes espiatórios dos passadistas, mas ao mesmo tempo o Senhor do Bonfim dos novos do país todo, os outros modernos de então, que já pretendiam construir, formavam núcleos respeitáveis, não tem dúvida, mas de existência limitada e sem verdadeiramente nenhum sentido temporâneo. Assim Plínio Salgado que, vivendo em São Paulo, era posto de parte e nunca pisou os salões. Graça Aranha também, que sonhava construir, se atrapalhava muito entre nós; e nos assombrava a incompreensão ingênua com que a "gente séria" do grupo de "Festa", tomava a sério as nossas blagues e arremetia contra nós. Não. O nosso sentido era especificamente destruidor. A aristocracia tradicional nos deu mão forte, pondo em evidência mais essa germinação de destino — também ela já então autofagicamente destruidora, por não ter mais uma significação legitimável. Quanto aos aristôs do dinheiro, esses nos odiavam no princípio e sempre nos olharam com desconfiança. Nenhum salão de ricaço tivemos, nenhum milionário estrangeiro nos acolheu. Os italianos, alemães, os israelitas se faziam de mais guardadores do bom-senso nacional que Prados e Penteados e Amarais...

Mas nós estávamos longe, arrebatados pelos ventos da destruição. E fazíamos ou preparávamos especialmente pela festa, de que a Semana de Arte Moderna fora a primeira. Todo esse tempo destruidor do movimento modernista foi pra nós tempo de festa... de cultivo imoderado do prazer. E si tamanha festança diminuiu por certo nossa capacidade de produção e serenidade criadora, ninguém pode imaginar como nos divertimos. Salões; festivais, bailes célebres, semanas passadas em grupo nas fazendas opulentas, semanas-santas pelas cidades velhas de Minas, viagens pelo Amazonas, pelo Nordeste, chegadas à Baía, passeios constantes ao passado paulista, Sorocaba, Parnaíba, Itú... Era ainda o caso do baile sobre os vulcões... Doutrinários, na ebriez de mil e uma teorias, salvando o Brasil, inventando o mundo, na verdade tudo consumíamos, e a nós mesmos, no cultivo amargo, quase delirante do prazer.

O movimento de Inteligência que representamos, na sua fase verdadeiramente "modernista", não foi o fator das mudanças político-sociais posteriores a ele no Brasil. Foi essencialmente um preparador; o criador de um estado de espírito revolucionário e de um sentimento de arrebentação. E se numerosos dos intelectuais do movimento se dissolveram na política, se vários de nós participamos das reuniões iniciais do Partido Democrático, carece não esquecer que tanto este como 1930 eram ainda destruição. Os movimentos espirituais precedem sempre as mudanças de ordem social. O movimento social de destruição é que principiou com o P. D. e 1930. E no entanto, é justo por esta data de 1930, que principia para a Inteligência brasileira uma fase mais calma, mais modesta e quotidiana, mais proletária, por assim dizer, de construção. À espera que um dia as outras formas sociais a imitem.

E foi a vez do salão de Tarsila se acabar. Mil novecentos e trinta... Tudo estourava, políticas, famílias, casais de artistas, estéticas, amizades profundas. O sentido destrutivo e festeiro do movimento modernista já não tinha mais razão de ser, cumprido o seu destino legítimo. Na rua, o povo amotinado gritava: — Getúlio! Getúlio!... Na sombra, Plínio Salgado pintava de verde a sua megalomania de Esperado. No norte, atingindo de salto as nuvens mais desesperadas, outro avião abria asas do terreno incerto da bagaceira. Outros abriam mas eram as veias pra manchar de encarnado as suas quatro paredes de segredo. Mas nesse vulcão, agora ativo e de tantas esperanças, já vinham se fortificando as belas figuras mais nítidas e construidoras, os Lins do Rego, os Augusto Frederico Schmidt, os Otávio de Faria e os Portinari e os Camargo Guarnieri. Que a vida terá que imitar qualquer dia.

Não cabe neste discurso de caráter polêmico, o processo analítico do movimento modernista. Embora se integrassem nele figuras e grupos preocupados de construir, o espírito modernista que avassalou o Brasil, que deu o sentido histórico da Inteligência nacional desse período, foi destruidor. Mas esta destruição, não apenas continha todos os germes da atualidade, como era uma... convulsão profundíssima da realidade brasileira. O que caracteriza esta realidade que o movimento modernista impôs, é, a meu ver, a fusão de três princípios fundamentais: O direito permanente à pesquisa estética; a atualização da inteligência artística brasileira; e a estabilização de uma consciência criadora nacional.

Nada disto representa exatamente uma inovação e de tudo encontramos exemplos na história artística do país. A novidade fundamental, imposta pelo movimento, foi a conjugação dessas três normas num todo orgânico da consciência *coletiva*. E si, dantes, nós distinguimos a estabilização assombrosa de uma consciência nacional num Gregório de Matos, ou, mais natural e eficiente, num Castro Alves: é certo que a nacionalidade deste, como a nacionalistiquice do outro, e o nacionalismo de Carlos Gomes, e até mesmo de um Almeida Junior, eram episódicos como realidade do espírito. E em qualquer caso, sempre um *individualismo*.

Quanto ao direito de pesquisa estética e atualização universal da criação artística, é incontestável que todos os movimentos históricos das nossas artes (menos o Romantismo que comentarei adiante) sempre se baseara no academismo. Com alguma exceção individual rara, e sem a menor repercussão coletiva, os artistas brasileiros jogaram sempre colonialmente no certo. Repetindo e afeiçoando estéticas já consagradas, se eliminava assim o direito de pesquisa, e conseqüentemente de atualidade. E foi dentro desse academismo inelutável que se realizaram nossos maiores, um Aleijadinho, um Costa Ataíde; Cláudio Manuel, Gonçalves Dias, Gonzaga, José Maurício, Nepomuceno, Aluísio. E até mesmo um Álvares de Azevedo, até mesmo um Alphonsus de Guimaraens.

Ora o nosso individualismo entorpecente se esperdiçava no mais desprezível dos lemas modernistas, "Não há escolas!", e isso terá por certo prejudicado muito a eficiência criadora do movimento. E si não prejudicou a sua ação espiritual sobre o país, é porque o espírito paira sempre acima dos preceitos como das próprias idéias... Já é tempo de observar, não o que um Augusto Meyer, um Tasso da Silveira e um Carlos Drummond de Andrade têm de diferente, mas o que têm de igual. E o que nos igualava, por cima dos nossos despautérios individualistas, era justamente a organicidade de um espírito atualizado, que pesquisava já irrestritamente radicado à sua entidade coletiva nacional. Não apenas acomodado à terra, mas gostosamente radicado em sua realidade. O que não se deu sem alguma patriotice e muita falsificação...

Nisto as orelhas burguesas se alardearam refartas por debaixo da aristocrática pele do leão que nos vestira. Porque, com efeito, o que se observa, o que caracteriza essa radicação na terra, num grupo numeroso de gente modernista de uma assustadora adaptabilidade política, palradores de definições nacionais, sociólogos otimistas, o que os caracteriza é um conformismo legítimo, disfarçado e mal disfarçado nos melhores, mas na verdade cheio de uma cínica satisfação. A radicação na terra, gritada em doutrinas e manifestos, não passava de um conformismo acomodatício. Menos que radicação, uma cantoria ensurdecedora, bastante acadêmica, que não raro tornou-se um porque-me-ufanismo larvar. A verdadeira consciência da terra levava fatalmente ao não-conformismo e ao protesto, como Paulo Prado com o "Retrato do Brasil", e os vasqueiros "anjos" do Partido Democrático e do Integralismo. E 1930 vai ser também um protesto. Mas para um número vasto de modernistas, o Brasil se tornou uma dádiva do céu. Um céu bastante governamental... Graça Aranha, sempre desacomodado em nosso meio que ele não podia sentir bem, tornou-se o exegeta desse nacionalismo conformista, com aquela frase detestável de não sermos "a câmara mortuária de Portugal". Quem pensava nisso! Pelo contrário: o que ficou dito foi que não nos incomodava nada "coincidir" com Portugal, pois o importante era a desistência do confronto e das liberdades falsas. Então nos xingaram de "primitivistas".

O estandarte mais colorido dessa radicação à pátria foi a pesquisa da "Língua brasileira". Mas foi talvez boato falso. Na verdade, apesar das aparências e da bulha que fazem agora certas santidades de última hora, nós estamos ainda atualmente tão escravos da gramática lusa como qualquer português. Não há dúvida nenhuma que nós hoje sentimos e pensamos o *quantum satis* brasileiramente. Digo isto até com certa malinconia, amigo Macunaíma, meu irmão. Mas isso não é o bastante para identificar a nossa expressão verbal, muito embora a realidade brasileira, mesmo psicológica, seja agora mais forte e insolúvel que nos tempos de José de Alencar ou de Machado de Assis, E como negar que estes também pensavam brasileiramente. Como negar que no estilo de Machado de Assis, luso pelo ideal, intervem um *quid* familiar que os diferença verticalmente um Garret e um Ortigão? Mas si nos românticos, em Álvares de Azevedo, Varela, Alencar, Macedo, Castro Alves, há uma identidade brasileira que nos parece bem maior que a de Brás Cubas ou Bilac, é porque nos românticos chegou-se a um "esquecimento" da gramática portuguesa, que permitiu muito maior colaboração entre o ser psicológico e sua expressão verbal.

O espírito modernista reconheceu que si vivíamos já de nossa realidade brasileira, carecia reverificar nosso instrumento de trabalho para que nos expressássemos com identidade. Inventou-se do dia pra noite a fabulosíssima "língua brasileira". Mas ainda era cedo; e a força dos elementos contrários, principalmente a ausência de órgãos científicos adequados, reduziu tudo a manifestações individuais. E hoje, como normalidade de língua culta e escrita, estamos em situação inferior à de cem anos atrás. A ignorância pessoal de vários fez com que se anunciassem em suas primeiras obras, como padrões excelentes de brasileirismo estilístico. Era ainda o mesmo caso dos românticos; não se tratava duma superação da lei portuga, mas duma ignorância dela. Mas assim que alguns desses prosadores se firmaram pelo valor pessoal admirável que possuíam (me refiro à geração de 30), principiaram as veleidades de escrever certinho. E é cômico observar que, hoje, em alguns dos nossos mais fortes estilistas surgem a cada passo, dentro duma expressão já intensamente brasileira, lusitanismos sintáxicos ridículos. Tão ridículos que se tornam verdadeiros erros de gramática! Noutros, esse reaportuguesamento expressional ainda é mais precário: querem ser lidos, além-mar, e surgiu o problema econômico de serem comprados em Portugal. Enquanto isso, a melhor intelectualidade lusa, numa liberdade esplêndida, aceitava abertamente os mais exagerados de nós, compreensiva, sadia, mão na mão.

Teve também os que, desaconselhados pela preguiça, resolveram se despreocupar do problema... São os que empregam anglicismos e galicismos dos mais abusivos, mas repudiam qualquer "me parece" por artificial! Outros, mais cômicos ainda, dividiram o problema em dois; nos seus textos escrevem gramaticalmente, mas permitem que seus personagens, falando, "errem" o português. Assim, a... culpa não é do escritor, é dos personagens! Ora não há solução mais incongruente em sua aparência conciliatória. Não só põe em foco o problema do erro de português, como estabelece um divórcio inapelável entre a língua falada e a língua escrita bobagem bêbada pra quem souber um naco de filologia. E tem ainda as garças brancas do individualismo que, embora reconhecendo a legitimidade da língua nacional, se recusam a colocar brasileiramente um pronome, pra não ficarem parecendo com Fulano! Estes ensimesmados esquecem que o problema é coletivo e que, si adotado por muitos, muitos ficavam se parecendo com o Brasil!

A tudo isto se ajuntava quase decisório, o interesse econômico de revistas, jornais e editores que intimidados com alguma carta rara de leitor gramatiquento ameaçando não comprar, se opõem à pesquisa linguística e chegam ao desplante de corrigir artigos assinados. Mas, morto o metropolitano Pedro II, quem nunca respeitou a inteligência neste país!

Tudo isto, no entanto, era sempre estar com o problema na mesa. A desistência grande foi criarem o mito do "escrever naturalmente", não tem dúvida, o mais feiticeiro dos mitos. No fundo, embora não consciente e desonrosa, era uma desonestidade como qualquer outra. E a maioria, sob o pretexto de escrever naturalmente (incongruência, pois a língua escrita, embora lógica e derivada, é sempre artificial) se chafurdou na mais antilógica e antinatural das escritas. É uma lástima. Nenhum deles deixará de falar "naturalmente" um "Está se vendo" ou "Me deixe". Mas pra escrever... com naturalidade, até inventam os socorros angustiados das conjunções, pra se sairem com um "E se está vendo" que salva a pátria da retoriquice. E é uma delícia constatar que si afirmam escrever brasileiro, não tem uma só frase deles que qualquer luso não assinasse com integridade nacional... lusa. Se identificam àquele deputado mandando fazer uma lei que chamava de "língua brasileira" à língua nacional. Pronto: estava resolvido o problema! Mas como incontestavelmente sentem e pensam com nacionalidade, isto é, numa entidade ameríndio-afro-luso-latino-americano-anglo-franco-etc... o resultado é essa linguagem *ersatz* em que se desamparam — triste moxinifada moluscoide sem vigor nem caráter.

Não me refiro a ninguém não, me refiro a centenas. Me refiro justamente aos honestos, aos que sabem escrever e possuem técnica. São eles que provam a inexistência duma "língua brasileira", e que a colocação do mito no campo das pesquisas modernistas foi quase tão prematura como no tempo de José de Alencar. E si os chamei de inconscientemente desonestas é porque a arte, como a ciência, como o proletariado não trata apenas de adquirir o bom instrumento de trabalho, mas impõe a sua constante reverificação. O operário não compra a foice apenas, tem de afia-la dia por dia. O médico não fica no diploma, o renova dia por dia no estudo. Será que a arte nos exime deste diarismo profissional? Não basta criar o despudor da "naturalidade", da "sinceridade" e ressonar à sombra do deus novo. Saber escrever está muito bem; não é mérito, é dever primário. Mas o problema verdadeiro do artista não é esse: é escrever melhor. Toda a história do profissionalismo humano o prova. Ficar no aprendido não é ser natural: é ser acadêmico; não é despreocupação: é passadismo.

A pesquisa era ingente por demais. Cabia aos filólogos brasileiros, já criminosos de tão vexatórias reformas ortográficas patrioteiras, o trabalho honesto de fornecer aos artistas uma codificação das tendências e constâncias da expressão lingüística nacional. Mas eles recuam diante do trabalho útil, é tão mais fácil ler os clássicos! Preferem a ciencinha de explicar um erro de copista, imaginando uma palavra inexistente no latim vulgar. Os mais avançados vão até aceitar timidamente que iniciar a frase com pronome oblíquo não é "mais" erro no Brasil. Mas confessam não escrever... isso, pois não seriam "sinceros" com o que beberam no leite materno. Beberam des-hormônios ! Bolas para os filólogos!

Caberia aqui também o repúdio dos que pesquisaram sobre a língua escrita nacional... Preocupados pragmaticamente em ostentar o problema, praticaram tais exageros de tornar pra sempre odiosa a língua brasileira. Eu sei: talvez neste caso ninguém vença o escritor destas linhas. Em primeiro lugar, o escritor destas linhas, com alguma faringite, vai passando bem, muito obrigado. Mas é certo que jamais exigiu lhe seguissem os brasileirismos violentos. Se os praticou (um tempo) foi na intenção de pôr em angústia aguda uma pesquisa que julgava fundamental. Mas o problema primeiro não é acintosamente vocabular, é sintáxico. E afirmo que o Brasil hoje possui, não apenas regionais, mas generalizadas no país, numerosas tendências e constâncias sintáxicas que lhe dão natureza característica à linguagem. Mas isso decerto ficará para outro futuro movimento modernista, amigo José de Alencar, meu irmão.

Mas como radicação da nossa cultura artística à entidade brasileira, as compensações são muito numerosas pra que a atual hesitação lingüística se torne falha grave. Como expressão nacional, é quase incrível o avanço enorme dado pela música e mesmo pela pintura, bem como o processo do *Homo* brasileiro realizado pelos nossos romancistas e ensaístas atuais. Espiritualmente o progresso mais curioso e fecundo é o esquecimento do amadorismo nacionalista e do segmentarismo regional. A atitude do espírito se transformou radicalmente e talvez nem os moços de agora possam compreender essa mudança. Tomados ao acaso, romances como os de Emil Farhat, Fran Martins ou Telmo Vergara, há vinte anos atrás seriam classificados como literatura regionalista, com todo o exotismo e o insolúvel do "característico". Hoje quem sente mais isso? A atitude espiritual com que lemos esses livros não é mais a da contemplação curiosa, mas a de uma participação sem teoria nacionalista, uma participação pura e simples, não dirigida, expontânea.

É que realizamos essa conquista magnífica da descentralização intelectual, hoje em contraste aberrante com outras manifestações sociais do país. Hoje a Corte, o fulgor das duas cidades brasileiras de mais de um milhão, não tem nenhum sentido intelectual que não seja meramente estatístico. Pelo menos quanto à literatura, única das artes que já alcançou estabilidade normal no país. As outras são demasiado dispendiosas pra se normalizarem numa terra de tão interrogativa riqueza pública como a nossa. O movimento modernista, pondo em relevo e sistematizando uma " cultura " nacional, exigiu da Inteligência estar ao par do que se passava nas numerosas Cataguazes. E si as cidades de primeira grandeza fornecem facilitações publicitárias sempre especialmente estatísticas, é impossível ao brasileiro nacionalmente culto, ignorar um Erico Veríssimo, um Ciro dos Anjos, um Camargo Guarnieri, nacionalmente gloriosos do canto das suas províncias. Basta comparar tais criadores com fenômenos já históricos mas idênticos, um Alphonsus de Guimaraens, um Amadeu Amaral e os regionalistas imediatamente anteriores a nós, para verificar a convulsão fundamental do problema. Conhecer um Alcides Maia, um Carvalho Ramos, um Teles Junior era, nos brasileiros de há vinte anos, um fato individualista de maior ou menor "civilização". Conhecer um Gulhermino Cesar, um Viana Moog ou Olívio Montenegro, hoje é uma exigência de " cultura ". Dantes, esta exigência estava relegada... aos historiadores.

A prática principal desta descentralização da Inteligência se fixou no movimento nacional das editoras provincianas. E si ainda vemos o caso de uma grande editora; como a Livraria José Olímpio, obedecer à atração da mariposa pela chama, indo se apadrinhar com o prestígio da Corte, por isto mesmo ele se torna mais comprovatório. Porque o fato da Livraria José Olímpio ter cultamente publicado escritores de todo o país, não a caracteriza. Nisto ela apenas se iguala às outras editoras também cultas de província, uma Globo, uma Nacional, a Martins, a Guaíra. O que exatamente caracteriza a editora da rua do Ouvidor — Umbigo do Brasil, como diria Paulo Prado — é ter se tornado, por assim dizer, o órgão oficial das oscilações ideológicas do país, publicando tanto a dialética integralista como a política do Sr. Francisco Campos.

Quanto à conquista do direito permanente de pesquisa estética, creio não ser possível qualquer contradição: é a vitória grande do movimento no campo da arte. E o mais característico é que o antiacademismo das gerações posteriores à da Semana de Arte Moderna, se fixou exatamente naquela lei estético-técnica do "fazer melhor", a que aludi, e não como um abusivo instinto de revolta, destruidor em princípio, como foi o do movimento modernista. Talvez seja o atual, realmente, o primeiro movimento de independência da Inteligência brasileira, que a gente possa ter como legítimo e indiscutível. Já agora com todas as probabilidades de permanência. Até o Parnasianismo, até o Simbolismo, até o Impressionismo inicial de um Vila Lobos, o Brasil jamais pesquisou (como consciência coletiva, entenda-se), nos campos da criação estética. Não só importávamos técnicas e estéticas, como só as importávamos depois de certa estabilização na Europa, e a maioria das vezes já academizadas. Era ainda um completo fenômeno de colônia, imposto pela nossa escravização econômico-social. Pior que isso: esse espírito acadêmico não tendia para nenhuma libertação e para uma expressão própria. E si um Bilac da "Via Láctea" é maior que todo o Lecomte, a...culpa não é de Bilac. Pois o que ele almejava era mesmo ser parnasiano, senhora Serena Forma.

Essa normalização do espírito de pesquisa estética, antiacadêmica, porém não mais revoltada e destruidora, a meu ver, é a maior manifestação de independência e de estabilidade nacional que já conquistou a Inteligência brasileira. E como os movimentos do espírito precedem as manifestações das outras formas da sociedade, é fácil de perceber a mesma tendência de liberdade e conquista de expressão própria, tanto na imposição do verso-livre antes de 30, como na "marcha para o Oeste" posterior a 30; tanto na "Bagaceira", no

"Estrangeiro", na "Negra Fulô" anteriores a 30, como no caso da Itabira e a nacionalização das indústrias pesadas, posteriores a 30.

Eu sei que ainda existem espíritos coloniais (é tão fácil a erudição!) só preocupações em demonstrar... que sabem mundo a fundo, que nas paredes de Portinari só enxergam os murais de Rivera, no atonalismo de Francisco Mignone só percebem Schoemberg, ou no "Ciclo da Cana de Açúcar", o *roman-fleuve* dos franceses...

O problema não é complexo mas seria longo discuti-lo aqui. Me limitarei a propor o dado principal. Nós tivemos no Brasil um movimento espiritual (não falo apenas escola de arte) que foi absolutamente "necessário", o Romantismo. Insisto: não me refiro apenas ao romantismo literário, tão acadêmico como a importação inicial do modernismo artístico, e que se poderá comodamente datar de Domingos José Gonçalves de Magalhães, como o nosso do expressionismo de Anita Malfatti. Me refiro ao "espírito" romântico, ao espírito revolucionário romântico, que está na Inconfidência, no Basílio da Gama do "Uruguai" nas liras de Gonzaga como nas "Cartas Chilenas" de quem os senhores quiserem. Este espírito preparou o estado revolucionário de que resultou a independência política, e teve como padrão bem briguento a primeira tentativa de língua brasileira. O espírito revolucionário modernista, tão necessário como o romântico, preparou o estado revolucionário de 30 em diante, e também teve como padrão barulhento a segunda tentativa de nacionalização da linguagem. A similaridade é muito forte.

Esta necessidade espiritual, que ultrapassa a literatura estética, é que diferença fundamentalmente Romantismo e Modernismo, das outras escolas de arte brasileiras. Estas foram todas essencialmente acadêmicas, obediências culturalistas que denunciavam muito bem o colonialismo da Inteligência nacional. Nada mais absurdamente imitativo (pois si nem era imitação, era escravidão!) que a cópia, no Brasil, de movimentos estéticos particulares, que de forma alguma eram universais, como o culteranismo ítalo-ibérico setecentista, como o Parnasianismo, como o Simbolismo, como o Impressionismo, ou como o Wagnerismo de um Leopoldo Miguez. São superfectações culturalistas, impostas de cima pra baixo, de proprietário a propriedade, sem o menor fundamento nas forças populares. Daí uma base desumana, prepotente e meu Deus! arianizante que, si prova o imperialismo dos que com ela dominavam, prova a sujeição dos que com ela eram dominados. Ora aquela base humana e popular das pesquisas estéticas é facílimo encontrar no Romantismo, que chegou mesmo a retornar coletivamente às fontes do povo e, a bem dizer, criou a ciência do folclore. E mesmo sem lembrar folclore, no verso-livre, no cubismo, no atonalismo, no predomínio do ritmo, no superrealismo mítico, no expressionismo, iremos encontrar essas mesmas bases populares e humanas. E até primitivas, como a arte negra que influiu na invenção e na temática cubista. Assim como o cultíssimo *roman-fleuve* e os ciclos com que um Otavio de Faria processa a decrepitude da burguesia, ainda são instintos e formas funcionalmente populares, que encontramos nas mitologias cíclicas, nas sagas e nos Kalevalas e Nibelungos de todos os povos. Já um autor escreveu, como conclusão condenatória, que a estética do Modernismo ficou indefinível... Pois essa é a melhor razão-de-ser do Modernismo! Ele não era uma estética, nem na Europa nem aqui. Era um estado de espírito revoltado e revolucionário que, si a nós nos atualizou, sistematizando como constância da Inteligência nacional o direito antiacadêmico da pesquisa estética e preparou o estado revolucionário das outras manifestações sociais do país, também fez isto mesmo no resto do mundo, profetizando estas guerras de que uma civilização nova nascerá.

E hoje o artista brasileiro tem diante de uma verdade social, uma liberdade (infelizmente só estética), uma independência, um direito às suas inquietações e pesquisas que não tendo passado pelo que passaram os modernistas da Semana, ele nem pode imaginar que conquista enorme representa. Quem se revolta mais, quem briga mais contra o politonalismo de um Lourenço Fernandes, contra a arquitetura do Ministério da Educação, contra os versos "incompreensíveis" de um Murilo Mendes, contra o personalismo de um Guignard?...Tudo isto são hoje manifestações normais, discutíveis sempre, mas que não causam o menor escândalo público. Pelo contrário, são os próprios elementos governamentais que aceitam a realidade de um Lins do Rego, de um Vila Lobos, de um Almir de Andrade, pondo-os em cheque e no perigo das predestinações. Mas um Flavio de Carvalho, mesmo com as suas experiências numeradas, e muito menos um Clovis Graciano, mas um Camargo Guarnieri mesmo em luta com a incompreensão que o persegue, um Otávio de Faria com a aspereza dos casos que expõe, um Santa Rosa, jamais não poderão suspeitar o a que nos sujeitamos, pra que eles pudessem viver hoje abertamente o drama que os dignifica. A vaia acesa, o insulto público, a carta anônima, a perseguição financeira... Mas recordar é quase exigir simpatia e estou a mil léguas disto.

E me cabe finalmente falar sobre o que chamei de "atualização da inteligência *artística* brasileira". Com efeito: não se deve confundir isso com a liberdade da pesquisa estética, pois esta lida com formas, com a técnica e as representações da beleza ao passo que a arte é muito mais larga e complexa que isso, e tem uma funcionalidade imediata social, é uma profissão e uma força interessada da vida.

A prova mais evidente desta distinção é o famoso problema do assunto em arte, no qual tantos escritores filósofos se emaranham. Ora não há dúvida nenhuma que o assunto não tem a menor importância para a inteligência estética. Chega mesmo a não existir para ela. Mas a inteligência estética se manifesta por intermédio de uma expressão interessada da sociedade, que é a arte. Esta é que tem uma função humana, imediatista e maior que a criação hedonística da beleza. E dentro dessa funcionalidade humana da arte é que o assunto adquire um valor primordial e representa uma mensagem imprescindível. Ora, como atualização da inteligência artística é que o movimento modernista representou papel contraditório e muitas vezes gravemente precário.

Atuais, atualíssimos, universais, originais mesmo por vezes em nossas pesquisas e criações, nós, os participantes do período melhormente chamado "modernista", fomos, com algumas exceções nada convincentes, vítimas do nosso prazer da vida e da festança em que nos desvirilizamos. Si tudo mudávamos em nós, uma coisa nos esquecemos de mudar: a atitude interessada diante da vida contemporânea. E isto era o principal! Mas aqui meu pensamento se torna tão delicadamente confissional, que terminarei este discurso falando mais diretamente de mim. Que se reconheçam no que eu vou dizer os que o puderem.

Não tenho a mínima reserva em afirmar que toda a minha obra representa uma dedicação feliz a problemas do meu tempo e minha terra. Ajudei coisas, maquinei coisas, fiz coisas, muita coisa! E no entanto me sobra agora a sentença de que fiz muito pouco, porque todos os meus feitos derivaram duma ilusão vasta. E eu que sempre me pensei, me senti mesmo, sadiamente banhado de amor humano, chego no declínio da vida à convicção de que faltou humanidade em mim. Meu aristocracismo me puniu. Minhas intenções me enganaram.

Vítima do meu individualismo, procuro em vão nas minhas obras, e também nas de muitos companheiros, uma paixão mais temporânea, uma dor mais viril da vida. Não tem. Tem mais é uma antiquada ausência de realidade em muitos de nós. Estou repisando o que já disse a um moço... E outra coisa sinão o respeito que tenho pelo destino dos mais novos se fazendo, não me levaria a esta confissão bastante cruel, de perceber em quase toda a minha obra a insuficiência do abstencionismo. Francos, dirigidos, muitos de nós demos às nossas obras uma caducidade de combate. Estava certo, em princípio. O engano é que nos pusemos combatendo lençóis superficiais de fantasmas. Deveríamos ter inundado a caducidade utilitária do nosso discurso, de maior angústia do tempo, de maior revolta contra a vida como está. Em vez: fomos quebrar vidros de janelas, discutir modas de passeio, ou cutucar os valores eternos, ou saciar nossa curiosidade na cultura. E si agora percorro a minha obra já numerosa e que representa uma vida trabalhada, não me vejo uma só vez pegar a máscara do tempo e esbofeteá-la como ela merece. Quando muito lhe fiz de longe umas caretas. Mas isto, a mim, não me satisfaz.

Não me imagino político de ação. Mas nós estamos vivendo uma idade política do homem, e a isso eu tinha que servir. Mas em síntese, eu só me percebo, feito um Amador Bueno qualquer, falando "não quero" e me isentando da atualidade por detrás das portas contemplativas de um convento. Também não me desejaria escrevendo páginas explosivas, brigando a pau por ideologias e ganhando os louros fáceis de um xilindró. Tudo isso não sou eu nem é pra mim. Mas estou convencido de que devíamos ter nos transformado de especulativos em especuladores. Há sempre jeito de escorregar num ângulo de visão, numa escolha de valores, no embaçado duma lágrima que avolumem ainda mais o insuportável das condições atuais do mundo. Não. Viramos abtencionistas abstêmios e transcendentes[1]. Mas por isso mesmo que fui sinceríssimo, que desejei ser fecundo e joguei lealmente com todas as minhas cartas à vista, alcanço agora esta consciência de que fomos bastante inatuais. Vaidade, tudo vaidade...

Tudo o que fizemos... Tudo o que eu fiz foi especialmente uma cilada da minha felicidade pessoal e da festa em que vivemos. É aliás o que, com decepção açucarada, nos explica historicamente. Nós éramos os filhos finais de uma civilização que se acabou, e é sabido que o cultivo delirante do prazer individual represa as forças dos homens sempre que uma idade morre. E já mostrei que o movimento modernista foi destruidor. Muitos porém ultrapassam essa fase destruidora, não nos deixam ficar no seu espírito e igualamos nosso passo, embora um bocado turtuveante, ao das gerações mais novas. Mas apesar das sinceras intenções boas que dirigiam a minha obra e a deformaram muito, na verdade, será que não terei passeado apenas, me iludindo de existir?... É certo que eu me sentia responsabilizado pelas fraquezas e as desgraças dos homens. É certo que pretendi regar minha

---

1. "Uns verdadeiros inconscientes", como já falei uma vez...

obra de orvalhos mais generosos, suja-la nas impurezas da dor, sair do limbo *"ne trista ne lieta"* da minha felicidade pessoal. Mas pelo próprio exercício da felicidade, mas pela própria altivez sensualíssima do individualismo, não me era mais possível renegá-los como um erro, embora eu chegue um pouco tarde à convicção da sua mesquinhez.

A única observação que pode trazer alguma complacência para o que eu fui, é que eu estava enganado. Julgava sinceramente cuidar mais da vida que de mim. Deformei, ninguém não imagina quanto, a minha obra — o que não quer dizer que si não fizesse isso, ela fosse milhor... Abandonei, traição consciente, a ficção, em favor de um homem-de-estudo que fundamentalmente não sou. Mas é que eu decidira impregnar tudo quanto fazia de um valor utilitário, um valor prático de vida, que fosse alguma coisa mais terrestre que ficção, prazer estético, a beleza divina.

Mas eis que chego a este paradoxo irrespirável: Tendo deformado toda a minha obra por um anti-individualismo dirigido e voluntarioso, toda a minha obra não é mais que um hiper-individualismo implacável! E é melancólico chegar assim no crepúsculo sem contar com a solidariedade de si mesmo. Eu não posso estar satisfeito de mim. O meu passado não é mais meu companheiro. Eu desconfio do meu passado.

Mudar? Acrescentar? Mas como esquecer que estou na rampa dos cincoenta anos e que os meus gestos agora já são todos... memórias musculares?... *Ex omnibus bonis quae homini tribuit natura, nullum melius esse tempestiva morte...* O terrível é que talvez ainda nos seja mais acertada a discreção, a virarmos por aí cacoeteiros de atualidade, macaqueando as atuais aparências do mundo. Aparências que levarão o homem por certo a maior perfeição de sua vida. Me recuso a imaginar na inutilidade das tragédias contemporâneas. O *Homo Imbecilis* acabará entregando os pontos à grandeza do seu destino.

Eu creio que os modernistas da Semana de Arte Moderna não devemos servir de exemplo a ninguém. Mas podemos servir de lição. O homem atravessa uma fase integralmente política da humanidade. Nunca jamais ele foi tão "momentâneo" como agora. Os abstencionismos e os valores eternos podem ficar pra depois[1]. E apesar da nossa atualidade, da nossa nacionalidade, da nossa universalidade, uma coisa não ajudamos verdadeiramente, duma coisa não participamos: o melhoramento político-social do homem. E esta é a essência mesma da nossa idade.

Si de alguma coisa pode valer o meu desgosto, a insatisfação que eu me causo, que os outros não sentem assim na beira do caminho, espiando a multidão passar. Façam ou se recusem a fazer arte, ciências, ofícios. Mas não fiquem apenas nisto, espiões da vida, camuflados em técnicos de vida, espiando a multidão passar. Marchem com as multidões.

Aos espiões nunca foi necessária essa "liberdade" pela qual tanto se grita. Nos períodos de maior escravização do indivíduo, Grécia, Egito, artes e ciências não deixaram de florescer. Será que a liberdade é uma bobagem?... Será que o direito é uma bobagem! ...A vida humana é que é alguma coisa a mais que ciências, artes e profissões. E é nessa vida que a liberdade tem um sentido, e o direito dos homens. A liberdade não é um prêmio é uma sanção. Que há-de vir.

---

1. Sei que é impossível ao homem, nem ele deve abandonar os valores eternos, amor, amizade, Deus, a natureza. Quero exatamente dizer que numa idade humana como a que vivemos, cuidar desses valores apenas e se refugiar neles em livros de ficção e mesmo de técnica, é um abstencionismo desonesto e desonroso como qualquer outro. Uma covardia como qualquer outra. De resto, a forma política da sociedade é um valor eterno também.

SEGUNDO MOMENTO
PERNAMBUCANO

O que vai se ler aqui é o livro dum moço que procura a sua dignidade.

Se quiséssemos nos adormecer num sorriso comodista, era fácil imaginar, destas páginas, que se trata duma obra de moço. Porém eu acredito que isso não tem agora a menor importância, porque os artigos deste livro são mais que bons, são verdadeiros. Mas não há dúvida que Otávio de Freitas Júnior exerce as forças da juventude até na impertinência de já arregimentar em livro artigos vários, como se fosse o escritor velho, catando pela vida as trezentas e cincoenta faces do espelho sempre infiel.

É preciso ler estes artigos. Veremos a pressa mas veremos a escolha veremos o cultivo largo mas bastante esparramado, a ansiedade das citações, o deslumbramento dos livros, o excesso de leitura moderna que apaixona muito mais, o reflexo dos periódicos devorados, a afirmação corajosa. E para escarmento de todos, veremos a confiança que felizmente não hesita em acreditar, como deve realmente ser, que o homem é mais bom que ruim. A vida em breve será melhor, porque vai mudar a concepção tradicionalmente pessimista do homem. E todos saberão sarapantados que ele é bom.

E por isso os estudos de Otávio de Freitas Júnior são conquista da inteligência. É então que ele descobre, meio estonteado ao pampeiro das promessas antagônicas, que os Estados Unidos da América do Norte têm uma esperança humana a cumprir. É então que a boca dele quase toma o jeito antigo de sugar, para ainda, agoniadamente, chamar a

França de mãe. E ora obedece por demais à inexistência dos fantasmas criados, forcejando por encontrar em Julien Green um homem maior que Julien Green; e logo adiante desobedece demasiado à vida, com a mesma generosidade se agarrando aos pedaços ficados do poeta moço que morreu, para jurá-lo grande no futuro que não existirá. Ou descobre o ar mais lindo da profecia, adquire mesmo a puerilidade espetacular das auroras, para exclamar na frase talvez mais verdadeira, mais punida do livro, que "a ética fachista é tremendamente anti-moral. Ela é contra o povo".

É possível concluir cépticamente que toda essa nobreza ainda é sempre um exercimento de mocidade. Mas isso não interessa, não interessa! O que há de mais secretamente nobre em Otávio de Freitas Júnior é, dentre as faculdades do moço, a escolha firme que ele fez das qualidades da desistência, mais trágicas e mais difíceis.

Este livro é mesmo um exemplo bem típico de insatisfação e inconformidade. Otávio de Freitas Júnior tem a altivez de não se entrincheirar atrás da sua mocidade, para ao menos "aproveitar um bocadinho este fim de civilização gozada que está se acabando". Otávio de Freitas Júnior é um dos exemplos muito belos de mocidade, que eu conheço, dentre os da geração nova. Sem ser esse tipo desagradável e anti-higiênico do bem-comportado, ele não se contenta de sua mocidade. Nem se utiliza dela pra ser imoral, contemplativo, diletante, malandro, ou simplesmente sujo.

Ou simplesmente poeta... Porque sempre houve moços que se aproveitaram da mocidade pra se isentar de seus deveres com o mundo, se ensimesmando em seus dramas pessoais. Estes dramas existem, são intensos e respeitáveis. Teve épocas em que o conjunto das circunstâncias humanas permitia aos jovens esse benefício de apenas viverem na jogatina domingueira dos problemas do indivíduo. Estejamos certos de que ainda tempos voltarão, em que os moços possam de novo reflorir em semelhante primavera. Mas agora isso não pode ser.

A dignidade do moço de agora não está mais resguardada num viver sinceramente a sua mocidade, com coragem, com paixão, com esperança, angústia e sofrimento. Ele tem que procurar a sua dignidade e tem que defendê-la. Defendê-la contra si mesmo. Defendê-la de todas as guestapos francas ou disfarçadas. Defendê-la das filosofias contemplativas ou duvidadeiras, dos governos, dos cientismos puro como dos esportes. E eu sei, eu vejo neste livro que Otávio de Freitas Júnior é de uma admirável mocidade.

Porém eu guardei para o fim o trabalho mais altivo, mais dignificador e também mais viril, com que Otávio de Freitas Júnior cumpre o seu destino de moço pelo exercimento das desistências. Este livro é principalmente um livro muito triste. O lendo meu coração se confrange, me bate um mal-estar envergonhado. Otávio não desiste da esperança, mas desistiu da alegria e do otimismo. Otávio, que principiou a vida partindo em busca da Poesia, desiste da Beleza agora, mas nenhuma dúvida, siquer longínqua, lhe aconselha a desistir do Bem. Há mais: há uma serena e refletida desistência da Verdade, nestas páginas verdadeiras. Esta visagem amarga é por onde mais desiste de si mesmo, o moço muito lido, deslumbrantemente amante de pensar. Porém a sua queixa de muito ferido soluça nas entrelinhas. E chega o que há de mais elevado aqui, mas também de mais terrível: a desistência mais difícil de si mesmo com que o moço insiste em não desistir da sua dignidade coletiva. E justamente a ele, que não é bastante sadio, era muito fácil, quase justificável, que se aguentasse do frio do tempo num "não posso" ou num "não sei"...

Sim, em cada geração é sempre possível encontrar, um bocado, amostras de tudo... Como aquele professor que se dedicou a estudar Beethoven e esfarelara o gênio em trinta e duas conferências. Então aparecia e falava uma conferência inteira, provando que isso de afirmarem todos que Beethoven era um temperamento áspero não tinha a menor razão de ser, porque no dia tal do ano tanto, ele fizera um gesto de muita delicadeza. E nunca que afirmassem Beethoven se manifestar melhor na música instrumental, pois que certa passagem do *Fidélio* era vocalmente perfeita. Dessa maneira, seria possível escrever trinta e duas conferências sobre a geração dos vinte anos.

Mas eu não sinto assim. Dos intelectuais do meu tempo para os da geração moça de agora, há uma rápida e voluntária descida em busca da sociedade humana. Da coletividade humana. Seria decerto melhor que eu não escrevesse nem "sociedade", nem "coletividade", e me alastrasse para metáforas de "colméia" humana, pra não confundirem o que estou falando com as sociologias em moda. Moda de que não têm a culpa, os homens de valor que, sem querer, a provocaram. Todas as ciências são igualmente úteis: o terrível é o alumbramento "fora de mim não há salvação" com que as elites intelectuais se arrebanham assanhadas dentro duma ciência que seja mais consentânea dos problemas do tempo, pra fingirem que estão "participando". E a ciência vira moda. Mas então ela perde o seu destino artesanal primeiro, é um ópio. Em vez de lembrar, ela faz esquecer. Dos intelectuais do meu tempo aos da geração de agora, há uma enérgica ascensão em busca da coletividade humana.

Eu afirmo que a mocidade de hoje está de posse duma verdade. Nós todos, mas todos, intelectuais e dirigentes, sabemos que a mocidade que conta agora de vinte a trinta anos, está de posse de uma só verdade. Os que dentre esses moços desconhecem essa verdade, é porque fingem desconhecê-la. E há também muitos, os... os outros. São os sujos, que se venderam, colocando-se da banda da contra-verdade. Porém eles mesmos, eles tanto como os dignos, gritam pelos olhos pelas mãos pelos poros, a existência dessa verdade.

E os moços estão querendo exclamar a verdade, a verdade violenta, a verdade que vai chegar, mas não podem. A mocidade está engasgada e regouga surdamente. Mas não é por ignorância, por inadvertência ou displicência que a mocidade engasgou. A mocidade não se engasgou. Engasgaram a mocidade.

Este é o sintoma legítimo da geração novíssima. Pelo Brasil também, em todas as suas partes, a mocidade regouga por não poder dizer a verdade que a apaixona e domina. Eu me lembro que no dia tal do ano tanto, Beethoven praticou um gesto de muita delicadeza. Eu estou me lembrando de que em tal jornal, em tal congresso, em tal academia, em tal revista se formam ilhotas de bom-comportamento. É o balé dos sujos. Mas a turba, a turba grande, a turba imensa e multitudinária da mocidade está engasgada e se contorce em regougos desinfelizes.

Tem um regougo feliz, um só apenas, em que a mocidade se despenha de camisa aberta ao peito: o ataque ao nazismo infamante. Esta é uma frincha luminosa da verdade. Mas para a verdade, o anti-nazismo é insuficiente.

E tudo o mais são regougos desinfelizes. São porém esses regougos doloridos que ainda fornecem alguma vitalidade nobre mas retranzida às academias de Direito. Nas Minas Gerais, onde a inteligência brasileira é mais sensível, os rapazes regougam em gemidos de desânimo e insatisfação. Aqui é um grupo de audácia vertiginosa que escapole para um Congresso sem Poesia. Mas bem próximo um Congresso de Poesia regouga, também generoso, à procura de outras frinchas por onde faça escapar uns laivos da verdade. Laivos insuficientes. Noutro lugar é um crítico de livros brasileiros que abre vôo para motivos desesperados, estudando um grande poeta europeu, traduzido para o castelhano na Argentina. Doutro lado é uma revista, a mais promissora e forte, que sai do seu apartamento e vem espalhar na calçada, plataformas decepadas aos quatro quintos. Além é uma alma forte que quase vira alma do outro mundo, nos assombrando a todos com as suas exatas denúncias da desconversa. E há muito que contar ainda com o pretexto claro das traduções, por onde a verdade se insinua entre o chão e as estrelas.

Como não reconhecer que andam por aí engasgando a mocidade!

Este é também um livro de regougos. Otávio de Freitas Júnior não é apenas o auscultador de Poesia, nem muito menos o que se extraviou em ginásticas sobre os problemas prehistóricos do cinema sonoro ou mudo. Este é um livro de crítica, mas não estamos mais em plena crítica. Otávio escolhe. E o espírito crítico puro será realmente, como querem alguns, uma necessidade de época? um efeito de universitarismo e de cultura progredida?...

A mim me parece que, agora, é mais outro engasgo. A ficção obriga a uma profissão de fé mais franca e imediata, que torna tão gratuito no instante de hoje, os que cantam os "valores eternos". Estes, é provável que se vinguem na eternidade. A crítica não implica tanto essa imediateza de definição, pois que desvia o cântico da vida que se conta e a que se aspira, na observação da cantiga dos outros. Em última análise a crítica "imparcial" é sempre um comodismo. Pra não dizer, um conformismo.

Mas felizmente a crítica de Otávio de Freitas Júnior não sabe ter essa malícia. Otávio de Freitas Júnior é o anti-malandro, pois embora pareça inconcebível e envergonhe, houve tempo e ainda tem gente, neste país, que se gaba da malandrice do espírito. Mas Otávio é o anti-malandro. Eu sou amigo dele, o admiro e respeito. Ele percebeu em tempo que tinha de buscar a sua dignidade, não mais em si mesmo, como em tempos bons de equilíbrio, e não mais em suas tendências e gostos pessoais. Ele percebeu que essa dignidade, nestes dias, tinha que vir de fora pra dentro, e se atirou no oco insalubre desse mundo que vivemos. E é visível, basta ler estes estudos, é visível que nem bem partido, o jovem sentiu que estava de posse duma única verdade humana. Quis cantá-la mas turtuveou se debatendo, se apoiando em pedrouços adventícios, devorando o ar das frinchas, porque estava engasgado e sem ar. Tinham escamoteado o ar com que ele poderia sentir a sua verdade.

Mas qual é enfim essa verdade unânime, dominadora e de todos! me perguntarão as velhices cômodas, os quinta-colunas, gigolôs do medo coletivo, sempre leves e lépidos no denunciar o "comunismo" dos outros. Me perguntarão principalmente os moços que estão do lado de lá. Eu não posso dizer. Eu, sobretudo, não sei dizer o que não me pertence, que é obscuro e informe aos próprios moços, porque no princípio tem de ser mais ação que dizer. Ninguém descreve com palavras a forma do futuro, as palavras definidoras só pertencem aos historiadores. A verdade que a geração nova possui, que todos sabemos que ela possui, brilha como o sol da névoa, difuso, confuso. Mas há um único sol.

Porque os medrosos, os avarentos do passado, tronos e guestapos, palácios e companhias não deixam a juventude falar!... Os moços se botavam berrando definições confusas, desejos difusos, e diante de tamanha inconseqüência, os donos da vida cairiam na risada. Pois assim mesmo: deixem os moços proferir a sua verdade! Eles a diriam com esplendor, porque será sempre do lado do instinto e da generosidade dos moços que vive a verdade futura. Mas é certo que não a provariam definitivo, com os argumentos decisórios. O sol brilha por detrás da névoa. Pois deixem a mocidade falar!...

Mas disso os donos da vida têm medo.

Mário de Andrade

São Paulo, 9 de agosto de 1943.

A presente edição de ASPECTOS DA LITERATURA BRASILEIRA de Mário de Andrade é o volume número 10 das Obras de Mário de Andrade. Capa de Cláudio Martins. Impresso na Líthera Maciel Editora e Gráfica Ltda., à rua Simão Antônio 1.070 - Contagem, para a Editora Itatiaia Ltda., à Rua São Geraldo, 67 - Belo Horizonte. No Catálogo Geral leva o número 1107/7B. ISBN: 85-319-0417-X.